Rene Denfeld est romancière, enquêtrice et mère adoptive. Elle est l'autrice des romans *La Fille aux papillons*, *Trouver l'enfant* et *En ce lieu enchanté*, qui a remporté le Prix du premier roman étranger. Le *New York Times* l'a désignée héroïne de l'année 2017. Elle vit à Portland, dans l'Oregon.

La fille aux papillons

De la même autrice
chez le même éditeur

Trouver l'enfant

Rene Denfeld

La fille aux papillons

Traduit de l'anglais (États-Unis)
par Pierre Bondil

Collection fondée par
François Guérif

Rivages/noir

Retrouvez l'ensemble des parutions
des Éditions Rivages sur

editions-rivages.fr

Collection dirigée par Jeanne Guyon
et Valentin Baillehache

Titre original : *The Butterfly Girl*

À Luppi, Tony, Markel et Tamira.
De vous aimer me permet de voler.

PREMIÈRE PARTIE

CHENILLE

Celia savait, en le voyant, si un lieu était dangereux. La maison abandonnée était proche du quartier des nécessiteux, dans la zone industrielle où l'humidité luisait sur de lourdes rampes de chargement, et où des voies de chemin de fer traversaient les rues défoncées. Ses fenêtres étaient condamnées. Ce qui ressemblait à des couvertures se devinait entre les planches. La porte d'entrée était robuste, bardée de verrous.

Celia était à la recherche de bouteilles consignées quand elle avait remarqué cette habitation. D'ordinaire, les rares maisons qui existaient encore dans le quartier étaient vides. Pas celle-là.

Elle l'étudia, les poings fermés dans les poches de sa veste en jean. Ses cheveux coupés court, sales et poussiéreux, s'enroulaient en boucles rebelles même s'ils conservaient des reflets cuivrés. Elle n'avait que douze ans mais en savait plus que la majorité des gens. Ou du moins, c'était ce qu'elle se disait. Profondément ancrée en elle demeurait la crainte qu'elle n'en sache pas assez.

Une ombre parut bouger derrière la fenêtre obturée du sous-sol. Elle se figea sur place, puis s'obligea à respirer. Quelqu'un l'observait à travers un minuscule espace vitré. Elle sentait le feu de ces yeux. Un très court instant, ce regard donna l'impression d'être rivé au sien.

Celia disparut à l'intérieur de son corps. C'était un réflexe naturel. Elle pouvait cesser d'être là alors qu'elle n'avait pas bougé, à l'image de n'importe quel gosse des rues qui n'a aucun avenir devant lui.

Elle qui ne croyait en rien d'autre qu'à elle-même et aux papillons savait que les pires terreurs de la rue sont toujours réelles. On peut l'apprendre à ses dépens, ou rester sur ses gardes. Elle fit demi-tour et retourna en courant jusqu'au quartier des laissés-pour-compte. Mais elle continuait de sentir ces yeux, à travers la vitre, dont l'embrasement l'avait transpercée et qui brûlait peut-être de colère, ou peut-être d'espoir.

Naomi sortit du sommeil et, l'espace d'un court instant, pensa qu'elle était revenue dans le passé. Là-bas. Elle entendit la voix de sa sœur qui l'appelait à travers les années : *Reviens me chercher. J'ai vingt-cinq ans, maintenant. Les gouttes d'eau qu'on sentait tomber ne sont plus là, et le chariot*[1] *s'est envolé.*

Elle ouvrit les yeux et s'aperçut qu'elle était dans la chambre d'amis ensoleillée de Diane, recroquevillée contre Jerome, son mari, dans un lit autrefois réservé à elle seule, lors de ses rares visites. Que son rêve soit terminé lui tira un soupir de soulagement, mais elle ne cessa de percevoir l'écho angoissé de l'appel.

Je me rapproche, songea-t-elle. C'était la raison de sa présence en ville, avec Jerome. Au bout d'une année presque entière consacrée à tenter de retrouver sa sœur depuis si longtemps perdue, leur quête les y avait conduits.

Ses narines frémirent. Elle détectait l'odeur du jambon grillé et du café. Le soleil inondait la chambre

1. *Swing low, sweet chariot* : *negro spiritual.* Le chariot, que va alourdir le vivant ou le corps du défunt, l'emportera vers son lieu de naissance (sur les bords du Mississippi ou en Afrique) ou vers le paradis.

et Jerome était allongé à ses côtés, son moignon d'épaule pointant sous le drap. D'ici un petit moment, elle se lèverait et emprunterait l'étroit escalier pour descendre déjeuner avec son amie.

Diane servit le jambon accompagné de jus de viande bouillonnant et d'œufs pochés saupoudrés de ciboulette. Naomi ajouta de la crème dans son café. Elle savait qu'à l'étage, Jerome était probablement réveillé, mais qu'il lui laissait ces quelques minutes d'intimité avec Diane : une attention dont elle lui était reconnaissante.

Diane, qui buvait son café noir, afficha une grimace quand elle en sentit le goût. Elle jeta un regard sur la crème, dans celui de Naomi, comme si elle pouvait en éprouver de la rancune.

– À la jeunesse, dit-elle.

– Ça ne te préoccupait pas, avant, remarqua gaiement Naomi en ajoutant du sucre dans sa tasse.

Diane avait pris un coup de vieux durant l'année écoulée. Des fils d'argent parsemaient son abondante chevelure rousse, son visage était creusé de rides. Son tempérament habituellement chaleureux se manifestait moins, et Naomi devinait la solitude dans la peau relâchée en dessous de sa mâchoire. Et dans ses yeux.

– Vous restez longtemps ? demanda Diane avec espoir.

– Probablement pas, répondit Naomi en coupant un morceau de jambon qu'elle porta à sa bouche. Merci d'avoir accepté que Jerome vienne avec moi.

– Évidemment, c'est ton mari.

Ces mots, Diane les prononça d'un ton doux, mais Naomi perçut une ombre de désapprobation. L'avait-elle déçue ? La dernière fois qu'elles s'étaient vues remontait à un an, à leur mariage, ici même, dans la salle de séjour de Diane. Naomi et Jerome avaient tous deux trente ans. C'était leur première relation amoureuse sérieuse, et la seule pour Naomi.

Elle fit comme si de rien n'était, assise à la table encombrée des assiettes assorties du petit déjeuner, avec les fleurs sur leur pourtour, des tasses couleur de lin, du pot de crème. Dehors, les oiseaux lançaient leur appel, et Naomi entendit une corneille les réduire au silence. Elle avait grandi à la campagne et savait identifier une douzaine d'oiseaux par leur chant. Mais elle ne parvenait pas à retrouver sa sœur.

La main de Diane se tendit vers la sienne.

– Tu penses qu'elle pourrait être ici, dit-elle d'une voix douce.

– Nous avons entendu parler de filles qui ont disparu, répondit Naomi avec prudence.

– L'une d'elles pourrait être ta sœur ?

Diane n'ignorait pas que, fillette, Naomi avait réussi à fuir la captivité. Durant la majeure partie de sa vie, son unique souvenir d'enfance avait été cette fois où elle courait dans un champ de fraisiers, la nuit, après s'être échappée par une trappe vermoulue, au milieu des bois, au fin fond de la vallée des fermes dans l'État d'Oregon. Un groupe d'ouvriers itinérants l'avait trouvée et conduite à Opal[1], une petite ville située à une journée complète de route. C'est là qu'elle avait grandi chez une mère d'accueil aimante nommée Mrs Cottle. Elle avait neuf ans quand on l'avait retrouvée, mais en dépit de ses efforts, elle ne se souvenait de rien d'autre appartenant à son passé. La terreur avait complètement effacé ses souvenirs. Par la suite, elle était devenue enquêtrice spécialisée

1. Comme la majorité des lieux mentionnés, il s'agit d'une ville imaginaire.

dans la recherche d'enfants disparus. Elle s'était raconté qu'elle voulait retrouver des enfants comme elle, mais en réalité, elle voulait retrouver sa petite sœur qu'elle avait laissée derrière elle dans sa fuite.

– Je ne crois pas, dit-elle en secouant la tête. Elles sont trop jeunes. Mais j'ai voulu venir voir ce qui se passe. Elles ont été jetées ici, dans la rivière. Tout du moins, celles qu'on a retrouvées.

Diane fronça les sourcils, lui lâcha la main.

– Je n'en avais pas entendu parler.

Naomi regarda son assiette, clignant des yeux.

– Le tueur de la Green River[1] a assassiné soixante-quinze femmes au moins. Des dizaines avant que quiconque ne s'en soit seulement rendu compte.

Diane posa un regard de compassion sur son amie. Elle savait quel effet cela devait faire, de se trouver toujours au cœur de la tempête.

– C'étaient des prostituées, elles aussi ?

– Des enfants des rues. Quelle différence ?

– Tu me connais, répondit Diane d'un ton un peu vif. Bien sûr que ça n'en fait aucune.

Dans leur dos, Naomi entendit un pas qui descendait silencieusement de la chambre d'amis. L'homme qui avait été son frère d'adoption, qui était aujourd'hui son amoureux, son ami, et bien plus encore.

Diane tendit la main vers son café, s'adossa à son siège. Elle ne connaissait pas bien Jerome.

Naomi leva la tête, eut un bref sourire.

– Bonjour. Explique-lui, toi.

Son mari, silhouette mince, prit place. Il adressa un sourire à Diane en la fixant de ses yeux foncés, une

1. Auteur d'une cinquantaine de meurtres reconnus, et vraisemblablement de deux dizaines d'autres, il sévit dans l'Utah pendant une vingtaine d'années à partir de 1980.

boucle de cheveux sur le front. Le moignon de son bras manquant – il l'avait perdu à la guerre – fut parcouru d'un léger frémissement.

– Alors que nous étions à Salem[1], où nous étions allés à la rencontre des enquêteurs, nous avons appris que des jeunes filles vivant dans la rue disparaissaient ici. Toutes des inconnues : même leurs amis de misère ignorent leur vrai nom. Certaines ont été assassinées, leur corps a été retrouvé dans la rivière. Naomi veut en parler à son ami policier, aller voir le médecin légiste, placarder des affichettes à propos de sa sœur, écarter la possibilité qu'elle ait pu être une de ces victimes.

Il marqua une courte pause.

– Et peut-être mettre son expertise au service de ces jeunes filles.

– J'espère que tout cela marchera, dit doucement Diane en soufflant sur son café chaud et amer.

Jerome tendit le bras, referma ses longs doigts fins autour du pot de crème et, sans lui demander si elle en voulait, en versa une rasade dans la tasse de leur hôtesse. Il comprenait ce que cela impliquait d'aimer Naomi. Dans ses yeux, Diane trouva du réconfort.

– L'espoir suffit, dit-il.

---

1. La capitale de l'État d'Oregon.

Un homme solidement bâti, au visage couturé de cicatrices, observait Celia. Il portait une combinaison bleue dont la fermeture éclair était remontée jusqu'à son cou rougeaud ; elle était semblable à la tenue de travail qu'enfilent les ouvriers des ateliers de mécanique, avec pour unique exception que la sienne n'arborait pas d'étiquette cousue sur la poche de poitrine pour préciser son nom.

Il pouvait être n'importe qui. C'était le précepte de la rue : si un danger menace, n'importe qui peut en être porteur. En fin de compte, on ne peut faire confiance à personne.

C'était la conviction de Celia.

L'homme musclé dont les yeux étaient rivés sur elle tels des périscopes miniatures pouvait être *lui*. Celui qui rôdait par les rues du centre-ville, qui causait la disparition de ses amies. Certaines réapparaissaient, leur corps flottant dans la rivière. D'autres s'évanouissaient pour ne plus être vues. Non que pareille chose ne puisse finir par arriver, mais ces derniers temps – durant ce printemps farouche de pluies orageuses et de voies inondées par des ruissellements d'un rouge foncé – cela se produisait de plus en plus souvent. Un peu tout le temps, eût-on dit.

Elle jeta un nouveau coup d'œil discret dans la direction de l'inconnu. Son visage balafré, figé tout autour du nez et des yeux, ne s'était pas détourné une seconde. Sous ses cheveux argentés et humides, ses oreilles étrangement déformées dépassaient tels deux petits choux. Sa bouche était tailladée de cicatrices.

C'était l'heure du crépuscule et Celia se trouvait dans le quartier des laissés-pour-compte alors que les derniers employés de bureau se hâtaient, la mallette serrée contre la hanche, semblables à des chevaux qui s'éperonnent seuls pour regagner l'écurie. Des plaques d'huile, où luisait l'eau de pluie, traçaient des arcs-en-ciel sous les feux de circulation, et le ciel nocturne fuyait en lui rappelant l'immensité de l'univers. Les bars gays s'éclairaient ; les premiers travestis sortaient dans les ténèbres quand les lumières de la nuit devenaient plus clémentes pour leurs visages rudes et les poils de barbe que le rasoir ne parvenait jamais à éliminer totalement. Certains avaient des faux cils si longs qu'ils vous caressaient le visage lorsqu'ils s'approchaient pour vous donner l'accolade. Ce qu'ils aimaient faire, sans se lasser.

Elle se dit qu'elle n'avait rien à craindre. Elle avait ses amis pour la protéger. La Défonce et Rich, les deux garçons avec qui elle était tout le temps, des gosses des rues comme elle. Le nombre fait la force, avait un jour plaisanté Rich. Ils étaient à l'angle de la rue, pour le moment, à faire la manche, tendant leurs paumes vides et mouillées. « Monsieur, vous auriez pas une petite pièce ? » demandaient-ils aux porteurs de costumes qui passaient en trombe devant eux. « J'ai faim. » Celia observait le flot des gens, venus travailler en ville, qui se hâtaient de rentrer. Bientôt, il n'y aurait plus que les habitants de la rue car la nuit était faite pour eux.

Elle se retourna vers l'endroit où s'était trouvé l'homme au visage parcouru de cicatrices, mais il s'éloignait. Elle vit ses épaules et son dos mouillés tandis qu'il descendait dans la rue. Le mur de brique devant lequel il s'était tenu était déserté. Il y avait une ombre à l'endroit où il s'était tenu, semblable au contour d'une silhouette lors d'une guerre atomique.

Rich adressa un signe à Celia en agitant le bras, un billet de banque brandi dans son poing triomphant.

– Un idiot m'a donné un billet de vingt, se vanta-t-il quand elle s'approcha. Allons manger.

Parfois, la fillette pensait qu'elle était un oiseau volant au-dessus de ces rues. Parfois elle avait plutôt le sentiment d'être un souffle d'air qui pourrait disparaître, comme les volutes de brume qui montaient au-dessus des caniveaux. Mais le plus souvent, dans le secret de son cœur, elle était un papillon doté d'ailes magiques qui battaient énergiquement dans l'espoir de s'échapper.

***

Cette nuit-là, Celia téléphona à sa mère.

Les autres gosses des rues ignoraient qu'elle en avait une. Aucun d'eux ne parlait de ce genre de choses, de toute façon – trop à vif. Certains se disaient orphelins, mais elle pensait qu'ils ne l'étaient vraisemblablement pas. Orphelins de cœur, peut-être.

Elle emprunta un téléphone portable à une fille et composa les chiffres les plus récents inscrits sur un bout de papier humide qu'elle avait sorti de sa poche de veste, s'attendant vraiment à ce que ce numéro-là aussi soit hors service.

Mais il était toujours en activité. Peut-être en irait-il de même de la voix au bout du fil.

– Qui est-ce ? demanda sa mère à voix basse.

– Moi. Celia, répondit-elle en tournant le dos à ses amis et en se souvenant de la première fois où elle avait entendu les mots *dépendance aux opioïdes* et pris conscience qu'ils s'appliquaient à sa mère.

– Ma petite chérie.

En arrière-fond, elle entendait les clameurs d'un poste de télévision. Elle s'efforça de détecter des bruits indiquant la présence de sa sœur cadette. Alyssa avait six ans, maintenant, l'âge qu'elle-même avait eu au moment de sa naissance. La voix se fit plus basse :

– Tu me manques.

– Comment va Alyssa ?

Elle nota la tonalité éthérée présente dans la réponse.

– Elle va bien.

Quand Celia parlait avec sa mère, tous les pores de sa peau hurlaient leur tristesse, et au bout de quelques instants à peine, elle était prise d'un désespoir impétueux, suffisamment saisie de vertige pour éprouver le besoin de s'appuyer sur quelque chose qui se trouva être le mur de briques devant lequel elle se tenait si souvent.

– Tu reviens ?

– Tu sais bien que je ne peux pas.

Un silence s'installa. Elle entendait la respiration lente de sa mère. Celia aurait voulu comprendre ce monde, tout le mal qu'il engendrait.

L'autre fille de la rue, qui voulait récupérer son téléphone, lui enfonça dans le dos un doigt à l'ongle cassé.

– Il faut que je raccroche, M'man. J'appelais juste pour dire bonjour.

Sa mère bâilla.

– C'est toi, ma petite chérie ?

Celia coupa la communication. Désormais, on peut éteindre une vie d'un geste du doigt. Elle alla ensuite s'asseoir sur le trottoir tandis que les phares des voitures fouillaient les ténèbres. Les hommes qui les conduisaient, à l'instar de son beau-père, étaient indissociables de sa chair. Ses cellules mêmes en avaient enduré l'imprégnation. Dans le flux de son sang ils étaient présents. Mais il s'agissait de sa vie à elle, maintenant, et elle devait en faire quelque chose.

***

Oh, les papillons. Ils adoucissent les arêtes de cet univers brutal. Quand ils sont surpris aussi haut dans le ciel, ils tombent sur terre telles des météorites, leurs ailes iridescentes abandonnant derrière eux une traînée de foudre rouge, d'or liquide, et de ce violet que seule pourvoit la nature.

Sous sa veste en jean, Celia sentit son dos se crisper puis se détendre. Parfois, elle pensait avoir des ailes, des faisceaux de fibres nues sous la peau, et si quelqu'un lui disait qu'il s'agissait de ses omoplates, elle répondrait : Nan, c'est là que se cachent mes ailes. Elle imaginait que les autres enfants, le long dc cette ruc, avaient eux aussi des ailes, bien repliées sur leur dos, mouillées et parcourues de pulsations, s'ouvrant alors pour révéler la magie de leur plumage. Un vert vif qui éblouissait, cet argenté qui devenait lumière, le blanc qui virait à l'or.

Nous pourrions, pensait-elle, être légion à nous envoler dans le ciel nocturne. Si tous les enfants de la rue prenaient soudain leur essor, ma parole, le ciel nocturne serait illuminé de mille flux d'or. Ou peut-être, se disait-elle, n'y aurait-il qu'elle.

Avec un profond soupir, elle s'envola.

Naomi comprenait que, dans une enquête, le terrain importe énormément.

Elle avait travaillé sur des dizaines d'affaires concernant des enfants disparus et chacune de ses recherches avait débuté par l'étude du terrain. Il pouvait être moelleux et parsemé d'aiguilles de pin, comme dans le cas d'un boy-scout qui s'était écarté de la piste. Ou gelé et couvert de neige, comme dans celui d'une fillette portée disparue dans les bois du Nord-Ouest proches du Pacifique. Ou encore creusé d'ornières, une nappe d'asphalte noir fumant sur une chaussée urbaine.

Le terrain importait car, toujours, il la conduisait quelque part. Elle retrouverait sa sœur, sur cette terre, grâce aux pas dont elle arpentait le sol. Cette pensée la remplissait d'impatience à l'idée de commencer.

Elle savait qu'il fallait d'abord se rendre dans les ruelles les plus sombres. Elle se mit en quête des gens qui vivaient dehors.

L'établissement portait le nom de Petites Sœurs de la Miséricorde ; il se dressait dans une rue connue pour ses alcooliques et ses drogués. À mesure que la nuit tombait, Naomi dépassait des foules de nomades urbains, portant cuir noir maculé de poussière, et d'ivrognes sans logis dont le visage avait la couleur de cerises écrasées. Elle vit une vieille dame émaciée au sommet du crâne surmonté de touffes de cheveux, qui creusait en caquetant dans l'humus d'un caniveau. Il y avait un nombre déstabilisant de familles – la mère, le père, un ou deux enfants – ayant tous les traits tirés et fatigués par la pauvreté, mais pas grand-chose d'autre pour indiquer qu'ils étaient sans domicile fixe à cette exception : la longue file d'attente où ils patientaient.

Elle sinuait par-delà le coin de la rue avec la discipline méthodique propre aux affamés. Ayant enquêté sur de nombreux cas de disparitions chez les pauvres – c'étaient eux, d'ordinaire, qui avaient le plus recours à elle –, Naomi avait découvert que, de tous, ils étaient les plus ordonnés. Que le désespoir est une puissante force directrice.

Elle traversa leur file et franchit la porte principale sans qu'un seul murmure ou presque ne s'élève dans son sillage. C'était cela, aussi, d'être pauvre. On redoute de ne pas être servi, de repartir le ventre vide. La salle de café déserte était envahie de tables et de chaises bancales, comme n'importe quel lieu de restauration. Mais là, derrière le comptoir, se tenait une religieuse dont les yeux las et chaleureux croisèrent ceux de Naomi.

– Ce n'est pas encore l'heure. Retournez au bout de la file.

Dans la cuisine ouverte sur la salle, les bénévoles s'activaient à préparer le repas : d'immenses bacs remplis de haricots fumants, et des plaques de pain de maïs gigantesques qui sortaient du four. Sur une table proche étaient posés des pichets d'eau et des gobelets de carton en libre-service. Sur le mur, une ardoise précisait le menu : *Riz, haricots et pain de maïs, participez selon vos moyens. Ou travaillez pour payer votre repas.*

– Je suis prête à parier que vous avez beaucoup de volontaires pour la vaisselle, fit Naomi en s'approchant du comptoir.

Elle sortit sa carte de détective, s'attendant à provoquer une attitude soupçonneuse.

– Je ne suis pas policière. Je suis à la recherche de quelqu'un. Ma sœur, en réalité.

Les yeux las se fixèrent sur les siens. Une ride permanente barrait le front de la religieuse.

– Nous ne parlons jamais de nos visiteurs.

– Je trouve ça bien, que vous employiez ce mot, « visiteurs », répondit Naomi avec un sourire. D'habitude, j'entends « indigents », comme s'ils représentaient une charge, un poids mort accroché autour de notre cou.

La nonne ne donnait pas l'impression d'être sensible au charme. Sous l'étoffe, de l'autre côté du comptoir, Naomi percevait son corps : l'épuisement, la lutte sans répit contre l'injustice.

– Écoutez, dit-elle, je ne suis pas venue faire des histoires. Est-ce que vous avez un panneau d'affichage public où je pourrais accrocher un message ?

S'ensuivit un brusque hochement de tête. Puis la nonne regarda derrière l'épaule de Naomi et, cette fois, le sourire affiché devint sincère car l'heure était venue. Les uns après les autres, familles, ivrognes et gens de la rue défilèrent, et la voix de la religieuse accueillit chacun par un nom, un mot de bienvenue personnalisé ou une question à la tonalité chaleureuse.

Le panneau envahi de papiers se trouvait dans l'annexe de la soupe populaire où Naomi découvrit aussi une rangée de boîtes aux lettres permettant aux sans domicile fixe de recevoir du courrier. *Tony, mon frère, appelle-moi,* disait un des messages. *Je suis à la recherche de ma mère biologique,* suivi de précisions. Des dates de rencontres chez les alcooliques anonymes. Des aides proposées aux anciens combattants. Des groupes de soutien dédiés aux victimes atteintes de stress post-traumatique.

Et les avis relatifs aux jeunes filles portées disparues. Naomi les lut, le cœur glacé. La plupart d'entre elles n'avaient même pas de véritable patronyme, on les connaissait sous leur nom de rue, par exemple Mercedes, ou Diamant. Celui de marchandises au prix exorbitant, de mondes rêvés relevant d'une autre vie. Sur les avis les plus anciens, Naomi repéra avec soulagement un nom qui lui inspirait confiance : *Prière de contacter l'enqu. Winfield, police de l'État.* Mais en dessous figuraient les avis de décès placardés par *Halte au crime,* qui correspondaient aux victimes de meurtres et qui mentionnaient le numéro de la section locale du FBI. Naomi fronça les sourcils.

Elle sortit de sa sacoche une affichette dont le texte, afin d'attirer l'attention, était entouré d'un cercle jaune vif. Le fixa au milieu du panneau.

Je suis à la recherche de ma sœur. Elle a vingt-cinq ans environ.

Elle avait ajouté les rares précisions dont elle se souvenait : la vallée des fermes de l'Oregon où elles avaient été retenues captives, l'abri atomique souterrain où un homme les avait emprisonnées, l'année où elle s'était échappée. Comme elle ignorait le nom de sa propre sœur, elle ne pouvait l'ajouter. Puis : *Si vous la connaissez, dites-lui que je suis désolée et qu'elle me manque.*

Elle recula d'un pas.

Dans son dos, aussi silencieux qu'un soupir, s'était approché un vieux bonhomme que des tremblements dus à l'alcool rendaient hargneux. Elle sentait son haleine fétide. Il cligna des yeux en lisant son message.

– Y en a plein, des filles, sur la terre, commenta-t-il en exhibant des dents chevalines.

– Je sais, répondit-elle, la voix rauque.

– À quoi elle ressemble ? demanda-t-il d'un ton amical.

– Je ne sais pas, fut-elle obligée de reconnaître.

– Vous avez pas de photo ?

– Non.

– Quel genre de sœur vous faites, à même pas avoir une photo ?

Dehors, il n'y avait plus de file d'attente, le trottoir était désert. Derrière elle, à travers les fenêtres couvertes de poussière, les places étaient toutes occupées, les clients mangeaient des montagnes de haricots qui paraissaient délicieux et du pain de maïs, coupé en grosses tranches, d'où le miel coulait sur la table. Une petite fille aux longs cheveux blonds et ternes leva les yeux vers elle. Sa mère lui posa la main sur la tête et l'enfant retourna à son assiette.

Naomi se sentit gagnée de désespoir à cause de son insignifiance. La nuit était tombée et elle aurait voulu être entraînée dans sa chute. Elle s'éloigna dans la rue, s'approchant de chacun des abris improvisés et des gens qui dormaient dans l'encoignure des portes. « Je suis à la recherche de ma sœur », commençait-elle à chaque fois ; mais parvenue au carrefour suivant elle s'arrêta, soudain submergée par le désespoir.

Cela ne ressemblait en rien à ses autres enquêtes. Le fait que tous ces petits disparus n'aient pas été des membres de sa famille lui avait permis d'affronter l'éventualité qu'on ne les retrouve jamais. Elle comprenait maintenant la panique des parents, la raison pour laquelle ils lui disaient qu'ils ne pourraient plus respirer tant que leur enfant n'aurait pas été retrouvé. Dans son sommeil même, elle poursuivait sa quête. S'il y avait une infime possibilité que sa sœur soit en contact avec ces filles des rues qui avaient disparu, elle le découvrirait. Par expérience, elle savait que les sans-abri veillent les uns sur les autres. Peut-être pourraient-ils l'aider.

Elle dépassa des roulottes surmontées de bâches, un homme ivre qui vomissait sur le trottoir ; des camps composés de tentes qui surgissaient de nulle part, la nuit, sur les parkings, les échos moites d'un accouplement au fond d'une ruelle. Devant elle, la lumière des bars, l'odeur des pots d'échappement, le bruit des portières qui s'ouvraient et claquaient. Le quartier de la prostitution. Elle apercevait des silhouettes qui paraissaient être celles d'enfants, mendiant dans la pénombre. Mendiant, et peut-être bien pire encore.

Elle se dirigea vers eux.

Celia se tenait à l'angle de la rue ; dans le noir, les phares des voitures ressemblaient à des yeux blancs. Elle détestait les hommes qui conduisaient ces véhicules, les détestait ainsi que leurs mains avides, leurs besoins poisseux, même si, parfois, elle aussi acceptait de monter.

Cela valait mieux que de mourir.

Ce fut à ce moment-là qu'elle vit la femme qui venait dans sa direction. Une femme de taille moyenne, ni maigre, ni grosse. À l'air énergique. Ses longs cheveux châtains soyeux lui tombaient sur les épaules et elle les écartait avec agacement. Celia aperçut l'éclair d'une bague à l'un de ses doigts. Vit sa peau qui luisait dans la nuit.

Visiblement, cette femme n'était pas à sa place en ce lieu et en ces temps de créatures marines échouées sur le rivage. Ce qui appartenait à la nuit était censé demeurer secret. Comme ce qui s'était passé avec Teddy, son beau-père. Celia avait commis l'erreur d'en parler. Elle avait appris que les gens qui vivent le jour ne veulent pas savoir ce qu'il advient pendant la nuit.

Cette femme appartenait au monde diurne. Elle en prit conscience au premier regard et retroussa les lèvres avec dédain.

– Tu l'as vue, celle-là ? dit-elle à Rich.

Le garçon grassouillet baissa les yeux vers son amie, curieux de savoir ce qui déclenchait pareil mépris. Généralement, Celia était quelqu'un de doux. Mais pas cette fois.

– Probablement une de ces femmes qui sont toujours fourrées à l'église.

Son regard vert était dur.

– Si c'est le cas, elle ferait mieux de rentrer chez elle.

Ils observèrent l'inconnue qui progressait sur le trottoir, parlait aux autres enfants. Les travestis n'étaient plus là, poussés par le vent vers les bars comme autant de plumes arrachées aux boas qu'ils portaient autour du cou. À mesure que la nuit s'avançait, les traînards devenaient moins nombreux et plus résilients jusqu'à ce qu'elle les réduise à néant. Alors, il était temps de fuir.

La femme traversa la chaussée pour s'adresser à un jeune. Il était occupé à ce que l'on pourrait nommer une transaction, la tête à l'intérieur d'une voiture. Le gosse des rues se retourna vers elle, déstabilisé par cette intrusion et, derrière le volant, Celia vit le O de stupéfaction que dessinait la bouche du client potentiel.

– Qu'est-ce qu'elle fout, merde ? demanda Celia.

– Peut-être qu'elle essaie de trouver son grand ami Jésus. Qu'elle veut lui astiquer sa couronne d'épines.

Il sembla déçu que sa plaisanterie de mauvais goût ait échappé à son amie.

Celia était prise d'un violent élan de jalousie. Instantanément, elle avait haï cette femme. Avec sa façon de démontrer pareille hardiesse au cœur de la nuit, de s'avancer pour poser ses questions, les épaules rejetées en arrière comme si elle en avait le *droit*. De se comporter comme si sa personne avait une quelconque importance.

Derrière eux, leur ami La Défonce, tout en bras et en jambes, émergea d'une voiture, se dépliant jusqu'à ce que se révèlent sa maigreur et sa grande taille. Ses longs membres rappelaient à Celia la façon dont les papillons sont dotés de six pattes aux articulations nombreuses afin d'échapper aux prédateurs. Ce n'était pas le cas pour La Défonce. Il s'essuya la bouche et personne ne prononça un mot sur l'endroit où il était allé ni sur ce qu'il avait fait. Il était déjà, par lui-même, bien assez conscient de cette souillure.

– On part, décréta Rich en ajustant son sac à dos.

Ils s'en allèrent au moment où la femme se retournait et où la lune illuminait son visage en le parant de beauté.

Humant l'épaisse eau boueuse qui coulait en contrebas, les trois gosses des rues traversèrent la rivière sur la passerelle qui émettait des craquements. Au-dessus d'eux, les voitures passaient à toute vitesse en empruntant le pont dans un bruit sourd. Celia pensa à la manière dont les gens vivaient, par là-bas : les hauts immeubles, les grosses voitures, les chauffeurs en livrée. Sur l'autre rive, les autoroutes grimpaient la pente tandis qu'un réseau d'abris se trouvait en contrebas. Le plus important s'appelait les Cavernes. Ceux qui n'avaient pas de foyer avaient creusé des tunnels sous la bretelle autoroutière, créant un labyrinthe de grottes. Les Cavernes était un lieu où régnait le viol, et les gosses des rues restaient à bonne distance. D'autres bretelles étaient également l'objet de luttes féroces au point parfois de s'achever par un mort : un cadavre recroquevillé sur lui-même franchissait en roulant le bord du plan incliné avant d'être récupéré avec indifférence le lendemain par les camions municipaux.

Celia et ses amis n'avaient aucun pouvoir et ne pouvaient compter sur l'apitoiement de leurs congénères. Ils se nourrissaient de ce qu'il restait, les miettes du festin. Mais il leur arrivait de découvrir des trésors, au nombre desquels figurait, après une usine de peinture désaffectée, une rampe d'accès d'autoroute oubliée derrière des broussailles. Cet endroit, ils l'appelaient Nulle Part. Un code, une façon de garder secret le lieu où ils dormaient : *Hé, où tu dors, toi, ce soir ? Nulle Part.*

Ils s'élancèrent sur les voies où la circulation se raréfiait, entre les voitures qui filaient dans un sifflement, jusqu'à ce qu'ils arrivent à l'usine de peinture et se glissent sous la clôture métallique qui en ceinturait le parking. De là ils grimpèrent une colline à forte déclivité en direction de la bretelle, à son sommet, tandis que les ronciers leur déchiraient les mains. À l'endroit où la pente de la bretelle d'autoroute rejoignait le sol se trouvait un creux grand comme une pièce de taille modeste. Le plafond était juste assez haut pour se tenir debout.

Quand ils écartèrent les broussailles, Celia et ses amis sentirent l'odeur de la sueur rance, de la poussière et de l'urine. Ils s'accroupirent dans l'obscurité, sortirent de la nourriture de leurs sacs à dos, mordant à pleines dents et avidement. Ils s'astreignaient à n'avaler que par petites bouchées, car ils avaient peur même du bruit qu'ils faisaient en mangeant.

Lorsqu'ils en eurent terminé, ils s'affaissèrent, se laissant simplement tomber sur le côté. Mais le sommeil ne vint pas, pas avant qu'un long moment se fût écoulé. Les garçons conservèrent les yeux grands ouverts, prêtant l'oreille aux véhicules qui passaient sur la bretelle au-dessus de leur tête, et quand la nuit pâlit pour s'effacer devant l'aube, ces bruits devinrent les métronomes de leurs insomnies et de leurs peurs. Chaque chuintement du vent dans les broussailles dissimulant l'entrée de la caverne correspondait à un rôdeur nocturne.

La Défonce posa sa main aux longs doigts sur ses yeux et pleura dans le noir.

Celia, elle aussi, demeurait en éveil. L'atmosphère qui l'environnait était plus noire que les ténèbres. Elle pensait à la femme qu'ils avaient vue, sentait la jalousie revenir. Cette femme allait dormir quelque part et ce ne serait pas dans un creux terreux, en dessous d'une autoroute, où les araignées piquent pendant la nuit. Ce serait dans un lit où sa sécurité serait garantie. Pas comme elle, ni comme sa sœur cadette.

Elle pensa à Alyssa. L'image de son beau-père s'imposa à elle, et des larmes brillèrent dans ses yeux. Elle se força à respirer à fond. Les papillons ne dorment jamais, se souvint-elle. Ils se reposent en gardant les yeux ouverts. Ça l'aida à se calmer. Elle se concentra jusqu'à ce qu'elle parvienne à se les représenter dans sa tête, volant vers elle, l'environnant de la douceur de leurs ailes. Elles couvraient ses oreilles, leur velours caressait ses joues, les antennes courbes accompagnaient d'un chuintement apaisant ses paupières qui se fermaient. Beaucoup d'autres arrivèrent en volant sous l'autoroute, constituant d'immenses nuages de douceur jusqu'à ce qu'elle en soit complètement enveloppée. Ils se posèrent sur son jean, sur ses pieds las, sur son ventre vide. Ils burent ses larmes. Ils lui firent une coiffe de couleur éclatante, et elle ne se sentit enfin en sécurité que quand elle en fut entièrement recouverte.

– Tu ne veux pas que je t'accompagne ? proposa Jerome à Naomi.

C'était le matin, ils se tenaient sur le perron, chez Diane. La jolie maison était peinte de couleurs vives. La chambre d'amis où ils dormaient donnait sur la rue, Diane occupait la chambre principale, sur l'arrière, au-dessus des jardins paisibles. Naomi avait fait sa connaissance un jour où elles avaient été toutes deux citées à comparaître lors d'une de ses enquêtes. Elles étaient devenues des amies proches, peut-être parce que Diane acceptait la manière dont Naomi débarquait dans sa vie avant d'en repartir au fil des voyages qu'elle faisait dans le cadre de ses recherches à travers le pays. Elle l'avait même laissée entreposer ses fichiers dans son grenier inoccupé.

Mais maintenant, Naomi et Jerome n'avaient plus d'argent. L'année écoulée avait dévoré les petites économies qu'ils avaient réussi à mettre de côté. Naomi avait refusé de se charger de nouvelles enquêtes tant qu'elle n'aurait pas retrouvé sa sœur, et ce voyage signifiait que Jerome ne pouvait pas trouver de travail lui non plus.

– Il nous faut de l'argent, mon chéri, dit-elle dans un sourire.

– Je fais ce que je peux, répondit-il en repliant le seul bras qui lui restait.

Celui qu'il avait perdu était éloquent : tu peux toujours essayer de dénicher un emploi, si tu n'as qu'un bras.

Ayant été soldat, puis shérif, il savait qu'il était un excellent officier et un bon enquêteur, il l'avait démontré. Mais cela ne signifiait pas qu'on allait l'engager dans les forces de l'ordre locales, et de toute façon il ignorait s'ils allaient rester en ville. Il préférerait largement vivre à la campagne. Cette conversation devrait attendre qu'ils aient retrouvé la sœur de Naomi. S'ils n'y parvenaient pas… il préférait ne pas y penser.

La seule solution qu'il entrevoyait consistait à devenir détective privé, comme sa femme. Il n'était pas très sûr de ce qu'elle en penserait. Les échecs de l'année écoulée les avaient laissés sans certitude, en ce qui les concernait l'un et l'autre. Pour la première fois depuis qu'elle était entrée dans sa vie, il hésitait à lui confier ses pensées.

Il regrettait que nul ne lui ait expliqué comment fonctionne un mariage. Sans père ni mère, il n'avait, en grandissant, connu que leur mère d'accueil, Mrs Cottle, qui, Dieu la bénisse, était veuve. Il voulait, pour Naomi, être un bon mari.

Elle se rapprocha afin de se serrer contre lui. Surpris, il l'entoura de son bras, se souvint de la première fois où ils avaient fait l'amour. Se souvint de son visage, sous le sien.

– Tout va s'arranger, dit-il en s'en voulant de ne pas se sentir plus optimiste.

***

Dans les souvenirs les plus anciens qu'il conservait d'elle, Naomi était une nouvelle venue dans leur maison, d'abord effrayée, puis remplie d'une bravade qui s'était lentement muée en courage. De leurs courses le long des crêtes rocheuses proches d'Opal, ils ramenaient des pierres magiques, abandonnées par la pétrification du temps. Quartz et jaspe, agates étincelantes qu'ils frottaient avec leurs tee-shirts, l'opale omniprésente ; il suffit de l'enduire de salive pour la faire briller.

Leur autre occupation favorite avait consisté à chercher d'anciens objets d'artisanat fabriqués par les Amérindiens. Des vestiges de son héritage, comparables à des fragments de ses propres os ramassés par terre. Il leur arrivait de trouver des pointes de flèches, ou ce qu'ils prétendaient être des pointes de flèches, mais n'étaient vraisemblablement que des fragments de roche triangulaires. À plusieurs reprises, ils avaient repéré au milieu des bois ce qui rappelait d'anciens feux de camp, dans des clairières exceptionnellement vastes où des maisons de planches avaient pu être construites. En ces endroits se trouvaient des empilements de cailloux recélant, eux, d'authentiques trésors que Jerome était triste de ne pas avoir préservés. Des cuillers en corne et des sacs de peau pourris qui tombaient en poussière au moindre contact.

D'autres fois, dans les bois, des sapins étaient disposés d'une manière particulière et Jerome comprenait, au visage de Naomi, que des images lui revenaient même si la personne qu'elle était se devait de les oublier. Quand cela se produisait, il la prenait par la main et l'emmenait loin de ces lieux. Il en détournait son attention en lui racontant ce qu'il avait lu sur ceux de son peuple – des informations dont il découvrait qu'elles n'étaient qu'occasionnellement vraies – par exemple la façon dont, quand ses ancêtres mouraient, les membres de leur famille attachaient leurs possessions dans les arbres.

Avec Naomi, ils rentraient à la ferme, inspectant le sol du regard sous chacun des arbres en espérant découvrir une relique ayant appartenu aux anciens. Cela n'importait guère qu'il n'y en ait jamais aucune. Il était avec elle et cela seul comptait.

***

– Ça alors, la femme qui retrouve les enfants !

Lucius Winfield, l'enquêteur de la police de l'État, se leva de son bureau en tendant sa grosse main tandis que les lumières de la pièce jouaient sur ses cheveux crépus coupés court. Naomi lui rendit son sourire. Elle se sentait toujours à l'aise en sa présence. Avec des gestes précipités, elle s'installa dans le fauteuil en cuir comme si le temps pressait. Elle avait l'impression d'entendre l'horloge égrener les secondes.

– Qu'est-ce qui se passe ? lui demanda-t-il.

Il la connaissait depuis presque une décennie : leur rencontre remontait aux toutes premières enquêtes de Naomi concernant des enfants, dont certaines avaient été confiées à Winfield. Souvent, des parents engageaient l'enquêtrice quand les recherches menées par la police n'avançaient pas. Winfield ne se formalisait pas de devoir partager, si cela permettait de résoudre l'affaire.

– Je continue d'essayer de trouver ma sœur, lui dit-elle.

En se basant sur le frêle soutien de sa mémoire, elle exposa tout ce qu'elle avait fait durant l'année écoulée. Expliqua comment elle et Jerome avaient écumé les archives recensant les anciennes exploitations agricoles, s'étaient rendus dans des dizaines de champs de fraisiers dans la vallée des fermes de l'Oregon. Ils étaient partis en Arizona et en Californie pour se renseigner auprès des fabricants d'abris atomiques afin de voir s'ils disposaient d'une liste d'acheteurs qui pût être consultée. Ils avaient interrogé des douzaines d'individus emprisonnés pour avoir enlevé des enfants. Le propre ADN de Naomi avait été prélevé et confronté à des bases de données afin de déterminer s'il recélait des correspondances avec celui de cadavres non identifiés. Ils s'étaient même penchés sur les réseaux internationaux de trafics d'enfants. Rien. Elle n'avait pas davantage été en mesure d'apprendre qui elle était, *elle*. À croire qu'elle était née le jour où elle s'était enfuie en s'extirpant des profondeurs de la terre.

Mais un jour, Jerome et elle s'étaient arrêtés à une station-service, sur une route de campagne dans les profondeurs de la vallée. Un camion de travailleurs saisonniers y avait fait halte. Femmes et enfants étaient à l'arrière, bronzés par le soleil et secoués par les cahots. Les migrants avaient pris des récipients en plastique vides pour les remplir au tuyau. Jerome, qui maîtrisait l'espagnol, avait engagé la conversation. Une vieille femme, en se signant, avait répondu que oui, elle se souvenait d'un lieu comparable. Ç'avait été un endroit diabolique, proche d'une ville appelée Elk Crossing[1].

– À partir de ce moment-là, ç'a été la course, confia Naomi au policier.

Finalement, ils avaient trouvé les champs, puis le bunker, dans les forêts voisines. Mais la trappe d'ouverture moisie était brisée, les pièces du sous-sol

1. Nom inventé : là où traversent les wapitis (*N.d.T.*)

désertées. Sa sœur n'était plus là depuis longtemps. Son ravisseur, supposait-elle, l'avait conduite ailleurs après son évasion.

– Je suis désolé, dit Winfield dont la voix était remplie de compassion. Ç'a dû être horrible pour vous de descendre là-dedans.

Naomi confirma de la tête en ravalant sa souffrance.

– Nous sommes alors retournés voir les membres du groupe d'enquêteurs et j'ai appris que vous aviez, ici, des filles sans domicile fixe portées disparues. Certaines ont été retrouvées assassinées.

Winfield s'adossa à son siège, posa la main sur son bureau.

– J'aurais dû me douter que cela vous attirerait en ville.

– Cinq filles, toutes poignardées et jetées dans la rivière, précisa-t-elle. Une douzaine d'autres au moins, qui vivaient dans la rue, ont aussi disparu, si j'en crois leurs amis. Il semble que vous ayez un nouveau tueur de la Green River sur les bras.

– Je sais. Nous sommes débordés, ici, fit-il en désignant la ville, au-delà des murs de son bureau, avec sa main usée par l'âge. Vous avez vu où on en est. Des sans-abri partout. Et toutes ces façons dont les plus vulnérables deviennent la proie des autres. Trafic d'êtres humains. Crimes. Maladies. Meurtres. Je suis dedans jusqu'au cou.

– Et les services sociaux, les travailleurs de proximité ? demanda Naomi en fronçant les sourcils.

– Débordés eux aussi.

– C'est pour ça que vous avez transmis l'affaire au siège local du FBI ?

– Je ne la leur ai pas transmise. Ils l'ont prise.

Il y avait une soudaine dureté dans sa voix. Elle détecta un accent de colère.

– Si vous venez m'apporter votre aide, ne vous gênez pas, ajouta-t-il avant que sa voix se radoucisse. Écoutez, nous nous sentons tous concernés. Je sais que vous l'êtes, et moi aussi. Mais il y a une limite à ce que je peux faire. J'ai plus de cinquante enquêtes en cours, en ce moment. Combien vous en avez, vous ?

Piquée au vif, elle ne répondit pas. Des affaires, elle n'en avait strictement aucune si elle n'incluait pas sa sœur. Il lui était facile de juger. Elle comprit qu'elle était injuste et le lui dit.

– Je m'excuse.

– N'en parlons plus. Si vous trouvez quelque chose, si vous avez besoin d'aide, n'hésitez pas, dit-il en consultant sa montre. Bon, il faut que j'y aille. Vous devriez rendre une petite visite aux agents fédéraux. Une surprise pourrait vous y attendre.

– Mais encore ?

– Vous verrez bien.

Celia se réveilla sous un dôme qui portait les hiéroglyphes de leur époque. Des graffitis qui disaient : *Délicieuse obsession. Came. La mort est passée par là. Suicide ?*

La Défonce se tenait sur le bord de la bretelle d'autoroute, il urinait dans les buissons. Le soleil qui filtrait à travers l'épais feuillage paraissait étincelant. Celia n'avait aucune idée de l'heure qu'il était. Elle n'avait pas de montre – un objet du passé – et ne pouvait se payer un téléphone.

Ce matin, ses poches étaient aussi vides que son regard fixé, sans les voir, sur les feuilles qui miroitaient telles des ombres presque blanches. Derrière elle, Rich dormait encore, les bras jetés sur le visage, le ventre roulant dans la poussière.

– On se bouge, annonça La Défonce en s'approchant pour lui expédier un coup de pied dans la jambe.

Rich ouvrit les yeux.

– Je rêvais, dit-il.

– Je veux pas savoir de quoi.

– De crêpes. Un sacré tas. Avec du beurre et du sirop d'érable. Et du jus d'orange.

– Tu fais chier, dit La Défonce.

Rich se leva lentement en gémissant parce qu'il avait dormi sur le sol dur. Celia épousseta son jean sale et tapa du pied par terre pour faire tomber la terre de ses chaussures de sport. Sa veste en jean était aussi crasseuse que le reste de sa personne. Parfois, elle aimait rester sale. Ça lui donnait l'impression qu'elle était pareille à la chaussée des rues, pareille à la ville. Ou recroquevillée à l'intérieur d'un cocon dans l'attente d'une naissance flamboyante.

Elle s'éloigna vers l'angle de la caverne, baissa son jean et urina sur le sol.

– J'suis drôlement content d'pas être une fille, déclara La Défonce en la regardant.

– Parce que t'en es pas une ? répondit-elle en levant les yeux et en agitant ses fesses avant de remonter le jean.

– C'est malin, fit-il en bouclant sa ceinture.

Rich ramassa son sac à dos qu'il renversa pour faire tomber une ondée de croûtes de pain sur le sol.

– J'aurais juré qu'y avait des crêpes dedans, dit-il avant de l'endosser.

Les deux autres prirent le leur qui était vide. Celia sentit son ventre se crisper à cause de la faim : il ne se donnait même plus la peine d'émettre des protestations. À l'image de son corps entier, il avait appris le silence.

– Y a quelqu'un qu'a de l'argent ? demanda-t-elle.

Les garçons détournèrent le regard. Ni l'un ni l'autre ne voulait dire ce qu'il pensait, à savoir qu'elle avait un petit côté parasite. Elle n'arrêtait pas de quémander auprès des autres gosses des rues et de les taxer alors qu'elle-même ne tendait presque pas la main pour mendier et ne se prostituait pratiquement jamais. Rich pensait qu'elle jouait de sa petite taille pour amadouer les autres gosses. Mais bon, ils commençaient tous à s'en lasser.

– Peut-être que c'est nous qui devrions te poser la question, Celia.

La Défonce fut le premier à sortir des broussailles en y laissant pénétrer un rayon de soleil blanc qui aveugla leurs yeux habitués aux ombres de la nuit. Rich le suivit tandis que Celia fermait la marche en ravalant sa honte.

Le trajet paraissait toujours plus long et plus chaud de jour, quand ils s'en revenaient en ville. Parvenus à l'autoroute, ils durent attendre une éternité à cause de la circulation soutenue, finirent par traverser en courant au milieu des voitures qui klaxonnaient furieusement. Ils franchirent la passerelle en sens inverse tandis que la rivière, en contrebas, était parcourue de multiples et amples ondulations où flottaient des particules de vie de couleur verte. L'odeur en était froide et fertile, comme si la nature se préparait à enfanter.

Tout près, dans la zone industrielle, Celia distinguait les docks d'autrefois qui mordaient sur le cours d'eau. Les rives étaient boueuses, creusées d'ornières par les voitures. Des clients en quête de sexe venaient s'y garer. Des pervers, aussi. Elle s'efforçait d'éviter cet endroit depuis qu'elle avait vu la maison effrayante.

Le jour, le quartier des laissés-pour-compte s'assagissait. Il y avait des bouteilles vides, telles des décorations festives, dans les caniveaux. Les portes des refuges étaient fermées à clé. Ils allèrent chez les Petites Sœurs de la Miséricorde où c'était presque l'heure du déjeuner.

Celia avait une prière ardente pour le repas de midi. Elle désirait qu'il soit servi.

Ils étaient fatigués et en sueur lorsqu'ils se placèrent au bout de la file d'attente. La fillette sentait les rayons du soleil qui lui faisaient fondre le sommet du crâne. C'était une journée printanière exceptionnellement chaude. Des nuages noirs stagnaient en une ligne ininterrompue au-dessus de l'horizon, la lointaine promesse d'un orage. L'air avait la même odeur qu'une pièce de monnaie en cuivre et elle s'en délectait, faisant rouler dans sa bouche cette saveur électrique.

La queue progressait lentement. Aucun des trois ne parlait. Ils avançaient en traînant les pieds. Quelque part derrière eux, deux ivrognes commencèrent à se disputer et un homme menaça de les étriper s'ils ne fermaient pas leur gueule. Ils obéirent.

Traîner les pieds. Avancer. Celia sentait le trottoir rugueux à travers ses semelles sans épaisseur. Elle sentait chacun de ses orteils prendre appui, l'ancrer à la terre. Avait dans la bouche un goût de poussière. Même ses oreilles lui semblaient sourdes, leur canal auditif bouché. Elle était refermée sur elle-même, un lieu où il faisait bon être, où régnait un léger bourdonnement. Les papillons, elle ne l'ignorait pas, vivent dans un univers de silence. Ils n'éprouvent pas le besoin de parler.

Rich lui toucha le bras. Elle ouvrit les yeux. Il lui sourit avec empressement. Elle les referma sans lui prêter attention. Elle n'était pas encore disposée à faire la paix.

Finalement, leur tour vint. Ils reçurent chacun une assiette où s'entassaient haricots, riz et pain de maïs. Se dirigèrent vers la dernière table libre et s'assirent avec ce qui ressemblait à du soulagement. Quelques instants plus tard, la nourriture avait disparu et Celia gardait le regard rivé sur son assiette vide.

– Est-ce qu'on reste pour aider à faire la vaisselle ? demanda La Défonce. Sa voix paraissait lasse, comme s'il s'exprimait des profondeurs d'un puits abyssal.

– Pas moi, répondit Celia en grattant son assiette pour voir si un haricot égaré était susceptible de réapparaître.

– On avait dit qu'on le ferait, intervint Rich.

Mais quand les garçons se levèrent, ils virent qu'une file de plongeurs s'était déjà constituée pour s'acquitter du repas par la plonge.

– Revenez aider ce soir pour le dîner, leur dit la religieuse.

Celia retourna à l'annexe du bâtiment. Son regard fut attiré par le tableau d'affichage et les messages concernant les filles disparues ou assassinées, dont certaines qu'elle avait connues. Là, au milieu, entouré de feutre jaune, était placardé un nouvel avis. Attirée, elle s'en approcha. Une autre fille disparue, il y avait des années, celle-là. Elle fut parcourue d'un frisson en lisant qu'elles avaient été retenues captives. *Je suis à la recherche de ma sœur. Dites-lui que je suis désolée et qu'elle me manque.*

Dans le bas figuraient un nom et un numéro. Naomi, enquêtrice.

Dites-lui que je suis désolée et qu'elle me manque. Elle éprouva le son de ces mots quand elle les prononçait à haute voix.

D'une drôle de façon, pas drôle dans le sens d'amusant, drôle dans le sens de triste, comme s'il s'agissait de la dernière chose qu'on pût s'attendre à ce que quelqu'un avoue publiquement.

***

Dans le souvenir de Celia, elle avait six ans et sa mère était enceinte. Une fille, lui avait-elle annoncé après une rare visite au service de la santé du comté. Celia était assez âgée pour garder le souvenir d'un temps où sa mère avait été une personne différente, qui allait chez le médecin et accompagnait sa fille chez le dentiste même si elles n'avaient pas assez d'argent. Quelque part au fond de sa mémoire, elle avait le sentiment que sa mère lui faisait la lecture, sentait la tendre chaleur de son bras.

Mais Teddy était arrivé alors. Dans l'un de ses souvenirs les plus anciens, elle se levait la nuit pour aller uriner et voyait sa mère, sur le canapé, qui tendait son bras blanc. Teddy, un genou à terre comme s'il la demandait en mariage, enfonçait une aiguille dans sa chair. Sa mère avait relevé des yeux emplis de sommeil et de culpabilité. Mais elle était trop droguée ne serait-ce que pour remarquer vraiment la présence de sa fille.

Mais Teddy l'avait remarquée, lui, plus tard.

Il était devenu le fier propriétaire d'un ventre rebondi tel un tambour qu'il caressait avec lascivité. Puis était survenu le moment où le jour avait semblé chavirer et sa petite sœur était née. Le bébé dormait à l'hôpital, enveloppé dans les couvertures. Elle avait une fente entre les jambes exactement comme elle ; un lieu énigmatique abritant mensonges et secrets. Assis près du lit d'hôpital, son beau-père l'avait surveillée, une mise en garde sur les lèvres.

Mais Celia ne voulait pas parler, pas à ce moment-là. Ce qu'elle voulait, c'était tenir dans ses bras sa petite sœur, l'aimer, la protéger comme elle ne l'avait pas été. Elle avait regardé avec intensité son visage endormi et lui avait promis, au fond de son cœur, qu'elle serait sa mère.

Le jour où elles étaient sorties de l'hôpital, personne n'avait regardé à deux fois la maman exténuée, ses yeux clos, la transpiration sur son front causée par le manque, le grand homme dégingandé au visage couvert de poils de barbe rousse grisonnante, à côté d'elle, ni la fillette qui cheminait près d'eux sans tenir la main de personne hormis la sienne. Elle marchait souvent de la sorte, les mains croisées devant elle comme un moine à la démarche nonchalante, et les adultes remarquaient, avec de petits rires, que ça la faisait paraître sage et adulte. Ils ne savaient pas qu'elle gardait ses mains crispées de cette manière afin d'empêcher ses membres apeurés de prendre leur essor.

Marchant ainsi près de sa mère et de sa petite sœur, elle avait eu le sentiment, comme cela se produirait fréquemment par la suite, d'entrer dans des bâtiments et d'en sortir, dans des écoles, dans des salles d'attente et des boutiques, sans que jamais quiconque la remarque. Elle était invisible, quelqu'un qu'il convenait d'effacer.

Mais sa sœur serait visible. Sa sœur, elle s'en faisait le serment, serait aimée.

***

Cette nuit-là, dans le quartier des laissés-pour-compte, Celia accepta de faire une passe. Ce n'était que sa bouche, se raisonna-t-elle. On peut toujours recracher.

Ses amis la regardèrent descendre de la voiture. Dans les yeux de Rich se lisait ce qui ressemblait à de la tristesse. Elle s'approcha et lui tendit l'argent.

– Ce que je te dois, lui dit-elle d'une voix rauque.

– Tu peux le garder, répondit-il en rougissant dans la nuit.

Derrière eux, assourdissantes au milieu des ténèbres, ils entendirent des sirènes. Des sirènes toute la nuit, parfois, jusqu'à ce qu'ils aient l'impression que les rues se transformaient en flaques de lumières clignotantes, de sang et de miséricorde répandus.

D'autres nuits semblaient n'exister que pour la magie, et c'était l'une de celles-là. Elle ne s'y attendait pas plus qu'à la brise violente qui soufflait de la rivière, aux nuages qui se précipitaient dans le ciel. Elle se tenait sur le trottoir, oscillant dans ses chaussures légères, les yeux fermés sur le monde, et l'instant suivant, un sentiment de bien-être balayait son corps jusqu'à ce que ses yeux s'ouvrent en grand à la lumière des éclairs.

Comme si elle n'était pas réellement une gamine des rues de douze ans, les oreilles fermées pour se protéger de la déflagration du tonnerre. Comme si ses lèvres n'étaient pas écartées pour recueillir le déferlement de la pluie purifiante.

Le lendemain matin, en traversant la passerelle, ils observèrent les hommes, sur la vedette de la police, qui hissaient un corps hors de l'eau. Une jeune fille nue, aussi blanche qu'un poisson. Les gosses des rues restèrent le long du parapet à regarder. Un groupe de gens qui vivaient le jour s'était rassemblé sur l'esplanade proche, et eux aussi contemplaient, comme si la mort les intéressait et n'était pas le moins du monde effrayante. Parmi eux se trouvait la femme aux cheveux soyeux. Elle avait les bras croisés comme si elle était folle de rage.

Quand les hommes du bateau avaient harponné le cadavre à l'aide d'un crochet, Rich avait demandé :

– On la connaît ?

– Je crois qu'elle s'appelait Destinée, avait répondu La Défonce avec un haussement d'épaules.

Les policiers avaient touché le corps de la victime avec plus de tendresse qu'elle n'en avait probablement jamais connu.

La Défonce considérait Celia de ses yeux ensommeillés.

– Nous te protégerons, promit Rich.

Mais Celia ne répondit pas, car elle ne pensait pas que cela fût possible. C'était une de ces pensées pieuses qui ne sont suivies d'aucun effet. Tous trois s'éloignèrent lentement, la nuque courbée, tournant le dos à la rivière tandis que la vedette en brassait l'eau.

L'agence locale du FBI, située au centre-ville, donnait l'impression d'avoir été meublée par quelqu'un qui avait obtenu un diplôme de décoration kitsch dans les années 1970 : miroirs polis, argent omniprésent, tapis orange brûlé. Les meubles modernes et les ordinateurs haut de gamme empestaient le fric, et la réceptionniste donnait l'impression de vouloir s'intégrer dans le décor. Ses yeux argent étaient assortis à ses cheveux.

– Je viens voir l'agent spécial Richardson, annonça Naomi en faisant glisser sa carte de visite sur le bureau.

Quelques instants plus tard, elle se trouvait à la salle d'attente où, étudiant une recette de ragoût de poulet dans un magazine de cuisine, elle se demanda si le jour viendrait où elle aurait une cuisine et où Jerome, en rentrant, s'apercevrait qu'elle avait cuisiné du poulet. Quelque chose lui disait que ce n'était guère probable.

– Winfield m'a prévenu que vous alliez venir, lui dit l'agent du FBI.

Sean Richardson avait les cheveux noirs et lustrés qui allaient de pair avec sa profession. Il portait le costume classique des agents fédéraux : sombre avec de fines rayures blanches, petite cravate irréprochable qui suggérait un personnage borné. Elle le détesta immédiatement, mais n'en fut pas surprise : elle et les agents fédéraux ne s'entendaient jamais bien. Contrairement aux enquêteurs de la police comme Winfield, ils lui en voulaient d'avoir résolu des affaires sur lesquelles ils avaient échoué des années durant.

Il lui fit signe de prendre un siège. Elle resta debout, regardant la rivière par la fenêtre.

– C'est vous qui avez résolu l'affaire Nick Floyd, commença-t-il.

Lui aussi était agacé parce qu'il se trouvait dans l'obligation de rester debout, ne voulant pas s'asseoir si elle refusait de le faire.

Elle lui jeta un regard.

– J'ai été contente de pouvoir apporter ma contribution, répondit-elle d'un ton amène.

– J'ai lu vos propos à notre sujet.

Naomi sourit intérieurement. Elle ne regrettait rien. Les hommes de ce genre ne comptaient pas. Dans la vie, tout ce en quoi elle plaçait sa confiance, c'était dans l'amour, et ici il n'y en avait pas.

– J'ai dit aux journalistes que vous êtes un tas de bons à rien, tout juste capables de faire passer pour un génie un agent de police chargé de la circulation, et que l'unique raison qui vous permet de vous en tirer, en étant aussi ineptes, c'est que le public a bizarrement et inexplicablement confiance dans le FBI. J'ai la quasi-certitude qu'ils m'ont citée presque intégralement.

– En totalité, à l'exception du passage où vous dites « bizarrement ». Personne n'aime s'élever contre le jugement de la grande majorité des gens.

Elle tourna la tête, entrevit une ombre de sourire sur son visage. Hé bien. Peut-être appartenait-il à une nouvelle race d'agents du FBI.

Il s'approcha de la fenêtre. Tous deux étudièrent la rivière.

– Cela en fait six, maintenant, dit-il à voix basse.

Il se tourna vers elle. Naomi vit qu'il avait les yeux marron, les sourcils en bataille. Des taches de rousseur sur les joues. Un être humain comme les autres.

– J'ai mis un gars efficace sur cette affaire, infiltré. Pour essayer de la résoudre de l'intérieur.

Elle repensa à l'affaire Floyd. Nick Floyd était un homme d'aspect ordinaire qui avait mené une vie ordinaire, hormis le fait qu'il avait kidnappé et assassiné plus de vingt enfants. L'agent du FBI précédent avait complètement bâclé l'enquête en révélant d'abord des informations confidentielles avant de désigner un suspect innocent sans aucune autre raison qu'il était noir et s'exprimait en bredouillant. Le temps que le malheureux ait été libéré de prison, la piste était refroidie et, comme les médias s'étaient tournés vers autre chose, le FBI avait tenté de passer sous silence cet échec catastrophique.

Naomi avait été engagée par les parents d'un des garçons. Tout au long de leur enquête, en fait, les agents fédéraux avaient eu les éléments de preuve juste sous leur nez : un ticket de caisse mouillé, presque indéchiffrable, délivré par un magasin d'alimentation animale et retrouvé au fond du sac à dos de la victime. La famille n'avait pas d'animaux d'élevage. Ce ticket avait mené à un point d'intersection commun reliant tous les enfants. Le magasin de nourriture pour animaux de la famille Floyd où chaque enfant avait le droit de venir caresser les poussins.

Naomi savait que ce n'était pas à cause d'une absence de sensibilité ou d'une coupable indifférence. Les agents fédéraux ne disposaient tout simplement pas de l'expérience qu'il fallait. Ils voulaient croire que des hommes comme Nick Floyd étaient plus intelligents, plus brillants, plus malins et plus exceptionnels qu'ils ne l'étaient eux-mêmes, refusaient d'admettre que si autant de crimes perpétrés à l'encontre de femmes et d'enfants n'étaient pas résolus, ce n'était pas parce qu'une poignée de sociopathes intellectuellement brillants s'avéraient en toutes circonstances plus intelligents qu'eux. C'était parce que les gens laissent de tels crimes se produire.

Cela déstabilisait Naomi, car elle savait par expérience que la majorité des citoyens sont bons, ou désirent l'être. Ils ne veulent simplement pas reconnaître que certains de leurs congénères sont capables d'être des monstres, y compris au sein de leur famille et au nombre de leurs amis. Ils sont donc réduits à s'imaginer que de tels hommes sont différents, et ce faisant ils se privent de leur pouvoir personnel, et supérieur, pour les empêcher d'agir.

Pour Naomi, les hommes – une femme à l'occasion – qui enlèvent des enfants ne la concernaient pas directement. La seule chose qui importait était la manière dont ils parvenaient à passer à l'acte sans se faire prendre. Ils représentaient les portes qu'elle devait franchir pour atteindre les enfants. Elle refusait de voir chez eux le moindre romantisme en prétendant que c'étaient des êtres sortant de l'ordinaire. Et cela, songeait-elle, incluait son propre ravisseur. Si elle le trouvait – et si jamais elle parvenait à découvrir où était sa sœur, cela signifierait vraisemblablement qu'elle le trouverait –, elle le regarderait en sachant qu'il n'y avait absolument rien d'exceptionnel chez lui. Espérait-elle.

– Je continue de penser que vous n'êtes pas les gens qui conviennent, pour ça, reprit-elle. Winfield en sait plus que vous. Bon sang, moi aussi. Retournez vous occuper des mères d'élèves qui volent l'argent du bingo et prétendent qu'il s'agit d'un cas classique de détournement de fonds.

Sean Richardson la surprit en riant. Ses yeux marron ne la lâchaient pas et il semblait ravi. Elle se sentit soudain mystérieusement proche de lui. Peut-être, dans ces bureaux-là aussi, y avait-il de l'amour.

– Vous avez une fille ? lui demanda-t-elle.

– Non.

De la main il engloba la rivière, la ville :

– Le monde est mon enfant. Cela fait rire, je sais. Mais c'est ce que je ressens. C'est pour ça que j'ai choisi ce métier.

– Je vous trouve plutôt sympa, dit-elle.

– Alors vous allez me laisser faire mon travail comme je l'entends ?

– Non.

***

Pendant des années, Naomi n'avait eu d'autre souvenir de sa captivité que la course à travers le champ de fraisiers, ce soir-là, ses talons nus qui martelaient la terre noire. Alors que poussée par la terreur elle fonçait pour s'échapper, elle s'était soudain retournée, remplie d'horreur, sans savoir pourquoi. Jusqu'à ce que, un matin, elle sorte du sommeil en hurlant un seul mot.

Sœurette.

Quand elle avait pris conscience qu'elle avait abandonné sa sœur, elle s'était attendue à ce que d'autres souvenirs lui reviennent, une avalanche de souvenirs qui l'auraient ensevelie sous la frayeur et les regrets. Mais cela ne s'était pas produit. Les éléments que, par volonté pure, elle s'était contrainte, enfant, à oublier, étaient demeurés dans l'oubli. Peut-être cette partie de son esprit avait-elle effacé ces expériences, les rejetant comme de la nourriture avariée. Ou peut-être les souvenirs attendaient-ils qu'elle soit suffisamment forte pour y accéder.

Seul un détail lui était revenu. Elle était avec sa sœur, dans les profondeurs de la terre, alors que des gouttes tombaient du plafond. Il faisait noir dans l'abri atomique et une lampe jetait des ombres jaunes. Sa cadette levait son regard vers elle, le visage confiant, les yeux noisette comme les siens.

Naomi chantait à voix basse, pour sa sœur. La lampe répandait sur elles sa lumière vacillante.

Swing low, sweet chariot, avait-elle fredonné, *coming for to carry me home*[1].

Ces paroles avaient une signification qui remplissait maintenant Naomi de remords. *If you get there before I do, tell all my friends I'm coming too.*

C'était un péché, Naomi ne l'ignorait pas, que d'oublier. Les gens cessent d'exister lorsqu'on les a oubliés. Elle avait commis un péché impardonnable, et le nombre de fois où les gens lui avaient trouvé des excuses, lui rappelant qu'elle n'avait été qu'une enfant ou qu'elle vivait dans la terreur, n'y changerait jamais rien. Elle avait oublié celle qui comptait le plus et il n'y aurait pas de vie, pas de futur, aussi longtemps qu'elle ne l'aurait pas retrouvée. Alors, elle implorerait son pardon.

Elle passa le reste de la journée à explorer le centre de la ville, à placarder des affichettes dans les

---

1. « Oscille doucement, doux chariot, qui s'en vient pour me ramener chez moi,

Et si tu arrives avant moi, dis à tous mes amis que je serai bientôt là. »

magasins et à parler aux gens. Pas seulement dans le quartier de plus en plus vaste des déshérités où les gosses des rues se prostituaient à la nuit tombée. Elle le parcourut dans sa totalité. Les galeries commerciales, les épiceries et les cafés nichés en retrait au rez-de-chaussée des immeubles. Elle vit les endroits où rôdaient les revendeurs, les drogués, et aperçut les femmes qui sortaient des grands magasins en portant d'imposants sacs de courses et en jacassant comme des pies.

Elle s'interrogea sur ce que cela devait signifier, d'être un des enfants sans foyer qu'elle avait vus. Se demanda quel effet cela devait faire de vivre dans la rue où chaque renfoncement de porte pouvait constituer une cachette différente, où chaque homme de taille adulte pouvait cacher un couteau.

À l'angle d'une rue abandonnée, en limite du quartier des miséreux, elle pénétra dans une supérette pour s'acheter à boire. Quand elle ressortit, elle essaya d'appeler Jerome dont le téléphone ne capta pas le signal. Cela, espéra-t-elle, signifiait qu'il avait pu trouver un emploi. Peut-être était-ce injuste, de lui demander de travailler, mais à la seule pensée de ne pas rechercher sa sœur, son cœur se serrait.

Le crépuscule tombait et un brouillard froid s'installait dans les rues qui se vidaient. En poursuivant sa marche, elle se trouva devant la bibliothèque municipale. Sa façade de pierre était très belle, rendue humide par la brume.

Ces bâtiments-là étaient souvent des lieux que fréquentaient les gens de la rue.

Elle décida de parler au personnel et de coller plusieurs de ses affichettes.

Celia se trouvait dans la bibliothèque. À l'exception de sa propre imagination, c'était son endroit préféré.

Les chaussures dans le vide, elle était perchée sur l'une des chaises en bois. Un siège qui ne la dérangeait nullement. Rien ne la dérangeait dans ce bâtiment. Sa tête s'envolait vers les nuages, le plafond décoré au-dessus d'elle, et quand sa main touchait les rampes polies de l'escalier en marbre, elle s'intégrait au monde.

Ce qu'elle préférait, à la bibliothèque, c'était qu'elle ne faisait plus qu'un avec les papillons.

Précautionneusement, elle tourna une page. Elle lisait son livre préféré sur les lépidoptères, celui dont la couverture d'un bleu terne ne donnait aucun indice quant aux merveilles qu'il recélait. Les bords en étaient grisâtres au point de paraître argentés. Comme la poussière de leurs ailes, songea-t-elle. La bibliothécaire âgée le gardait sous son comptoir, juste pour elle. C'était un secret qu'elles partageaient, un de ces secrets qui renferment de la beauté. Un jour, alors qu'elle était en CE2, une voisine l'avait invitée chez elle pour le souper. La bibliothécaire lui rappelait cette voisine. Ça l'aidait à se souvenir qu'en ce monde il y a des gens qui sont gentils. Elle ne les considérait pas comme responsables de ce qui se passait. Ils étaient trop occupés à s'entraider.

Elle pouvait passer des heures entières plongée dans ce livre. Touchait les illustrations colorées de ses doigts sales. Les couleurs des papillons jaillissaient de la page : une fusée de couleur rouge pointée vers le ciel, le bleu le plus vif que vous ayez jamais vu, l'or d'un coucher de soleil parfait. Sur des bouts de papier, posés juste à côté, elle dessinait des images de papillons, certains imaginaires, d'autres réels. Quand elle en avait terminé, elle les glissait à l'intérieur du livre, tels des trésors.

– Celia ?

C'était Rich, un murmure rauque. Il détestait la bibliothèque. Il disait que ce lieu lui donnait l'impression de sentir la pisse. Bien sûr, ce n'était pas littéralement exact ; c'était l'air chaud, sec et renfermé qui accentuait cette impression. Elle ne le lui disait pas.

– Tu peux y aller, lui dit-elle. Je te retrouverai plus tard.

Il reposa son illustré.

– Il fait presque nuit, commença-t-il.

– Je te rejoindrai. Tu sais où.

Elle était perdue au milieu des papillons.

Rich s'en alla. Dehors, il commençait à faire froid et à pleuvoir, et l'humidité ruisselait des avant-toits. Les derniers habitants diurnes quittaient les bureaux, se hâtaient dans le brouillard qui s'épaississait. Au-dessus de sa tête, une horloge géante tinta. Sept heures du soir.

Dans la salle, à l'étage au-dessus de lui, Celia balançait ses jambes dans le vide en lisant et en souriant. Elle fit glisser un nouveau bout de papier devant elle pour dessiner une autre merveille.

Dehors, l'homme au visage couturé de cicatrices et aux oreilles en chou-fleur patientait. Il vit Rich partir. La fille était à l'intérieur, seule.

***

Qu'est-ce que tu veux ?

Quand les papillons lui parlaient, elle percevait la plus enchanteresse des musiques. Elle les entendait arriver de loin et les voyait, là, qui recouvraient les vitres brumeuses de la bibliothèque. Autour des lustres fabuleux, ils volaient en décrivant des cercles, aussi nombreux que des fleurs en tissu au-dessus de la tête penchée des lecteurs. Elle prononçait chacun de leurs noms sur leur passage : la belle-dame, le machaon porte-queue, le vice-roi, le papillon à quatre pattes, les lycaenidae. Le citron. Les riodinidae, strymons, nymphalidae et hesperiidae.

Il n'existait rien qui pût se comparer au papillon : c'était une créature unique qui ne ressemblait à nulle autre. Ce n'était pas seulement en raison des ailes, couvertes de milliers de minuscules écailles qui diffractaient la lumière. C'était dû à la vraie nature de ce corps complexe, des yeux qui discernent tout, des antennes. Ils se posaient sur la table et lui souriaient, leurs pattes égrenant des notes de musique. Elle aussi sourit, dessina une aile.

Parfois, ils chantaient quelque chose pour *elle*, Celia, et leurs chansons étaient semblables à de petits passages musicaux, aux sonorités d'un piano, peut-être. Un seul doigt sur une touche, la note qui demeurait en suspension dans l'air, trop belle pour retomber. Les yeux de Celia se remplissaient de larmes tandis que les lépidoptères donnaient voix à l'émerveillement qu'elle ressentait.

Je veux être quelqu'un de bien, répondit-elle aux papillons. Et les papillons lui dirent, oui, bien sûr que tu l'es. Ils le lui avaient promis depuis un temps qui remontait à avant sa naissance. Ils avaient incité sa mère à faire la même promesse, avant qu'il soit trop tard et que les ténèbres l'engloutissent.

Un, deux, trois. Regarde !

Les lumières de la bibliothèque s'éteignirent et se rallumèrent au plafond, et les papillons soudain prirent leur envol, s'élevant en nuages denses. Il était temps de partir. Elle glissa son dessin dans le livre, déposa un baiser sur la couverture et se leva. Comme tous ceux qui n'avaient nulle part où aller, elle descendit les marches.

***

La naissance d'une petite sœur avait tout changé dans le monde de Celia.

Avant, elle s'était muée en un tronc d'arbre abandonné dans le lit où Teddy venait, les nuits où sa mère perdait connaissance sur le canapé. Il enfonçait son truc dans le creux du tronc, en agrippait les branches inertes jusqu'à pousser des grognements. Mais sa sœur était née alors. Durant ces longues journées pendant lesquelles sa mère dormait, ou transpirait et gémissait dans l'attente de la piqûre, c'était elle, Celia, qui berçait la petite, changeait ses couches, apprenait à préparer le biberon puis, par la suite, debout sur un tabouret, devant la cuisinière, faisait cuire les carottes qu'elle écrasait avant de s'assurer avec sa propre langue qu'elles étaient assez refroidies pour que le bébé puisse les manger. C'était Celia qui apprenait à lire afin de comprendre les mots dans le livre du Dr Spock[1] qu'elle avait trouvé sur l'étagère de la salle de séjour. C'était Celia qui avait appelé une ambulance, un soir, parce qu'elle s'était trompée en consultant le thermomètre et avait cru que sa petite sœur avait trop de fièvre et qu'elle allait mourir. Sa mère, avait-elle expliqué au conducteur de l'ambulance, avait la grippe : c'était pour cette raison qu'elle avait dormi pendant toute la durée de l'incident.

C'était parce que sa sœur était là que Celia avait appris le temps. Avant même d'en avoir pris conscience, la petite donnait des coups de pied dans la chaise haute et sale en suçant un os de côte de porc. Après, elle avait eu deux ans, puis trois, et elle jouait sur le sol de la cuisine avec poêles et casseroles pendant que sa sœur aînée, debout sur le tabouret, préparait le repas. Celia, elle aussi, avait grandi au fil de ces années, mais elle n'avait jamais cessé d'être un arbre.

C'était arrivé quand Alyssa avait cinq ans et Celia onze. Elle avait vu sa sœur changer, cesser d'être un bébé pour devenir un être humain doté, autour de la bouche, d'un visage distinct, de jambes qui s'allongeaient et de bras qui prenaient la teinte du miel au soleil. Elle avait les mêmes cheveux cuivrés qu'elle, en plus clair. Elle est jolie, commencèrent à dire les gens qui ne les connaissaient pas et, au tréfonds de Celia, la sonnette d'alarme se déclenchait.

Faites que ce soit moi, priait-elle. Je serai l'arbre.

Un jour, elle avait emmené Alyssa dans le jardin de derrière pour regarder les papillons. Rien n'avait été tondu depuis des années. Elle l'aimait bien comme

1. *Comment soigner et éduquer son enfant*, ouvrage de référence publié pour la première fois en 1946.

ça. Il y avait dans l'herbe des petites couleuvres rayées longitudinalement, des bébés crapauds et, parfois, ce qu'il y avait de plus précieux au monde : des papillons.

– Les papillons sont magiques, avait-elle expliqué à sa petite sœur tandis qu'avec mille précautions elles s'en approchaient dans l'herbe et qu'elle murmurait les noms de ceux qu'elle savait identifier.

Une ombre était tombée sur elles. C'était Teddy, qui rentrait à la fin de sa journée. Il travaillait dans le bâtiment. C'était l'argent qu'il gagnait qui permettait d'acheter la drogue dont sa mère ne pouvait se passer. Sa mère était aussi captive de Teddy que Celia l'était de sa condition d'arbre. Ce jour-là, il se tenait derrière elles, une bière fraîche à la main, se grattant le ventre avec l'autre. Ses yeux bleus étaient rivés sur Alyssa. En cet instant, Celia avait vu comment son beau-père lorgnait sa petite sœur, les spéculations qui traversaient son regard. Le plan qu'il échafaudait. *Non*, s'était-elle récriée au fond de son cœur, je ne le laisserai pas faire ça.

Le lendemain, elle était allée trouver l'infirmière de l'école et lui avait raconté ce qui se passait à la maison. Elle savait exactement ce qu'elle faisait : elle dénonçait Teddy pour sauver sa sœur. Elle allait sauver tout le monde.

Ç'avait été la plus grande erreur de sa vie.

Naomi grimpait les marches de la bibliothèque quand un adolescent en sortit. Il avait l'aspect crasseux d'un gosse des rues, et son regard furtif, ses yeux qui s'agrandissaient légèrement, lui apprirent qu'elle ne se trompait pas. Elle tendit la main mais il baissa la tête et se hâta de poursuivre son chemin. La soirée fraîchissait, de nouveaux nuages de pluie s'approchaient.

Ce fut alors qu'elle repéra l'homme. Il ressemblait à un ancien boxeur, sourcils traversés de cicatrices, lèvres déformées par des chéloïdes. Il portait une combinaison de mécanicien bleue dont la fermeture éclair était remontée jusqu'en haut, un vieux pantalon, des chaussures usagées. Ses cheveux argentés lui tombaient jusqu'au menton. Pas complètement au bout du rouleau, disait son attitude. Dangereux. Il donnait l'impression d'être dangereux.

L'homme lui retourna un regard indifférent. Sourit de ses lèvres épaisses, mais c'était un sourire dépourvu de chaleur. Il se tenait sous un léger renfoncement qui le protégeait de la bruine. Comme s'il attendait quelqu'un.

Naomi pénétra dans l'établissement.

Dès qu'elle entra, et sans même lever les yeux de son bureau, la bibliothécaire annonça :

– On ferme.

Elle était absorbée dans un livre de poche abîmé : *Les Pêcheurs de coquillages*, de Rosamunde Pilcher. Naomi sourit. C'était un des livres qu'elle préférait, quand le courage venait à lui manquer.

– J'ai des affichettes à poser, dit-elle en s'approchant. Et quelques questions, si cela ne vous ennuie pas.

Elle lui présenta sa carte d'enquêtrice. La bibliothécaire posa son livre en y glissant un marque-page artisanal réalisé au crochet, et, avant de se pencher vers elle, chaussa les lunettes pailletées qu'elle portait autour du cou.

Une fillette descendait l'escalier de marbre, un gros livre à la main. Elle était petite et svelte, vêtue d'une veste en jean sale. Elle avait un visage en forme de cœur sous une tignasse de cheveux mal entretenus, et ses yeux verts semblaient observer le monde avec une inquiétude marquée. Elle était d'une saleté repoussante. Lorsqu'elle s'approcha, Naomi observa une tache de terre sur sa joue.

Une alarme se déclencha en elle. Elle ne se rappelait que trop d'avoir pensé que nul ne vous remarque si on se dissimule sous la crasse. Mais ce n'était pas ainsi que les choses fonctionnaient.

La fillette jeta un regard vers Naomi avant de baisser immédiatement les yeux. Elle rendit le livre en le posant sur le comptoir. L'enquêtrice en aperçut brièvement le titre, qui parlait de papillons, et remarqua qu'il y avait des quantités de bouts de papier entre les pages. Elle se souvenait de la fascination qu'elle avait elle-même éprouvée pour le monde sauvage après s'être échappée de captivité. L'extérieur représentait davantage que la nature. Il représentait la liberté.

La bibliothécaire sourit avec gentillesse à la fillette.

– Merci, Celia. À demain ?

La gamine répondit par un timide hochement de tête. La bibliothécaire tendit la main sous le comptoir et, avec un clin d'œil complice, lui remit un petit bocal d'assortiment de noix qu'elle accepta en rougissant de plaisir.

Puis elle lança vers Naomi un regard de ses yeux verts difficile à déchiffrer et se hâta vers les lourdes portes noires. La bibliothécaire la regarda partir. Elle soupira.

– Je voudrais pouvoir l'emmener chez moi, dit-elle. Je voudrais pouvoir les emmener tous chez moi.

Naomi se souvint de l'homme qui se tenait sur les marches.

– Excusez-moi, dit-elle en laissant son affichette sur le comptoir pour s'élancer à la poursuite de la fillette.

Au-dehors, la bruine gagnait les réverbères dont la lumière vacillait en réfléchissant les couleurs. Des ombres arpentaient les rues vides, telles des pattes appartenant à des monstres. La gamine était sur la marche du bas, elle filait avec l'énergie de la jeunesse.

L'homme à la figure marquée de cicatrices avait abandonné le renfoncement. Il la suivait.

***

Dans l'incapacité de réfréner l'excitation que lui procurait un univers offrant pluie et papillons, Celia marchait d'un pas presque dansant. Elle courut vers un groupe de pigeons en agitant les bras pour les forcer à s'envoler : gris et magenta, rehaussés d'un vert si lumineux qu'elle ne pouvait s'empêcher de sourire. Ils émettaient un bruit semblable à celui de la plus tendre des mères, un roucoulement, et, dans sa tête, c'était à elle qu'ils s'adressaient.

L'homme, derrière elle, se fondait si facilement dans les ombres que Naomi elle-même, pourtant experte en matière de filature, en fut impressionnée. Impressionnée et passablement effrayée. Non pas pour elle, mais pour la fillette.

Elle avait conscience qu'ici, les rues étaient presque désertes : une enfant pouvait être agrippée et facilement traînée dans une dizaine de cachettes. La gamine avait environ une rue d'avance sur elle, et l'inconnu la suivait toujours. À n'importe quel instant, ils pouvaient tourner à l'angle et disparaître.

Naomi se mit à courir.

Au tout dernier moment, l'homme l'entendit et se retourna, un reflet de lumière jouant sur ses phalanges couturées. L'expression qui s'afficha sur son large visage martelé était celle de la consternation. Il ouvrit la bouche, la referma. Recula rapidement avec une grâce surprenante et s'engouffra dans une ruelle. Il n'était plus là.

La respiration haletante, Naomi s'immobilisa. La fillette aussi avait pivoté sur place puis reculé d'un pas ou deux en observant ce qui se passait. Elle se hâta de masquer sa peur derrière un rictus de mépris protecteur. Le silence régnait dans les rues.

– Vous vous appelez bien Celia ?

– Comment vous le savez ?

– Par la bibliothécaire. Elle vous a dit : « Merci, Celia. »

– Je me rappelle vous avoir vue dans la rue, maintenant. La femme qui va à l'église.

– Qu'est-ce qui vous fait croire que je vais à l'église ? demanda l'enquêtrice en reprenant sa respiration et en souriant, désormais apaisée.

– Je vous ai vue là-bas. Vous êtes pas d'ici.

– D'ici ou de là-bas ?

– De nulle part.

Décontenancée, Naomi se dit : on dirait une messagère. Une messagère surgie de mon passé, qui parlerait de mes péchés, de mes terreurs. Qui me dévisagerait avec le genre de haine né de l'envie. Un bref instant, Naomi vit clair : elle veut être comme moi, mais elle craint de ne l'être jamais. Derrière la fillette, la nuit avait gagné du terrain, assombrissant ses oreilles, les reflets cuivrés de sa chevelure. Bientôt, elle serait d'un noir d'encre, et une gamine comme elle pourrait tout à fait disparaître.

– J'étais inquiète pour vous, à cause de cet homme qui vous suivait. Je suis enquêtrice. Spécialisée dans la recherche et la découverte d'enfants disparus.

Un clignement de paupières. Pas de réaction. Naomi était assez proche pour distinguer les traces de crasse sur le cou de l'enfant. Elle se demanda quand cette fillette avait pris un bain pour la dernière fois.

– Quel âge avez-vous ? demanda-t-elle. Comment…

Le garçon des rues que Naomi avait vu antérieurement venait de surgir au carrefour. La fillette se tourna, le vit, et son visage tout entier se détendit pour laisser place au soulagement. Elle a peur, pensa Naomi. Elle ignore en qui elle peut avoir confiance. Ce n'est pas moi qui le lui reprocherais.

Je sais ce qu'a été sa vie.

– Je suis content d'être revenu te chercher, dit Rich à Celia.

Ils étaient de retour dans la rue, le cirque des lumières. Une bande d'étudiants était en ville et l'air résonnait de leur vacarme. Celia préférait les hommes âgés, les rares fois où elle ne pouvait pas faire autrement. Ils étaient doux avec elle, l'appelaient « ma chérie », « ma petite mignonne ». Ils voulaient faire comme si elle était leur fille. C'était ignoble, mais une chose dont elle se disait qu'elle ne lui était pas inconnue.

Les hommes jeunes, eux, étaient aussi tranchants que le fer. Ils aimaient faire mal, et le quartier des déshérités se transformait en bain de sang lorsqu'ils débarquaient.

– Merci.

Elle se pencha et posa son visage sur la poitrine de Rich qui cessa de bouger. Dans ses rêves les plus fous, c'était exactement le geste qu'elle faisait. Il leva les bras, lentement, pour la garder contre lui, mais elle s'écarta. Le moment était passé, dérobé par la nuit. Presque comme si rien ne s'était produit. Rich se sentit emporté par un désespoir vertigineux. Il n'y avait rien, dans cette vie, qui lui fût accordé.

Comme pour enfoncer le clou, un des étudiants, dans une voiture qui passait, lui cria : « Espèce de gros pédé ! »

Les autres, penchés au-dessus des portières, avaient le visage rouge d'alcool. Le gamin des rues se représenta de grandes faux qui fendraient l'air au ras de la voiture, les trancheraient en deux au niveau de la taille, et leurs corps qui tomberaient avec un bruit sourd, leurs lèvres et leurs paupières qui cligneraient, à jamais privées de toute expression.

– T'es pas homo, hein, Rich ? lui demanda Celia avec curiosité.

Non, fit-il en secouant la tête, l'âme dévastée par la solitude.

Cette nuit-là, ce fut comme si les rues étaient livrées aux fêtards. Rich et La Défonce étaient là, bien sûr, mais tous les autres aussi et bien davantage. Avec des sacs emplis de colle, à sniffer en cachette parmi les ombres ténébreuses des ruelles. Quelqu'un portait une bonbonne de gaz dans une rue encombrée de voitures. Un camé en pleine crise, des ivrognes au groin gorgé d'alcool, un des étudiants qui vomissait contre un mur pendant que ses copains, tous vêtus d'un polo, prenaient les paris avant de l'exhorter à gerber encore.

Parfois, Celia détestait la vie. Elle la détestait à mesure qu'elle se révélait, alors même qu'elle paraissait si merveilleuse. La nuit scintilla et lui en dévoila davantage :

Un adulte disait : « Vas-y, pose ta main là », puis « J'te donnerai un dollar, ma jolie » et, abaissant son regard, elle voyait le renflement de l'entrejambe, entendait le rire dément de l'homme. Des danseurs tanguaient dans la nuit, enlaçant transgenres et garçons aux hanches étroites. Elle se demandait ce qu'il y avait dans son verre, le soda que quelqu'un – un ami ? – lui avait tendu. Sa boisson préférée, du jus de cerises noires aromatisé à la vanille.

Parfois, les rues donnaient l'impression d'être sous l'effet de l'acide. Il n'était nul besoin d'en avoir pris pour le savoir. On pouvait ramper dans le caniveau, sucer les mêmes mégots froids et humides que tout le monde, s'émerveiller de la vue. On pouvait se tenir sous les lumières des clubs de strip-tease, observer le tourbillon d'une douzaine de filles magnifiques, et entendre les types qui sifflaient et s'égosillaient à l'extérieur, leurs voix empreintes de désir, enivrés de sueur et de quelque chose qu'elle n'aurait su nommer mais dont elle espérait qu'il s'agissait de l'amour. Elle ne voulait rien de plus.

Elle se sentit empoignée, poussée vers la sortie, déchiffra l'expression obscène du videur. Robuste, il avait le sourire graveleux de Teddy, ce qui déclencha son système d'alarme intérieur. Elle recula brusquement, tenta de s'échapper. Les hommes qui étaient restés à l'extérieur, ivres de désir, la faisaient pirouetter sur elle-même, la saisissaient dans leurs bras entremêlés, avec des visages grivois qui riaient, d'horribles dents jaunes plantées de travers, jusqu'à ce que, tout à coup, elle sente une main se poser sur elle et…

Tout cessa.

– Ça va, je suis là.

Il s'agissait d'un petit homme vêtu d'un costume impeccable. Dans son état de profonde confusion mentale, elle ne vit qu'un être extrêmement fluet dont les yeux bleus étincelaient derrière des verres de lunette ronds. Ses cheveux d'un gris argenté, coupés court sur les côtés, brillaient, et il paraissait bien trop élégant pour la rue.

– Te voilà.

C'était maintenant la voix de Rich qui tendait la main vers la fillette hébétée, et le monsieur bien mis la lui abandonna avec un sourire crispé. Elle s'accroupit au-dessus du caniveau et vomit.

– Je crois que quelqu'un a mis quelque chose dans son verre, confia l'homme aux amis de la jeune fille. Elle devrait faire plus attention à ce qu'elle boit, dans la rue.

– Qu'est-ce qui s'est passé ? demanda-t-elle, des heures plus tard, lui sembla-t-il, quand elle s'essuya le menton en s'apercevant qu'elle avait mal partout. Le soleil se levait.

– Allons dormir, répondit La Défonce à qui l'épuisement dessinait des cercles autour des yeux.

Ce fut comme ça que Celia se réveilla sous le dôme de béton de la bretelle d'autoroute. Elle était allongée par terre sur le dos, environnée par une odeur d'urine et, au-dessus de sa tête, le bruit sourd des voitures qui passaient scandait le temps. Quand elle se sentait aussi malade que ça, les papillons avaient beaucoup de mal à venir jusqu'à elle, et c'était une raison suffisante pour qu'elle ne boive pas et ne se drogue pas. Les papillons pourraient l'abandonner à jamais, exactement comme ils l'avaient fait avec sa mère.

***

Un papillon.

Elle était dans une salle de tribunal, toute tremblante. L'avocate de la défense, une femme à la voix tonitruante qui ne cessait de répéter que tout allait bien se passer, lui avait juste dit de se présenter à la barre. De dire la vérité, comme elles le faisaient toutes, mais comment dire la vérité quand le mensonge se dresse juste devant vous ?

Teddy.

Deux papillons.

Il avait fallu une année presque entière ne serait-ce que pour en arriver là. Vous imaginez ? Une année à entendre sa mère pleurer, à entendre Teddy lui affirmer, dans le téléphone de la prison, qu'il n'avait rien fait, qu'elle le saurait, s'il avait fait quelque chose, non ? Et sa mère avait fini par répondre : oui. Sa dépendance qui, au lieu de s'atténuer, empirait, stimulée par l'argent que Teddy envoyait. Deux bougies. Installées par sa mère sur le manteau de la cheminée. « Nous allons les allumer chaque nuit que Teddy passera en prison », avait-elle dit tandis que les flammes vacillaient, et le regard qu'elle posait sur Celia était hanté, comme si elle avait fait un choix qu'elle avait oublié depuis.

Trois papillons.

Celia, qui se perdait dans le dédale des mensonges, doutait de sa propre réalité, regardait sa mère s'entretenir avec les travailleurs sociaux, leur dire que ça ne pouvait absolument pas être vrai. Celia savait que sa mère ne pouvait parler à personne des seringues cachées sous le canapé, de la façon dont la drogue gouvernait sa vie entière. Elle irait peut-être en prison, elle aussi. Et Celia dans la salle de bains, une passoire à la main, qui regardait l'eau s'écouler par les trous. Qui disait la vérité ?

Il suffisait qu'elle dévisage sa cadette pour savoir que c'était elle.

Alyssa, sa sœur adorée. Emmenée par les services sociaux en raison des allégations d'abus sexuels commis sous le toit familial. Pourquoi y laissaient-ils Celia, alors ? Pas suffisamment de foyers d'accueil, lui avait-on répondu, surtout pour les enfants assez âgés. Teddy était en prison, lui avait-on dit. Elle ne risquait rien. Ces gens ne connaissaient pas sa mère, ignoraient la force de sa dépendance, à quel point ses veines étaient ouvertes aux mensonges de Teddy.

Quatre papillons.

Alyssa était finalement revenue. Différente. Elle sentait la lessive propre appartenant à une autre maisonnée. Avait appris à s'essuyer la bouche en mangeant, n'était plus que bonnes manières. Se brossait les dents tous les soirs, ce que ne faisait jamais Celia qui se sentait coupable et en colère de n'avoir pas été celle qui lui avait appris à le faire. Parlait des membres de sa famille d'accueil comme si c'étaient eux qui l'aimaient vraiment, déclarait qu'ils avaient voulu l'adopter et qu'elle ne voulait pas revenir.

– Allumez une bougie pour votre père, mes chéries. Celui-là même que *Celia* a envoyé en prison.

Cinq papillons.

Et ce dernier jour, au tribunal. Conduite à la chaise des témoins, le poignet emprisonné par la main de l'avocate chargée de sa défense. Elle s'était assise, tremblant de tous ses membres, avait vu Teddy, en costume, auprès de son conseiller commis d'office. L'homme de loi s'était levé, avait gommé d'un geste les plis de sa veste.

– Mademoiselle Celia.

Il s'était avancé, le triomphe déjà inscrit dans le regard.

– Quel surnom vous donne-t-on, dans votre famille ?

Elle avait passé sa langue sur son palais. Regardé les gens, sur les bancs, dont les yeux étaient tous fixés sur elle. Le juge était un vautour noir, dans son dos. Au milieu de tout cela, sa mère assise, la nuque ployée. Portant une jolie robe neuve à manches longues qui cachaient les marques. Relevant ses yeux emplis d'une culpabilité qui la transperçait jusqu'aux os.

Six papillons. L'âge de la sœur que tu vas perdre.

– On m'appelle Celia la menteuse, avait-elle répondu, toute surprise de la clarté avec laquelle ces mots avaient résonné.

Naomi avait collé des affichettes, était allée voir son ami enquêteur, avait rendu visite aux agents fédéraux. Elle avait vu plusieurs gamins des rues, s'était renseignée sur de possibles foyers d'accueil.

Tout cela pour rien, expliqua-t-elle en esprit à Diane pendant qu'elle s'en revenait dans le vrombissement de la Datsun. Le temps qu'elle franchisse le seuil, les échos qui se réverbéraient dans sa tête n'étaient plus doux et attentionnés mais durs et irrités.

– Je n'avance absolument pas avec cette affaire ! explosa-t-elle dans la cuisine où se trouvaient Jerome et Diane.

Tous deux levèrent les yeux de la pizza qu'ils avaient préparée et qu'ils sortaient du four. Les sourcils de Jerome montèrent sur son front alors que ceux de Diane se contentèrent de s'arrondir. Son corps tout entier disait : On se calme.

– Tu veux parler de ta sœur ou de ces filles des rues ? demanda-t-elle en essuyant sur un torchon ses mains couvertes de farine.

Jerome se redressa au-dessus de la pizza dont il vérifiait la cuisson.

– Les deux.

Naomi tira une chaise à elle d'un geste brusque.

– Ce ne sont pas des manières.

– Je n'ai plus cinq ans.

– On ne le dirait pas.

La remarque émanait de Jerome. Naomi fit volte-face pour s'en prendre à lui.

– Tu devrais peut-être te trouver un boulot.

Un silence de mort accueillit son reproche. Une froideur polaire était tombée sur la cuisine. Dans son ventre, Naomi ressentit une pointe de honte, la montée de la peur. Elle voulut s'excuser, mais Jerome tourna le dos et remonta à l'étage. Jamais encore elle n'avait vu cette expression sur son visage. Ce n'était même pas de la colère.

C'était de la distance.

– Naomi. Ma chérie.

Diane s'approchait d'elle, les mains tendues vers son visage. À son corps défendant, Naomi accepta le contact.

– Je suis désolée, murmura-t-elle le visage enfoui dans les cheveux de son amie autrefois si soyeux et devenus cassants.

Elle détectait chez Diane une réaction profonde, quelque chose qui ressemblait à de la tristesse, mais dans sa propre détresse, elle laissa cette impression lui échapper.

– Une seule minute peut suffire à briser une vie entière, ma chérie, prononça tout près de son oreille la voix ferme de Diane qui la serrait fort dans ses bras. C'est comme pour tes enquêtes. Une seule minute suffit à briser une vie.

Naomi s'effondra. La colère quitta son corps. Elle s'écroula sur la chaise, pleurant dans ses mains sans pouvoir se retenir.

– Je n'arrête pas d'essayer, ne cessait-elle de répéter.

Diane se baissa doucement pour lui entourer les genoux de ses bras.

– Essayer de faire quoi, ma chérie ?

– De me souvenir.

– Parce que tu crois qu'il le faut ?

– Je ne sais pas.

– Tu penses que tu as échoué parce que tu n'as pas retrouvé la personne qui, à ton avis, importe plus que tout. Mais Naomi, ma chérie. Ce n'est pas ta sœur qui importe plus que tout.

Naomi abaissa ses mains. Son visage était baigné de larmes et crispé par la peur.

– Qui c'est, alors ?

– Il n'est pas plus loin que là-haut. L'avenir.

Naomi se leva avec une telle violence qu'elle renversa la chaise. Elle sortit de la maison.

Ils ne se parlèrent pas pendant deux jours. Eux, les anciens frère et sœur d'adoption, qui couraient dans les prairies, qui coupaient des brins d'herbe pour confectionner des sifflets, qui s'apprenaient mutuellement à faire des ricochets, jouer à saute-mouton, sauter à la corde, pêcher à la mouche, faire de l'algèbre, conduire un tracteur, jouer à regarde-moi bien dans les yeux maintenant Naomi. Deux enfants qui, autrefois, ne pouvaient vivre dix minutes sans échanger un sourire grave ou un gloussement de rire, qui s'endormaient en se racontant des histoires… et ne se parlaient plus.

Pendant une période, peu après leur mariage, quand en tant qu'adultes ils avaient pris conscience de la réalité de leur amour, Noami s'était réveillée, persuadée qu'elle avait avalé le bras perdu de Jerome et qu'elle allait le lui remodeler, tout comme pour construire son nid la guêpe maçonne recrache des fragments végétaux, et quand elle le lui avait dit, il s'était contenté de sourire, avait regardé l'espace vide qu'occuperait ce bras et répondu : « Je le vois déjà. »

Je voulais être ton futur, songeait-elle.

Tu me renvoies dans le passé, songeait-il.

Les pensées de Diane tournoyaient dans la pièce, en quête d'un moyen pour remédier à cette situation entre Naomi et Jerome. Mais elle savait bien que c'était peine perdue. Le silence qui pesait sur la maison était celui de deux jeunes adultes égarés dans un océan d'entêtement. Comme tant de gens de leur époque, et peut-être de toutes les époques, ils n'avaient pas de modèles.

Le corps entier de Naomi était envahi de dégoût lorsqu'elle et Jerome ne se parlaient pas. Elle aussi se souvenait de leurs recherches d'objets d'artisanat dont elle soupçonnait maintenant qu'elles avaient davantage concerné l'amour que des pointes de flèches ou des ballots attachés dans les arbres. Sur le visage de l'enfant qu'avait été Jerome, elle avait lu le désir d'un lieu qu'il pourrait appeler son foyer. Il ignorait, lui, à quelle profondeur ce besoin intense était ancré chez elle, de même que la terreur. Pour Naomi, le foyer pouvait être prison.

Mais ils en étaient finalement arrivés là. Un jour où soit ils scrutaient les branches des arbres pour y trouver des trésors attachés, soit ils ramassaient des agates sur les crêtes, elle était tombée amoureuse de lui, et il lui avait fallu presque toute une vie pour se l'avouer.

Ne sachant ce qu'elle pourrait faire d'autre, elle établit une liste :

Corps de femmes anonymes, morgue

Hôpital psychiatrique ? Peut-être y a-t-elle été internée

S'arrêter à tous les lieux d'accueil pour sans-abri

Et, pour terminer, mais c'était loin d'être le moins important :

Qui est cet homme ? Celui au visage marqué de cicatrices ?

Dans le car, Celia se sentit gagnée par l'assoupissement. Elle ferma les yeux, appuya sa joue contre la vitre à la fraîcheur apaisante. Serra ses mains entre ses cuisses et sommeilla. Elle avait conscience de la chaleur qui régnait à l'intérieur du véhicule, de l'odeur de pauvreté émanant des passagers qui l'environnaient, de quelqu'un qui écoutait de la musique fort dans ses écouteurs.

Elle partait voir sa mère.

Aux arrêts, elle entendait chuinter la porte pneumatique, sentait que le car s'alourdissait. Elle comptait les arrêts dans sa somnolence, avait le sentiment de remonter le temps tandis que les distances s'allongeaient, qu'elle apercevait des terrains sous une pelisse d'herbes et de plantes sauvages, de pommiers noueux, et que l'image de gouttières rouillées à cause de la mousse lui traversait l'esprit. Dans ses rêves, elle courait à côté du car et l'air emplissait ses poumons. Elle était alors prise de fatigue et reprenait place dans son corps, à l'intérieur du véhicule. Les papillons qui voletaient au contact de la vitre la touchaient de leurs ailes. Celia, disaient-ils. Tu n'es pas une menteuse. Tu ne l'as jamais été. Souviens-t'en.

– M'man ?

Elle se tenait sur le perron bétonné, grand comme une pièce de monnaie, glissait un regard par la porte-moustiquaire déglinguée. À l'intérieur stagnaient un nuage froid de fumée de cigarettes, ainsi que le vacarme de la télévision.

– M'man ?

Plus fort, cette fois, avec une petite note aiguë.

– C'est toi, Celia ?

Le sommeil et la maladie rendaient la voix de sa mère rauque. Immédiatement, Celia sut qu'elle était sur ce même canapé drapé de la couverture afghane. Elle eut l'impression que son cœur se brisait et tombait à terre en mille morceaux, si bien qu'elle devrait s'accroupir pour les ramasser et les réinsérer dans sa poitrine.

– Ouais. C'est moi.

Elle vit la main se tendre, lentement. Entendit le grincement de la porte-moustiquaire, attendit pour parler.

– Teddy n'est pas là, si ?

Pas de réponse. Un non silencieux.

Une heure plus tard, debout devant l'évier, Celia faisait la vaisselle. Elle avait nettoyé par terre, balayé les mégots de cigarettes, changé la litière qui était dans un état déplorable. L'un des chats n'était visible nulle part, et sa mère, qui émergeait de temps à autre de sa léthargie, ne semblait pas en mesure de se rappeler depuis quand il avait disparu. Celia espérait qu'il n'avait pas été écrasé par une voiture. Peut-être un voisin charitable l'avait-il recueilli.

Sa mère était étendue sur le canapé, le visage dissimulé sous un torchon sec. Celia le prit, l'imbiba d'eau fraîche avant de l'essorer et de le redéposer à la même place. Sa mère poussa un soupir. Elle récupéra les cendriers et les récipients sales qui avaient contenu de la nourriture à emporter, palourdes avec riz frit pétrifié.

– C'est toi, Celia ? demanda à nouveau sa mère.

La fillette se redressa pour la regarder. Elle ne savait pas pourquoi elle revenait. Rien ne changeait. Elle se souvint qu'un drogué, dans la rue des laissés-pour-compte, lui avait dit que son cerveau lui donnait le sentiment d'être un fusible, sec et grillé. Peut-être sa mère aussi avait-elle perdu la mémoire.

– C'est moi, M'man. Tu te souviens ?

– Oh.

Elle tourna la tête.

– Si tu revenais, hein, Celia ?

– On en a déjà parlé, M'man. Tu sais bien que je ne peux pas.

– Teddy te pardonnerait.

– Je n'ai pas menti.

Elle avait dû puiser au plus profond d'elle-même pour énoncer cette réponse. Le déni de sa mère agissait comme une pierre dans sa gorge. Son ventre tout entier se souleva. Les lèvres de sa mère remuèrent, mais aucun mot n'en sortit. Au bout d'un moment, ils prirent forme.

– Ce n'est pas ce qu'ont dit les membres du jury, murmura-t-elle.

Celia se rendit dans la minuscule salle de bains négligée. Elle prit les ciseaux et tailladа ses cheveux jusqu'à ce qu'ils soient redevenus courts. Elle aimait ressembler davantage à un garçon : c'était plus sûr, dans la rue. Puis elle se remit au nettoyage de la cuisine et partit quand elle en eut terminé.

La chaussée, derrière l'école, était craquelée par le passage du temps : de l'herbe poussait dans les crevasses comme les poils de barbe sur le menton d'un vieillard. Les barres métalliques du jardin de découverte, polies par des années de mains sales, projetaient des ombres allongées.

Celia avait faim. Elle aurait dû chercher quelque chose à manger quand elle se trouvait dans la maison de sa mère. Elle repensa au réfrigérateur, toujours sale et encombré, aux sacs de viande avariée qui laissaient filtrer un jus marron. La dernière chose qu'elle avait réussi à enseigner à Alyssa avait été de s'assurer que la dame qui s'occupait du repas de midi pouvait les aider à obtenir un peu de nourriture supplémentaire. Elle vit sa sœur sortir avec un groupe composé de plusieurs filles. Du jour où elle avait dénoncé Teddy, tout le monde l'avait su. *Garage à bites*, l'avaient appelée certains garçons, et ils essayaient de glisser leurs doigts sous son short. *C'est pas la première fois que tu le fais, alors qu'est-ce que ça change ?* Depuis, elle n'avait plus jamais porté de short.

Sa sœur l'aperçut. Eut un sourire hésitant. Celia, crasseuse dans ses vêtements des rues, prit conscience qu'elle sentait mauvais. Peut-être était-elle exactement comme sa mère, après tout. Seulement sale d'une autre manière.

– Bonjour, Alyssa.

Les autres fillettes firent entendre des gloussements nerveux. Alyssa observait sa sœur, et ses amies partirent vers leurs parents. Elles se retrouvèrent seules sur le bitume.

– Tu es toute pimpante, lui dit Celia.

Alyssa portait un tee-shirt correct et un pantalon qui paraissait propre. Celia se la représentait très bien, enfermée dans la salle de bains, essayant de préserver un aspect soigné. Elle avait brossé ses cheveux, mais oublié un endroit assez grand, sur l'arrière, où ils faisaient un nœud. Quand Celia tendit la main, Alyssa l'esquiva d'un geste brusque.

Et pourquoi pas toi ? avait envie de se récrier Celia. Elle avait tout fait pour sauver sa sœur alors qu'elle n'en avait eu nul besoin. Était-ce sa faute à elle, Celia ? Tout cela n'avait-il servi à rien ?

Acquitté, lui avait annoncé, après le verdict, la femme qui l'avait défendue et avait dû lui expliquer le sens du mot.

– Ça veut dire qu'il revient chez nous ? s'était-elle enquise tandis que la terreur lui nouait la gorge.

Dès le lendemain il était là, et elle n'avait pu se rendre à l'école de toute la semaine en raison de la volée de coups qui avait suivi le retour de son beau-père. Elle n'avait pas attendu la suivante. Ou le viol. C'était la seule chose positive qu'elle avait retirée du procès dans son intégralité : elle avait appris les mots précis qui correspondaient à ce que Terry lui avait fait. Une nuit, elle avait pris son sac à dos, des vêtements qu'on lui avait rapidement volés, et était montée dans le car pour se rendre en ville. Elle avait eu la chance de rencontrer Rich pendant qu'elle arpentait les rues en essayant de jouer à la fille coriace alors qu'en réalité elle était totalement terrorisée.

Tout ça pour rien. Parce que maintenant, alors que sa sœur se tenait devant elle, Celia ne pensait pas que Teddy avait osé la toucher. Pas de cette façon-là, du moins. Alyssa posait sur elle ce qui semblait être un regard suspicieux. Elle pensait ce que tout le monde disait, cela ne faisait aucun doute : qu'elle avait tout inventé. Comme l'avait dit le jury.

Mais c'était vrai, voulait-elle lui dire. Je l'ai dénoncé pour te sauver.

Pendant tout le trajet du retour en ville – la marche, les cars, la marche –, elle se consacra à son passe-temps favori qui consistait à rêver éveillée. « Rêve durant la journée », lui avait un jour dit Mrs Wilkerson, son institutrice. « Rêve durant la nuit. Ton imagination peut te sauver, Celia. La réalité, c'est ce que toi, tu choisis de voir : le visage d'un gnome dans l'herbe, une équipe de maçons composée d'elfes sur une haute fourmilière, la façon dont les feuilles des arbres s'entremêlent pour tracer des messages que toi seule peux lire. »

Et, oui, les papillons. Ils plongeaient en cascade autour d'elle, chatouillaient ses pieds las, soulevaient ses chaussures pour l'aider à regagner l'arrêt du car. Ils voyageaient près d'elle de l'autre côté de la vitre. Quand elle descendit au centre-ville, l'un d'eux attrapa une mèche de ses cheveux. Elle rit. Elle se souvenait de l'époque où elle était toute petite, avec sa mère, dans une prairie noyée de soleil. Elle sentait ses ailes s'ouvrir.

Qu'est-ce que tu fais, Celia ?

Je vole, répondit-elle à la personne imaginaire présente dans son esprit.

Les bras écartés, maintenant, elle courait dans les rues du centre, voyait le visage indigné des gens qui vivaient le jour, au fur et à mesure qu'elle passait à leur hauteur. Celia le papillon, d'un vert brillant, et bleu, et rouge comme une étoile. Celia la vérité.

Rich leva les yeux et vit son amie qui courait par les rues du quartier déshérité, les bras à l'équerre, une expression radieuse sur le visage. C'était drôle, il distinguait presque le lustre de ses ailes. Les gens s'écartaient en la regardant voler.

Celia. Simplement Celia.

Jadis, la morgue de la ville avait été située près de la grande salle communale, en face d'une librairie qui vendait des livres d'occasion dont se débarrassaient les bibliothèques. Naomi s'y était rendue pour d'autres enquêtes, au sujet de disparitions d'enfants, qui l'avaient conduite en ville. Elle avait trouvé l'endroit accueillant, avec ses employés qui s'affairaient, protégés par des tabliers de plastique maculés de taches, le pot de café fort et chaud, prêt à être servi sur le comptoir, à côté d'une assiette de petits gâteaux que personne n'avait envie de manger. Cette ancienne morgue avait connu nombre de scandales, dont celui causé par un membre du personnel pris en flagrant délit de vol de sang séché qu'il avait emporté pour fertiliser ses rosiers.

Le nouvel établissement avait été érigé dans les faubourgs de la ville, vraisemblablement pour le purifier de ces opprobres. Il s'étalait, entièrement bâti de pierres pâles ; pourtant la froideur de l'air réfrigéré était plus évidente encore. Il n'y avait plus de ces surprenants gâteaux dans l'espace dédié à l'attente. L'unique ventilateur y brassait un air fangeux.

Le médecin légiste était un personnage discret nommé Mike Morton dont le passe-temps favori consistait à construire des maquettes d'avions. Une pour chacune des affaires qui continuaient de le hanter, avait-il un jour expliqué à Naomi. Elle le trouva installé à un bureau si encombré de machines volantes qu'il pourrait décoller et l'emporter dans le ciel. Peut-être était-ce ce qu'il désirait, pensa-t-elle.

– La femme qui retrouve les enfants, fit-il en se levant hâtivement pour lui serrer la main.

Naomi sourit en entendant le surnom et s'assit. Mike Morton était un homme de petite taille, que son travail avait tassé davantage. Sa peau avait la même couleur grise que les cadavres sur lesquels il travaillait.

– Je suis à la recherche de ma sœur, commença Naomi avant de lui expliquer la situation.

– Si votre ADN a été rentré dans la base, je n'ai rien de neuf à vous apprendre, répondit-il.

Naomi en fut un peu soulagée, mais pas beaucoup. Au plus profond de son cœur, elle était persuadée que sa sœur était vivante.

– J'avais supposé que vous veniez pour parler des jeunes filles disparues, reprit Mike.

Noami hésita. Personne ne l'avait officiellement chargée de cette affaire, mais personne ne lui mettait des bâtons dans les roues non plus. Maintenant qu'elle avait rencontré un certain nombre des gosses qui vivaient dans la rue, elle s'en sentait responsable. Elle se disait que cela ne pouvait pas faire de mal, de travailler sur cette affaire-là en même temps qu'elle recherchait sa sœur.

– Je me suis dit que vous deviez avoir des idées sur la manière dont on pourrait les identifier, poursuivit Mike.

Naomi se souvint de sa mère d'accueil, Mrs Cottle, et de l'énergie qu'elle avait dû réunir pour lui fournir une identité légale. Comme de si nombreux enfants qui se retrouvent en foyer d'accueil, elle n'avait pas d'acte de naissance. Si elle avait fugué, ou été kidnappée avant que Mrs Cottle ne parvienne à lui obtenir un numéro d'identification national, il n'y aurait eu aucun moyen de la retrouver, de même qu'il n'en existait aucun pour sa sœur.

– Je me renseignerai auprès des services d'aide à l'enfance, répondit-elle. Peut-être ces filles étaient-elles placées dans des familles avant de devenir des sans domicile fixe. C'est peut-être la raison pour laquelle vous ne trouvez rien.

Il écarquilla les yeux.

– Excellente idée. Merci. Est-ce que vous accepteriez de les voir et de me dire ce que vous en pensez ?

Naomi détestait la vue de cadavres. Ils laissaient sur elle une ombre persistante, une marque. Et il ne lui était plus possible de s'en remettre à Jerome pour décompresser. Mais elle savait qu'elle ne pouvait refuser, pas si cela permettait d'aider un enfant à retrouver le chemin de sa maison, qu'il soit mort ou vivant. Elle suivit Mike à l'intérieur de la morgue glaciale. Presque aussitôt, il entreprit d'ouvrir les tiroirs contenant des cadavres, énonçant au fur et à mesure l'échelle de Tanner, les étapes du développement sexuel. La plupart correspondaient à des Tanner quatre : treize ou quatorze ans. Une fillette était à peine pubescente. Son corps frêle, pas encore développé, la fit penser à la fille des rues qu'elle avait abordée à l'extérieur de la bibliothèque. Celia, se souvenait-elle.

Un des éléments de sa formation d'enquêtrice avait consisté à étudier des dépouilles, mais la majeure partie de ses connaissances étaient dues à son expérience. Elle reposa le dernier pied sur sa civière. Un long moment, elle demeura immobile, se souvenant que pendant des semaines, après avoir couru dans sa fuite, ses pieds l'avaient fait souffrir. Le contact du plancher avait été trop douloureux, de sorte qu'elle les avait enveloppés dans les torchons à vaisselle de Mrs Cottle qui représentaient des fleurs, et elle avait sautillé de-ci et de-là jusqu'à ce que la plante de ses pieds se fût endurcie.

Une fois libre, elle n'avait pu s'empêcher d'avoir la bougeotte. Mrs Cottle avait compris. Un mystère, car jamais la fillette ne lui avait demandé *comment* elle avait pu savoir, et désormais il était trop tard. Naomi avait fui, comme à son habitude. Elle avait eu une excuse pour cela – à l'époque, elle travaillait sur une disparition d'enfant – mais elle n'avait pas été là pour dire adieu à la seule mère qu'elle eût jamais connue.

– Elles ne sont pas restées dans l'eau très longtemps, déclara Naomi, mais je suis sûre que je ne vous apprends rien. Un jour ou deux au maximum. Ce qu'il faut déterminer, c'est ce qui s'est passé avant les meurtres.

Mike s'approcha.

– Comment ça, ce qui s'est passé avant ?

Naomi souleva le pied blanc.

– Regardez. Pas de cals. Aucune des victimes ne présente de signes d'abrasion ou d'activité au niveau de la voûte plantaire. C'est l'un des premiers indices qu'on rencontre, dans les affaires de captivité.

– Jerome ?

Il était assis dans le séjour de Diane, bien calé sur le canapé en velours. Une odeur d'encens, mêlée à celle du reste de pizza qu'il avait fait réchauffer à midi, planait dans la pièce.

Il leva les yeux, le visage exprimant la méfiance.

– Je suis désolée.

Elle s'avança, s'assit, se serra contre lui. Les cheveux de son mari caressèrent sa joue. Elle avait toujours adoré ses cheveux. Naomi savait que ce n'était peut-être pas la bonne façon de considérer les choses – Jerome était un Indien kalapuya, une des tribus de l'État d'Oregon – mais ces souvenirs d'enfance, de magie, persistaient. Pour elle, en tout cas.

– J'en ai assez de toujours courir d'un endroit à un autre, Naomi.

Elle vit la fermeté de sa bouche, la douceur de son menton. Il ajouta :

– J'en ai assez de toujours jouer les seconds rôles.

– Tu ne…

– Si. Ou nous faisons en sorte d'être sur un pied d'égalité, ou ça ne marche pas.

Elle fut prise de peur. Une peur aussi vaste qu'un lendemain vide.

– Qu'est-ce que ça veut dire ? demanda-t-elle.

– Il faut que nous ayons des racines. Que nous ayons un foyer quelque part. Ce n'est pas obligé que ce soit pour toujours, mais il faut que ce soit maintenant.

– Je dois retrouver ma sœur.

– Je sais, dit-il d'une voix tendre.

Elle fondit en larmes. Pleura contre lui, exactement comme elle avait pleuré contre Diane, et il l'entoura de son bras. Ce n'était pas seulement par peur de ne pas retrouver sa sœur, comprit-elle. C'était par peur de ne pas être assez forte pour rester quand elle l'aurait retrouvée.

***

Quand Jerome était petit, une femme était venue le chercher. Elle s'était frayé un passage dans un terrain envahi de crottes de chien, de sacs-poubelle noirs ventrus, d'un réchaud renversé auquel manquait la plaque de cuisson. Cette femme avait l'aspect d'une fermière d'un certain âge, le genre de grand-mère que l'on voit dans les livres d'images. Elle portait une robe à carreaux ou à fleurs, il n'en était plus certain, des collants épais pour lutter contre les varices et de gros souliers. Ses cheveux argentés étaient empilés sur le sommet de sa tête, et ses yeux d'un bleu tendre, lumineux et enjoué, promettaient tout à la fois des noëls et des biscuits.

De colère, sa précédente famille d'accueil avait jeté par la porte les possessions du garçon – un autre sac-poubelle noir, rempli celui-là de chemises déchirées, d'un cadre brisé contenant une photo de sa mère quand il était bébé. Plus tard, une fois qu'ils furent arrivés à la ferme et installés sur le perron, Mrs Cottle avait tout sorti soigneusement et même replié le sac-poubelle en un minuscule carré. « Quand on a tout perdu, chaque chose a de l'importance, lui avait-elle dit de sa voix douce. Je vais te garder tout ça. »

Mais bien avant, elle l'avait appelé alors qu'il se cachait dans les hautes herbes, en limite de cet autre terrain, garçonnet maigre aux bras couverts de douloureuses piqûres de taon. Elle l'avait pris par la main et l'avait conduit à son petit camion. Et ils avaient démarré pour ne jamais revenir. Jerome avait levé les yeux vers elle, assise bien droite au volant, et elle avait baissé les siens sur lui, puis elle avait souri.

– Tu vas être très bien, tu vas voir, lui avait-elle dit avec la conviction absolue de n'importe quelle mère. Tu peux me faire confiance.

Et elle avait tenu parole.

Mrs Cottle avait dit exactement la même chose à Naomi, quand elle était arrivée à son tour. Jerome se demandait si Naomi s'en souvenait encore. Elle se comportait comme si elle avait oublié ce que cela faisait, d'être trouvée. Jerome, pour qui la famille était un refuge, ne comprenait pas pourquoi elle continuait de fuir. Elle avait acquis la sécurité, elle en jouissait. Et pourtant, elle continuait de fuir.

Cela faisait combien de temps que Celia était dans la rue, six, sept mois ? Elle compta, découragée. Le livre des papillons, brouillé, posé devant elle.

Neuf mois. Cela faisait neuf mois.

Elle aurait bientôt treize ans. Des anniversaires dans la rue, elle en avait vécu plusieurs. Des gamins sans logis qui essayaient de faire croire qu'il était normal d'aller à la soupe populaire et d'essayer de trouver une bougie pour la planter dans un tas de haricots. Non. Cela n'était pas pour elle. Elle préférait passer son anniversaire à la bibliothèque, à dessiner pendant que la pluie ruisselait sur les vitres tandis qu'aux après-midi succédaient les soirs, qu'aux saisons succédaient les ans, et qu'un jour, bientôt, elle se retrouverait, les pieds sur l'escalier de pierre, au-dehors, et aurait des années de plus.

Il n'y avait pas de futur, pour elle. Cela, elle le savait.

Les gosses de la rue jouaient à « On dirait que ».

– Tu peux devenir électricien. J'ai vu une publicité, une fois. Tout ce que t'as besoin, c'est du diplôme.

– Moi je serai pilote de ligne.

– Nan ! Tu dis rien que des conneries.

– J'te jure.

– Des diplômes, il t'en faut dans les huit mille. Ma mère, elle sortait avec un type, à un moment, il était pilote…

– Ta mère, La Défonce, elle taillait des pipes ici, comme les autres.

Les voix se turent progressivement. Celia était assise sur le bord du trottoir avec eux. Elle était consciente que la nuit approchait. Le soleil avait éclairé le ciel de filaments d'orange et de rouge sang, laissé des traînées lavande et du pourpre violacé qui rappelait un baiser. Les immeubles de la ville se dressaient tels des sourires géants et, dans chaque fenêtre, Celia voyait un œil. Les silhouettes qui bougeaient à l'intérieur, éteignaient les lumières et abaissaient les stores, la rassuraient.

Rich se laissa tomber lourdement près d'elle. Son gros visage moite de sueur l'étudiait avec inquiétude.

– On t'entend pas beaucoup, ces temps-ci.

Il paraissait soudain beaucoup plus âgé et Celia pouvait se le représenter comme le petit ami de quelqu'un, ou l'époux d'une femme qui appartiendrait au futur.

– Je vais bientôt avoir treize ans, dit-elle en se penchant pour capturer ses orteils qui commençaient à perforer ses chaussures de toile.

– Ah oui ? C'est chouette.

Mais Rich savait. Son regard circonspect le trahissait.

– Tu crois vraiment que t'en sortiras un jour, de la rue, Rich ? lui demanda-t-elle.

Elle vit les sécrétions durcies au coin de ses yeux, la saleté sur son front, les poils bouclés qui commençaient à poindre sous son menton. L'ombre d'une moustache. La ligne rose des lèvres, les yeux indécis, et, pour la première fois, elle s'interrogea sur son passé. Qu'est-ce qui en avait fait le garçon qu'il était ? Aussi doux qu'un papillon.

– Il m'arrive de penser que je vais échapper à la rue, trouver du travail, dit-il en ramassant un bouchon de bouteille dans le caniveau. Mais j'crois pas qu'ils en ont, des boulots pour les gens comme nous. J'veux dire, comme moi. Qu'est-ce que je leur dirais ?

Sa voix était triste.

Celia n'avait pas de réponse. Elle regarda le ciel qui se déroulait telles de glorieuses bannières. Dans le monde entier, les gens partageaient ce ciel. Ils ignoraient qu'elle en méritait une parcelle, elle aussi.

***

Oh, les papillons. C'était comme une mélopée. Une fois, Celia était passée devant une boutique, dans un quartier huppé et stylé appelé Perle ou quelque chose d'également stupide. Qu'est-ce que M'man lui avait dit, une fois ? « Ça y change rien, de quelle couleur tu peins une merde, ça reste une merde. » La devanture annonçait MAGIE et SORTILÈGES, ce qui l'avait intriguée. Mais quand elle était entrée et qu'elle avait essayé de humer l'encens qui coûtait dix dollars, ou qu'elle avait regardé les boules de cristal qui en réalité n'étaient que du plastique, l'employée avait affiché une expression qui lui avait fait comprendre : c'était elle, la merde peinte, et elle devait sortir.

Elle était restée longtemps à l'extérieur, alors, pensant à la magie et aux sortilèges, exactement comme elle le faisait maintenant, se perdant plus encore à l'intérieur d'elle-même, sauf qu'elle ne se perdait pas ; elle se *retrouvait* en un lieu enfoncé profondément dans ce dédale de souvenirs. Elle *revenait* sur ses pas. Jusqu'au début.

C'était son souvenir le plus précieux. Elle était très jeune, trois ans peut-être. Elle était avec sa mère dans une prairie ensoleillée. C'était le temps de la tendresse, avant Teddy. Sa mère avait posé ses mains sur ses yeux à elle. Elle avait compté, chacune de ses respirations semblable à une petite cloche discrète. Un, deux.

Trois.

– Regarde, Celia !

La petite fille avait ouvert les yeux, avait laissé entrer la lumière. Avait concentré sa vision.

Oh.

Ils étaient aussi lumineux que des disques de couleur, tournoyaient comme les taches du soleil. Un bleu plus éblouissant que le ciel, un rayon de jaune à l'extrémité dorée qui se rapprochait.

– Des papillons !

Les papillons seraient toujours là, pensa Celia en sentant le contact du trottoir sous ses fesses, en percevant les voix assourdies des autres gosses, et l'odeur des gaz d'échappement qui refluait. Marchant main dans la main avec sa mère à travers la prairie, elle en vit un se poser sur une fleur violette.

– Comment il s'appelle, celui-là, M'man ?

– C'est l'argynne cybèle.

Sa mère avait cueilli un pissenlit et, en riant, l'avait frotté contre la gorge de Celia, mais les pétales jaunes ne pouvaient rivaliser avec le jaune des papillons dorés. Le blanc de l'œil ne pouvait être plus blanc que les blancs des papillons, et nul ciel n'égalait leurs bleus iridescents. Celia, comme sa mère, était en admiration.

Des pattes graciles atrophiées à l'extrémité de membres velus. Des yeux bienveillants qui pivotaient, qui voyaient tout. Même Celia. Celia n'était pas un monstre, ce jour-là.

– Où tu vas, M'man ?

– C'est l'heure de partir, ma chérie.

Celia avait voulu que sa mère reste, elle s'était accrochée à sa main. Assise sur le bord du trottoir, le visage dans l'indolence du souvenir, elle n'avait pas conscience que sa main était grande ouverte et tendue.

Les yeux de sa mère s'étaient adoucis. Elle avait souri.

– Bon, d'accord. Je vais te raconter une histoire, alors, à propos du lieu le plus magique de tous. Il s'appelle le musée des papillons.

***

L'homme au visage couturé. Il avait commencé à hanter la vie de Celia. Elle le voyait aux carrefours, se fondant dans la foule. Il se tenait à la supérette, à l'angle de la rue, examinant les sandwiches tandis qu'elle et ses amis tendaient la main vers les briques de lait soldées, celles qu'ils devaient renifler précautionneusement avant de les boire. Une fois, à la rivière, il avait surveillé le pont au moment où elle et les garçons avaient traversé, ce qui l'avait terrifiée pour de bon.

– Vous l'avez vu ? Vous l'avez vu ? n'avait-elle cessé de demander aux autres.

Posté un peu plus loin dans la rue, il l'observait. La fixait, sourcils froncés, et les cicatrices qui barraient ses lèvres se contorsionnaient tels de petits vers. Celia le désigna aux autres.

– C'est un individu bestial, fit La Défonce en riant.

Elle sut alors que les garçons n'assureraient pas vraiment sa sécurité. Ils n'avaient aucune idée de ce que c'était, d'être une fille.

– Je crois qu'il a l'intention de me tuer, dit-elle avec une simplicité empreinte de frayeur.

– Qu'il veut te jeter dans la rivière, perforée de tellement de trous que tu pourrais couler ? s'enquit en s'approchant de Celia une autre fille des rues dont les cheveux orange vif ruisselaient à la lumière du crépuscule.

– C'est ce que tu voudrais ? demanda Celia à cette fille qu'elle n'avait jamais vue.

Les gosses venaient et repartaient : trains, cars, autostop. Beaucoup finissaient captifs, purement et simplement, enfermés comme des chiens dans des chambres d'hôtel sales.

La fille inconnue haussa les épaules. Elle avait des boutons au menton, des petits yeux entourés de chair, des lobes d'oreilles qui ressemblaient à des boules de graisse. Elle sourit à Celia, dévoilant une rangée de dents bardées de mercure.

– Tout est préférable à c'qu'on vit là, dit-elle en partant, roulant des hanches sur un rythme que Celia seule pouvait entendre.

Et il y avait aussi la femme. Celle à la queue-de-cheval soyeuse. Qui galopait d'un bout à l'autre de la rue en insérant ses affichettes dans les fentes des poteaux de téléphone. Celia la vit et soupira. Cette femme ôtait à la nuit le peu de plaisir qu'elle pouvait renfermer.

Le refuge réservé aux femmes s'appelait *Aspire*. Le panneau en était fixé par des boulons sur le côté d'un bâtiment qui avait connu des jours meilleurs. Les pigeons, en se perchant, avaient laissé sur les façades de brique des barbouillages de déjections rappelant un tableau de Jackson Pollock. À l'intérieur régnait une odeur familière et triste : transpiration, peine, chagrin. Naomi dépassa un grand dortoir, vide en attendant la tombée de la nuit, les lits couchettes bordés sévèrement par des couvertures vertes de l'armée. Une écritoire à pince qu'il fallait signer pour réserver, accrochée près de la porte, indiquait les couches inoccupées. La dernière avait été retenue par une femme appelée Laverne.

Dans la pièce qui restait ouverte pendant la journée, Naomi trouva une table où des femmes jouaient aux cartes. Au whist, apparemment. L'une d'elles était une personne maigre, perdant ses cheveux, qu'elle avait déjà vue fouillant dans le caniveau. Apparemment en bien meilleure forme aujourd'hui, elle distribuait une carte, assise très droite. Une autre, corpulente, occupait la tête de table. Elle portait un tee-shirt *Aspire*.

– On est complet, ma petite.

Naomi présenta son justificatif d'enquêtrice, expliqua la raison qui l'amenait.

– J'ai vu vos affichettes un peu partout, répondit la première femme en distribuant une autre carte. Je vous aurais appelée si j'avais su quelque chose, mais il n'y a pas beaucoup de renseignements marqués dessus. Vingt-cinq ans, blanche ? Ça pourrait être n'importe qui.

Les autres hochèrent la tête avec sagesse. Toutes semblaient avoir la quarantaine ou davantage, et avoir beaucoup enduré. Naomi leur raconta son histoire, insistant sur le fait qu'elle cherchait à apprendre si sa sœur avait fini par aboutir en ville.

– Je n'ai jamais entendu personne raconter pareille histoire, dit la femme corpulente en tirant une bouffée de sa cigarette qu'elle posa sur un cendrier qui débordait. Vous dites que vous étiez enfermées dans un abri atomique au fond des bois ?

– Moi, des saloperies comme ça, j'en ai entendu des bien pires, affirma d'un ton serein celle qui perdait ses cheveux.

– C'est vrai ? demanda Naomi en se tournant vers elle. Quoi, par exemple ?

– Ouais. Quoi ? renchérit une autre joueuse.

– Pas plus loin qu'ici, dans cette ville. Des saloperies que vous les croiriez pas. Ou peut-être que si, si vous restiez dans la rue assez longtemps.

– Pour ça, c'est sûr, pas plus loin qu'ici, confirma une autre joueuse en tendant la main pour prendre une carte.

Celle qui perdait ses cheveux consulta son jeu.

– J'ai entendu raconter qu'c'est un pervers qui les enlève, ces filles. Il les enferme dans une maison et il les découpe en morceaux.

Naomi sentit son cœur battre à se rompre.

– Comment vous le savez ?

– Ils parlent, les hommes. Peut-être qu'ils sentent ça, quand ils se reniflent. Comme les chiens.

– Ouais, c'est bien vrai, abonda une autre des joueuses en ramassant la cigarette commune et en y ajoutant sa propre tache de rouge à lèvres.

– Est-ce que vous savez où se trouve cette maison ?

– Bon sang, pour ça non. Vous croyez que j'veux aller traîner mes fesses du côté où y a une dinguerie pareille ? J'ai assez de problèmes comme ça. En plus, je suis trop vieille pour qu'il s'en prenne à moi. Dieu merci.

Aucune des joueuses ne paraissait consternée. L'une d'elles secoua la tête en posant une carte.

– Vous savez qui pourrait en savoir davantage ? demanda Naomi.

– Peut-être les gamines qu'il enlève, répondit-elle avant de tirer une nouvelle bouffée de cigarette. Les pauv' petites.

Naomi tira une chaise.

– Dites-m'en plus, dit-elle avec un sourire.

Les joueuses échangèrent des regards, rirent. Elles parlèrent avec Naomi jusqu'à ce que la directrice du refuge écrase sa dernière cigarette, annonce que la récréation était terminée et qu'il était temps de refuser les lits. Refuser les lits, apprit Naomi, signifiait inspecter la longue file de femmes qui s'était matérialisée dehors. Pas d'armes, pas d'animaux, pas de drogue. Il y avait une batterie de casiers en fer cabossés dans lesquels garder les couteaux, tournevis aiguisés et autres outils de défense dont les femmes se munissaient.

Naomi suivit le mouvement et fit de son mieux pour donner un coup de main.

– Je cherche à me renseigner sur un homme que j'ai remarqué dans le quartier, dit-elle en décrivant l'individu au visage balafré.

– Oh, je l'ai vu, répondit la directrice en sortant d'un casier un tas de couvertures militaires kaki et en les tendant à une femme de petite taille, brisée par les années, qui se trouvait derrière elle.

– C'est vrai ?

– Oh, oui. Un pervers complet, si vous voulez mon avis. Je l'ai vu traîner ici et là. On peut pas faire grand-chose contre les maquereaux et les violeurs qui rôdent à l'extérieur. Oubliez ce que je viens de dire. On peut rien faire du tout.

Dans le dortoir, des femmes s'activaient, s'asseyaient sur le bord des lits. L'une des bénévoles qui avait joué aux cartes circulait avec de petites tasses en carton contenant des jus de fruits, et des paquets de gâteaux secs reçus en don. Des paniers remplis d'articles en forte demande – serviettes hygiéniques et lingettes pour se décrasser la figure – étaient posés sur des tables placées autour de la pièce. *Une par jour*, spécifiaient les panneaux rédigés à la main. Les femmes semblaient détendues comme si le stress oppressant des rues ne pesait plus sur leurs épaules.

– Revenez, mais le matin, conseilla la directrice en fermant le casier. On ouvre les portes et elles s'en vont. Dix dollars que vous verrez un maquereau dans une voiture, persuadé qu'il peut remettre la main sur la femme qu'il a tabassée et la faire rentrer dans le rang. Ou sortez maintenant que les femmes font encore la queue. On croirait que la chasse est ouverte.

Il y avait de l'amertume et de la douleur dans sa voix.

– C'est pour ça que nous fermons les portes à clé tous les soirs. Pour garantir notre sécurité. Mais que Dieu me vienne en aide parce que certains soirs, j'ai bien envie de sortir et de leur rendre la monnaie de leur pièce. Sauf que ça serait moi qui me retrouverais en prison. J'ai une amie qui est condamnée à la perpétuité pour avoir tué son mac.

Naomi pensa à la rivière, large et profonde. Elle se remémora la fillette qu'elle avait vue au moment où on la repêchait sous le pont.

– S'il y avait un endroit, à proximité, où quelqu'un pourrait désirer jeter un corps à l'eau sans être vu, ce serait où ? demanda-t-elle.

– Dans la zone industrielle, là où y a les anciens docks, lui répondit aussitôt la directrice avant de lui sourire. J'ai grandi ici. J'étais une élève modèle, en ce temps-là.

Le sourire disparut.

– Puis un de ces maquereaux m'a mis le grappin dessus. Il m'a donné le sentiment que pour la première fois j'étais aimée, et tout ça n'était que mensonge.

– Une dernière question…

– Le moment est venu pour moi de boucler les portes, ma petite.

Derrière elles, dans le dortoir, les femmes riaient. L'une d'elles avait posé une taie d'oreiller sur ses épaules comme s'il s'agissait d'une sorte de cape, et elle racontait une histoire.

– Il y a des gosses, dans les rues. Il n'existe donc pas de refuges pour eux ?

Sa voix contenait une supplication.

La directrice suspendit son geste. Elle fit non de la tête.

– Pourquoi ? insista Naomi.

– Je crois que c'est un problème légal. La ville serait responsable. Il y a des refuges pour enfants plus âgés. Mais pas pour les plus jeunes. Les petits, vous comprenez, s'ils sortent du refuge avant d'être tués ou violés, la ville se retrouve avec un procès sur les bras. C'est plus facile de faire tout simplement comme s'ils n'existaient pas.

Elle se tut un instant.

– Peut-être avons-nous peur de reconnaître qu'ils sont là. Ça en dit long sur qui nous sommes.

– Je trouve que vous faites du très bon travail, dit gravement Naomi.

La directrice parut surprise.

– Moi aussi, ma petite.

Quand elle sortit, la porte se referma derrière elle pour la nuit. Elle entendit un oiseau dans le lointain. Un roselin familier, pensa-t-elle automatiquement. Même ici. Elle se prit à regretter l'odeur propre et fraîche d'un champ de ferme à l'aube, ou le chemin qui court à travers bois et dont on sait qu'il va décrire une boucle et vous ramener en toute sécurité. Mais elle sentait la rivière et, pour la première fois, était frappée par le fait que la ville, elle aussi, a sa beauté particulière.

Dans la rue, un groupe de gosses sans abri s'était réuni au crépuscule. La fillette que Naomi s'était précipitée pour sauver, à la bibliothèque, était assise parmi eux, le garçon enrobé à côté d'elle.

– La voilà », dit Rich et l'un des autres enfants reprit les paroles pour entonner la chanson : « Miss America »[1].

– Elle a pas des seins assez gros pour ça, objecta La Défonce.

– Ha ! Tu vois bien que tu les as regardés, fit remarquer Rich.

– Elle est plus agréable à reluquer que ce type malsain, celui avec les cicatrices que Celia arrête pas de voir.

Ils firent silence quand elle se rapprocha. Aux yeux de Celia, assise au bord du trottoir, Naomi paraissait suffisamment grande pour toucher les étoiles. Sa tête lumineuse était Orion qui scintillait dans le ciel. Au moins, elle avait forcé le type aux cicatrices à disparaître. Il ne se montrait plus à l'angle de la rue.

– Hé, bonjour ! fit Naomi en souriant à la cantonade.

Celia observait ses jolies chaussures. Elles étaient en cuir, lacées sur le devant, avec des semelles de

1. « *Here She Is: Miss America !* » Cette chanson servit d'introduction à la nouvelle Miss Amérique, dans un film de 1955, puis, au fil des années, fut reprise lors des émissions consacrées à cette compétition.

marche basses. Épaisses. D'apparence confortable. La gamine cracha sur le trottoir, suffisamment près des chaussures pour qu'il ne puisse s'agir d'un hasard.

– Putain, Celia, ça craint ! dit Rich qui se leva et sourit à la jolie femme. C'est pas une façon de traiter les gens.

Celia se détourna.

– Je vous prie d'excuser mon amie, ajouta Rich.

Celia émit un petit bruit méprisant. L'embarras rougissait ses joues. Tous les autres gosses la regardaient comme si elle était une vraie conne.

– Je suis à la recherche de ma sœur.

Naomi s'adressait aux autres enfants.

– On a vu les avis, dit La Défonce.

Les yeux de Celia remontaient secrètement le long du pantalon, dépassaient le buste vigoureux, voyaient l'arrondi doux du menton, les à-plats du visage. C'était donc elle qui avait rédigé l'affichette placardée dans l'annexe des Petites Sœurs de la Miséricorde. *Dites-lui que je suis désolée*, pouvait-on y lire. *Elle me manque.*

Les gamins des rues se regardèrent, haussèrent les épaules. Nul ne savait rien.

– Je sais rien. Je vous l'dirais, autrement, avança Rich avec courtoisie. Ça devrait arriver à personne, de perdre sa sœur.

Celia se leva et s'éloigna.

Elle marcha jusqu'à ce qu'elle aboutisse à l'église, dans le haut du centre-ville. Les cloches vespérales sonnaient. Les rues paraissaient propres, nettoyées par les balais de pluie divins. Elle n'avait jamais fréquenté aucune sorte d'église, à l'exception de celle qui importait seule, et c'était l'église des papillons.

Ils volaient autour d'elle, en ce moment même. Les papillons sont des émissaires de Dieu, lui avait dit sa mère en ce jour funeste, avant que le déferlement des ténèbres les engloutisse toutes les deux. Chaque pays a des papillons, lui avait-elle dit. Il n'existe pas d'endroit où on puisse aller sans qu'il y ait des papillons.

– Même pas les déserts, M'man ?

– Même pas. L'Euphydryas chalcedona y habite.

– Tu en connais plein, des choses sur les papillons, M'man.

– Quand j'étais jeune, je voulais devenir lépidoptériste.

– Qu'est-ce qui s'est passé, alors, M'man ?

Pas de réponse, les mots emportés par le temps. Mais Celia pouvait jurer qu'elle avait appris quantité de choses sur les papillons dans le ventre de sa mère qui l'en avait nourrie avec son propre sang, et quand elle était née, le sac amniotique vibrait de leurs pulsations de telle sorte que le médecin stupéfait avait eu un mouvement de recul lorsqu'elle avait jailli, couverte d'ailes.

Ces papillons-là s'étaient envolés, mais Celia savait. Ils étaient des émissaires de Dieu.

Elle grimpa les marches de l'église et un homme se tenait tout en haut, qui lui souriait. Il lui tendit une brochure, même si elle sentait probablement très mauvais. La plupart des bancs, à l'intérieur, étaient vides. Dans les confessionnaux, sur les côtés, on lui avait dit qu'elle pouvait avouer ses fautes. Mais elle ne voulait pas que Dieu lui pardonne. Elle voulait que la vie lui pardonne, sans vraiment savoir pourquoi. Elle pénétra plus loin dans l'église et respira l'encens éventé, la chaleur des tissus humains. La peau des gens, leurs espoirs, leurs péchés. Elle leva les yeux vers l'autel et demanda à la silhouette blanche, sur la croix : Dieu t'a-t-il aussi apporté le don des papillons ? Ta mère a-t-elle couvert tes yeux de ses mains, et compté, et chuchoté ?

Quand elle revint, Naomi n'était plus là. Personne ne lui parla d'elle. Comme si elle n'existait pas. Les gens qui vivaient le jour étaient comme ça. Si, ici, c'était l'enfer, ils étaient au paradis, cachés derrière les nuages, ils jetaient de brefs regards pour voir les autres, en bas, puis ils s'envolaient tels des anges indifférents.

Elle trouva La Défonce et Rich dans la benne à ordures derrière le restaurant grec. La grande fille qui possédait le téléphone lui avait dit où elle les trouverait. Le propriétaire refusait de pulvériser du Raid dans sa benne ou de déverser sur la nourriture des produits désinfectants. L'association des restaurateurs essayait de l'y contraindre, mais le vieux monsieur refusait, les gens de son pays savaient ce que c'était que d'avoir faim.

Malheureusement, comme tout le monde était au courant, au sujet de la benne, généralement elle était complètement pillée. Mais ce soir, La Défonce avait trouvé une grande barquette d'aluminium avec de la moussaka gratinée qu'il dévorait par poignées entières. Rich fouissait dans un pot de yaourt vide. Comme il l'avait léché, il y avait du yaourt blanc sous son menton. Celia ne leur dit pas à quoi ils la faisaient penser. Il arrive que le monde offre un spectacle révoltant.

– Hé, ordonna-t-elle, laisse-m'en.

La Défonce lui tendit la barquette. Elle préleva un peu de nourriture avec ses doigts sales, mangea. C'était vraiment bon. Elle songea que ce devrait être encore meilleur quand c'était chaud. Une fois par mois, à la cantine de l'école, il y avait une journée internationale et ce qu'ils mangeaient avait aussi bon goût que ça.

À l'entrée de la ruelle apparut un vagabond qui traînait les semelles comme un épouvantail. Les trois gamins le fixèrent d'un air mauvais. Il leur répondit par un doigt d'honneur mais s'éclipsa. Premier arrivé, premier servi, c'était la loi de la rue. Les sans domicile fixe avaient un fort désir de règles, pensa Celia, peut-être parce que le reste de leur existence était à ce point dépourvu de toute loi. Il arrivait que les enfants les plus âgés forment des familles des rues impitoyables, avec des règles qui leur étaient propres. Celia s'en tenait à distance. La loi, elle en avait eu plus que son compte pour une vie entière.

La lumière des lampadaires s'alluma en vacillant. Il commençait à faire trop sombre pour y voir. Leurs pieds crissaient dans la ruelle à chaque mouvement. La Défonce, Rich et Celia mangèrent la moussaka jusqu'à ce qu'il n'y en ait plus et que leur ventre soit douloureux. Cela fit revenir à la mémoire de Celia que les chenilles peuvent manger deux cents fois leur propre poids. Tout comme elle, qui mangeait jusqu'à ce que son thorax augmente de volume.

Un jour, elle avait entendu l'histoire d'une fille qui avait échappé à la rue et pris tellement de poids qu'elle ne pouvait plus bouger. Elle pensait que c'était probablement une de ces nombreuses histoires inventées qui circulaient. Mais pour elle, cela avait un sens. Si elle tenait à sa portée toute la nourriture de la terre, elle aussi pourrait parfaitement se jeter dessus. Mais au contraire de cette fille, elle finirait par s'arrêter, se couvrirait le visage de ses bras, se roulerait en boule et patienterait jusqu'au printemps où elle pourrait renaître.

Naomi, s'étant tout juste réconciliée avec Jerome, rêvait qu'elle glissait sur une calotte glaciaire qui s'achevait à l'épaule du garçon. Elle se réveilla dans le même lit que lui, mais s'ils reposaient tout près l'un de l'autre, il y avait désormais une distance qui auparavant n'avait jamais existé.

Se levant silencieusement afin de ne pas le réveiller, elle s'interrogea sur la conviction profonde que sa sœur était vivante. Mais comment pourrait-elle le savoir si elle n'était même pas capable de se souvenir de son nom ? Son esprit se détourna de cette pensée déroutante.

Il était très tôt. Dehors, les oiseaux ne chantaient pas. Le ciel sombre était tendu au-dessus de la ville telle une couverture silencieuse. Naomi se demanda où Celia et les autres enfants des rues dormaient la nuit.

***

Elle retrouva Sean Richardson, l'agent du FBI, dans un café situé au rez-de-chaussée du bâtiment où il travaillait. Il l'avait appelée pour lui dire qu'il désirait la voir. De leur table, elle observait les acteurs du monde des affaires qui passaient, toujours d'un air pressé. Elle pensait aux sans-logis du quartier des laissés-pour-compte, à quelques rucs de là, et néanmoins dans un monde totalement différent.

– Vous êtes toujours aussi silencieuse ? lui demanda-t-il entre deux petites gorgées de café. On m'avait dit que vous étiez quelqu'un de très amical d'ordinaire. Avec un grand sourire et tout.

– L'année qui vient de s'écouler a prélevé son tribut, reconnut-elle.

Richardson remarqua l'alliance à son annulaire, ne se permit pas de réflexion. Sa main, à lui, était aussi solitaire que son cœur. Il y avait des gens qui ne connaissaient pas leur chance.

– Le médecin légiste m'a appelé. Il m'a dit qu'une seule minute d'observation vous avait permis de remarquer quelque chose qui nous avait échappé, à lui et à mon équipe.

Elle but une nouvelle gorgée de café.

– Leurs pieds étaient très tendres, expliqua-t-elle. Même les enfants ont des marques d'usure à force de marcher tous les jours. Corne, cals, ongles cassés. Aucune de ces filles n'avait marché depuis des semaines.

Les yeux marron de l'agent spécial semblèrent afficher de la tristesse.

– Autre chose ?

Naomi n'observa qu'un bref instant de silence, décida de courir le risque.

– J'ai entendu parler d'une maison où les filles pourraient être retenues captives avant d'être tuées. Je ne sais pas où elle est... pas encore.

Dehors, la foule se raréfiait. Chacun avait trouvé refuge dans le bâtiment où il travaillait. Naomi se les représentait maintenant comme de gigantesques ruches où les employés étaient des abeilles ouvrières.

– Et vous ? demanda-t-elle. Est-ce que votre agent infiltré a découvert quelque chose ?

Il secoua la tête.

– J'envisage de faire appel à un de ces profileurs dont on parle tant.

– Vous autres, vous n'apprenez jamais rien, c'est ça ?

Il rougit. Ses yeux marron rivés sur elle.

– Est-ce que vous pensez que ça a un rapport avec votre sœur ? Après toutes ces années ?

Naomi le regardait comme s'il était un des suppôts de la Grande Faucheuse.

– Petit déjeuner ?

Naomi venait de passer la tête dans l'entrebâillement de la porte de Winfield.

Ils allèrent à la gargote préférée du policier, dans le haut du centre-ville. La nourriture était de piètre qualité mais les serveuses ne lui faisaient pas payer ses repas. Naomi remarqua un groupe de gosses des rues sur une banquette – Celia n'était pas parmi eux – et se demanda depuis combien de temps de tels enfants étaient pleinement visibles sans qu'elle les eût jamais remarqués. Winfield commanda une omelette de Denver[1] et Naomi un assortiment de tofus.

Il leva les sourcils.

– J'ignorais que vous étiez une fan des tofus.

– Je tente quelque chose de nouveau, histoire de stimuler mon appétit.

Winfield ajouta trois sucres dans son café, la regarda au-dessus de sa tasse. La Naomi qu'il connaissait avait un appétit de chauffeur routier.

1. Œufs, jambon, piment vert, cheddar.

– Cette ville est un vrai désastre, déclara-t-elle une fois que leur commande fut arrivée, et qu'avec curiosité elle eut tenté d'avaler une petite bouchée.

Ils étaient sur la banquette préférée de Winfield, fenêtre occultée, accès dégagé aux portes sur la façade et sur l'arrière. Les mesures de sécurité étaient un souci constant, pour lui. Quand il marchait avec elle dans la rue, il l'escortait de son pas pesant, comme un ours. Elle trouvait cela un peu idiot. Contre quoi pouvait-il la protéger ?

Il arrosa son omelette de sauce épicée.

– Vous devez y passer votre temps, dans cette rue.

– Ce n'est plus uniquement une rue, c'est un quartier entier.

Elle lui répéta ce que la directrice d'*Aspire* lui avait expliqué concernant l'absence de refuges pour enfants. Pendant qu'elle parlait, son regard ne cessait de se porter sur les gamins.

– C'est de ça que vous êtes venue me parler ? demanda Winfield en portant une bouchée de nourriture à sa bouche qu'il essuya rapidement.

La Naomi qu'il connaissait ne perdait pas non plus son temps à des choses qu'elle n'était pas capable de résoudre. Elle lui faisait penser à la parabole de l'étoile de mer : Un jour, un homme qui marchait sur une plage s'était arrêté en voyant un garçon rejeter dans les vagues une étoile de mer. Comme il y en avait des centaines échouées sur le sable, le promeneur avait expliqué qu'il ne pouvait toutes les sauver. « Je peux en sauver une », avait répondu le garçon.

– Je veux savoir si ma sœur est à l'asile d'aliénés de l'État. Ça expliquerait pourquoi je ne parviens pas à la retrouver.

Winfield eut envie de souligner qu'elle ne réussissait peut-être pas parce qu'elle ne connaissait même pas son nom. Mais il savait que c'est comme ça qu'on résout une affaire, en progressant pas à pas.

– Je peux les appeler pour vous et leur demander, proposa-t-il.

– Je préférerais m'y rendre en personne. Est-ce que vous pouvez obtenir qu'ils me reçoivent ? Ça me prendra plus longtemps si j'essaie seule.

– Pas de problème.

À l'image de nombreux policiers, Winfield mangeait comme s'il y avait un chronomètre dans la pièce. À une époque, Naomi réussissait à le devancer de justesse, mais c'était fini. Elle repoussa son assiette.

– Pas bon ?

– C'est juste que je n'ai pas très faim depuis quelque temps.

Oui, il y avait quelque chose qui ne tournait pas rond chez Naomi. La serveuse vint chercher leurs assiettes. Elle sourit. Winfield posa quelques dollars de pourboire.

– Une autre chose tracasserait-elle la femme qui retrouve les enfants ? demanda-t-il en se levant pesamment.

– Pas plus que d'habitude, répondit-elle d'un ton sarcastique.

Sa sœur avait disparu. Qu'est-ce qu'il fallait de plus ?

– Le monde est un univers empli de chagrin, dit-il et elle vit le fardeau de tristesse qu'il devait porter lui aussi. Il faut s'assurer un peu de bonheur. Autrement on s'écroule.

Naomi hocha la tête, détourna les yeux.

– J'ai vu votre mari, l'autre jour, ajouta Winfield au moment où ils se dirigeaient vers la sortie.

Il lui tint la lourde porte tout en inspectant la rue du regard.

– Où ça ?

– À l'agence qui délivre les autorisations d'exercer. Il postulait au métier d'enquêteur privé, comme vous.

Il le lut sur son visage : elle ne le savait pas.

Naomi trouva un mot de Jerome posé sur le comptoir de la cuisine. Ayant grandi à la campagne où il n'y avait pas de signal pour utiliser un portable, ils avaient pris l'habitude de se laisser des messages écrits au lieu de s'envoyer des textos.

Parti au stand de tir, disait le sien. Son petit camion, aménagé pour un conducteur ne disposant que d'un bras, n'était plus garé dehors et la maison était vide. Quand elle grimpa avec lassitude les marches menant à la chambre d'amis, elle vit que l'étui d'épaule de son mari n'était plus sur le dossier du fauteuil.

Cela n'avait jamais été concluant, pour elle, de porter une arme. Chaque fois, ses sources de renseignements se tarissaient et les témoins refusaient de parler. À ses yeux, un pistolet était un petit objet qui tirait sans discernement, effrayait moins de gens qu'il n'aurait dû, réduisait les bons témoins au silence et enhardissait les mauvais. Elle préférait se servir de ses mains. Elle avait suivi une formation d'autodéfense poussée et se maintenait en forme. Elle avait connu des situations périlleuses, mais jusqu'alors, ça avait marché.

Assise au bout du lit, elle fit du regard le tour de la pièce. Elle se souvenait de toutes les fois où, au fil des années, elle était arrivée ici, épuisée par les voyages, et où Diane l'avait accueillie, l'avait laissée passer une ou deux nuits sur place avant de la serrer dans ses bras sans prononcer un mot quand elle s'en repartait. C'était ici que Naomi avait laissé son cœur. Les murs étaient couverts de cartes envoyées par les familles dont elle avait sauvé les enfants. Des messages pour la remercier et des *Comment va la femme qui retrouve les enfants ?* L'inquiétude qu'elles ressentaient pour elle, présente dans leur voix. Les enfants le sentaient toujours. Elle se souvenait des doigts caressants d'une fillette qui levait les yeux vers elle et *savait*.

« J'espère que vous n'allez pas vous perdre », lui avait dit la petite.

Se perdre. Cela peut arriver, même quand on a été retrouvée. On peut prendre le mauvais chemin, dans sa vie, même si on est entourée de gens aimants. C'était cela, le suicide, pensait-elle. C'était choisir la sortie finale au lieu d'opter pour un autre chemin. Non parce qu'on veut infliger de la souffrance à quelqu'un, mais parce qu'on se sent trop désespérée pour trouver le chemin de chez soi. Il y a par ailleurs plus d'une seule forme de suicide, plus d'une seule façon de partir. Combien de gens consacrent leur vie entière à ne pas savoir qu'ils nous ont déjà quitté ?

Elle se pencha avec un soupir. Diane et Jerome avaient raison. Durant l'année écoulée, elle avait cessé ne serait-ce que de penser à quiconque d'autre. La seule urgence qui l'avait obnubilée avait été de retrouver sa sœur. Quand Jerome reviendrait, ils parleraient de leur avenir. Elle lui dirait que c'était une bonne idée, pour lui, d'obtenir sa licence de détective. Il pourrait l'aider et, parallèlement, gagner quand même de l'argent grâce à ses propres enquêtes.

Et ils parleraient du fait qu'elle allait cesser de courir à droite ou à gauche, au moins dans l'immédiat.

***

Diane passait ses journées à dire au revoir au passé. Elle supposait que c'était là ce que faisaient les gens solitaires, et comme, dans sa vie, elle s'était attaquée à tout avec enthousiasme, du boulot de cuisinière à celui de directrice de centre de suivi pour adolescents perturbés en passant par l'autofinancement de ses études universitaires, elle avait décidé de considérer la solitude avec la même énergie.

Elle se rendit à la gare de chemin de fer où se dressait la tour de l'horloge et commanda un cosmopolitain[1] dans le salon du bar attenant qui semblait n'avoir subi aucun changement depuis les années quarante. C'était en souvenir de sa mère adorée qui, à une époque, avait nourri le rêve d'être chanteuse de jazz avant de devenir pédiatre. Elle alla dans les jardins chinois où elle avait rencontré son premier et seul amour, une femme appelée Marsha. Puis elle se rendit sur les collines de l'Ouest et visita les jardins japonais où elles avaient observé les carpes koï le jour où Marsha lui avait annoncé qu'elle allait mourir. Cela avait eu lieu il y avait plus de vingt ans, se remémora-t-elle. En redescendant, elle fit halte au grand aqueduc de béton connu sous le nom de pont des suicidés, le site de l'un de ses regrets majeurs. C'était là qu'un patient adolescent nommé Daniel avait exécuté un saut de l'ange à la rencontre de la mort.

---

1. Quatre doses de vodka, deux de triple sec, deux de jus de canneberge, une de jus de citron.

Mais en revenant à sa voiture elle réfléchit à la bêtise de son attitude. Ce n'était pas ainsi qu'elle voulait passer ses dernières années, en vivant seule. Elle aurait, supposa-t-elle, largement son comptant de solitude après sa mort. Elle allait rentrer et l'annoncer à Naomi : elle souhaitait qu'elle et Jerome restent. Ils pourraient former une famille. Ce ne serait pas la famille la plus ordinaire qui soit, mais c'était quelque chose.

Diane tourna la clé dans la serrure. Jerome et Naomi étaient assis l'un près de l'autre sur le canapé, ils l'attendaient. Naomi tremblait de manière presque imperceptible. Diane le voyait à la main qui tenait la cafetière.

Une tasse l'attendait.

« Jamais je ne me serais attendue à ça », confia Diane à son miroir ce soir-là. Elle discernait encore le discret voile de crêpe sous ses yeux. Elle prit dans sa trousse de toilette la brosse dont elle se servait rarement. Elle avait appartenu à sa mère. Un cheveu argenté y était resté accroché, et elle se demanda si c'était l'un des siens.

Elle se souvint des derniers jours de Marsha, quand elle se mourait de son cancer du foie et avait commencé à délirer, briser des vases, essayer de s'attaquer à elle. Les infirmières de l'hospice avaient été obligées de lui envelopper les mains dans d'épaisses mitaines pour l'empêcher de s'énucléer. Marsha était morte ici, dans cette maison, sur un lit d'hôpital installé dans le salon. Jamais Diane n'avait regretté ce dénouement. Il était précieux de pouvoir dire adieu d'une manière aussi intime.

– Nous désirons rester ici, avec toi, si tu veux bien de nous, avait dit Naomi, et Diane avait vu le frémissement, dans la gorge de son amie, et vu Jerome se tourner pour regarder sa femme comme si un miracle venait de se produire.

La bibliothécaire conservait des tas de feuilles de brouillon, rose pâle, jaune, blanc uni, dans une petite boîte en bois posée sur son bureau à côté d'une coupe remplie de bouts de crayon gris. Celia en prit une poignée tout en regardant la bibliothécaire pour vérifier que ça n'était pas trop, mais celle-ci se borna à sourire. La fillette emporta les pages, le crayon et son livre favori jusqu'à son siège préféré, là-haut, dans la grande salle de lecture où quelle que soit la violence de la pluie la lumière entrait par les fenêtres.

La plupart du temps, elle dessinait des papillons, de grands papillons magiques aux ailes langoureuses et aux yeux venus d'un univers différent. Mais il lui arrivait aussi de dessiner sa sœur, de représenter son visage comme pour se le rappeler toujours. Quand elle dessinait sa sœur, ou des gens qu'elle aimait, elle ajoutait des papillons : ils couvraient leurs épaules, surgissaient de leurs sourcils. Même le point minuscule, à l'intérieur de l'œil, devenait une créature unique et précieuse. De cette façon, les lépidoptères étaient les gens qu'elle aimait et les gens qu'elle aimait étaient libres.

Quand elle en avait fini de dessiner, elle glissait les croquis dans son livre préféré. C'était à sa connaissance le seul endroit sûr où les garder. Ils seraient mouillés sous la bretelle de l'autoroute, perdus dans la rue.

Elle savait qu'il était difficile de trouver des endroits sûrs. Les plus dangereux étaient la voiture et le lit de n'importe quel homme. Les ruelles et les tunnels noirs. Tout endroit où elle pourrait se retrouver piégée. Le secret de la survie consistait à avoir une carte, dans la tête, où elle essayait en permanence, comme un papillon, de trouver le bon endroit pour se poser. Mais de pareil endroit, il ne semblait pas en exister.

Il faisait froid quand elle se réveilla le lendemain matin sous la bretelle d'autoroute, et elle sentit comme une brûlure à la jambe. Elle releva son pantalon et vit une grosse piqûre d'araignée, rouge et enflée. Elle savait qu'il s'agissait d'une araignée car la bête avait été écrasée contre le tissu.

– Est-ce que c'est une veuve noire ? demanda-t-elle en retournant la jambe du pantalon.

– Pour moi, c'est une tache noire, rien de plus, déclara La Défonce.

Rich y regarda de plus près. Ils avaient tous vu des gamins des rues qui présentaient de vilaines blessures causées par des rats porteurs de maladies ou des piqûres d'insectes. Celia se rappelait l'exemple frappant d'une fillette qui s'était retrouvée avec un cafard coincé dans l'oreille alors qu'elle dormait dans une maison abandonnée. Son hurlement s'était entendu à des rues à la ronde.

– Il paraît que si on lave la blessure au détergent, ça tue les microbes, déclara La Défonce.

– Tu dis tout le temps ça.

– Ben, parce que c'est vrai. Faut juste le diluer.

– Je n'ai pas de baignoire.

– Tu pourrais sûrement faire ça dans la rivière.

Celia et Rich le regardèrent comme s'il était fou. Il rougit. Mordit ses lèvres charnues, détourna les yeux, espéra qu'ils allaient changer de sujet. Ce qu'ils firent. La fillette se leva en boitant. Peut-être la douleur disparaîtrait-elle si elle marchait.

– J'vais t'accompagner à la clinique qui fait pas payer, proposa Rich.

La clinique se trouvait tout en haut du quartier déshérité, le long du parc municipal où la police locale ne cessait de détruire les tentes que les familles de sans-abri érigeaient. Des heures durant, les deux enfants restèrent assis sur les sièges lacérés à attendre qu'on les reçoive. Les médecins qui officiaient sur place étaient gentils, mais quelle différence cela faisait-il ?

Celia avait le ventre aussi creux qu'une grotte et, quand elle finit par être appelée dans la salle d'examen, la faim entraînait chez elle des vertiges. Pour elle ne savait quelle raison, elle pensait continuellement à des cacahuètes dont le goût salé lui envahissait la bouche. Si elle en avait une, elle la sucerait au moins pendant une heure entière.

Ce n'était pas la première fois qu'elle venait à la clinique gratuite. Avant, ç'avait été pour un dépistage de maladies sexuellement transmissibles. Elle ne voulait pas tomber enceinte ni attraper une MST. S'inquiétait du moment où ses règles allaient se produire car ça signifierait qu'elle pourrait avoir un enfant et elle en avait déjà un : sa sœur. Tout cela, elle l'avait expliqué au docteur pendant qu'elle remplissait ses poches de préservatifs gratuits sans comprendre pourquoi il avait un air aussi triste.

Ces gens qui vivaient le jour…

Le médecin était un homme de grande taille, maigre, aux cheveux noirs et bouclés, comme un La Défonce qui serait adulte mais qui aurait un ventre rond sous sa blouse blanche déjà tachée et maculée après les patients précédents. Il sentait le chewing-gum Juicy Fruit. Il scruta la jambe de Celia, le cercle rouge et enflammé autour de la piqûre et le trou visible en son centre. Elle lui montra l'araignée morte.

– Je l'ai laissée pour que vous puissiez la voir, déclara-t-elle fièrement.

Quand il se pencha, elle lut le nom sur le badge de sa blouse. DR ALEX LOPEZ. Et elle repensa à l'inconnu au visage balafré, avec sa combinaison bleue qui ne portait pas de nom.

– Bon, je ne pense pas que ce soit une recluse, ni une veuve, déclara le médecin d'un air dubitatif en étudiant la bête écrasée.

Il nettoya la blessure avant de la protéger par un bandage propre qui serait souillé ou aurait disparu bien avant que vingt-quatre heures se soient écoulées. Il secoua la tête quand la gamine partit, sachant qu'il remplirait le signalement obligatoire et la description d'une enfant des rues supplémentaire, que ces renseignements seraient intégrés dans le système d'enregistrement sans fin, d'une nature ou d'une autre, là où un agent des services sociaux le trouverait la semaine suivante ou le mois d'après. Même quand ils parvenaient à sortir les gamins de la rue, ils n'avaient nul lieu où les conduire. Il avait entendu parler de gosses qui dormaient à même le sol dans les bureaux de l'aide à l'enfance.

Dehors, la pluie avait recommencé à tomber. Rich attendait Celia, si affamé, lui aussi, qu'il se sentait pris de faiblesse. Ensemble, ils regagnèrent le quartier des laissés-pour-compte en quête de nourriture et de leurs amis. Celia se demandait si les papillons profitent davantage du temps qui passe parce qu'ils savent qu'ils vont mourir bientôt. Mais bon, elle savait qu'elle mourrait peut-être bientôt, elle aussi, et ce n'était pas pour ça qu'elle profitait davantage de la vie.

– J'ai vu un docteur qui te ressemblait, dit-elle à La Défonce en prenant un air important.

Rich avait mendié suffisamment d'argent pour acheter un sandwich à chacun d'eux au magasin qui faisait l'angle, et Celia avait fini le sien. Elle gardait dans sa poche le papier chiffonné, le touchait pour s'assurer qu'elle avait vraiment mangé.

– Ah ouais ? répondit La Défonce qui pensait à autre chose.

Il tendait la main vers le coin de la rue, paraissait exsuder l'inquiétude par tous les pores de sa peau. L'angoisse, supposa Celia. Cette saleté de merde de TDAH[1]. Il s'agitait d'un pied sur l'autre, dansait sur ses longues jambes si maigres qu'elles ne se rejoignaient jamais.

– Sauf qu'il avait un ventre de buveur de bière.

La Défonce émit un bruit méprisant.

– Ça m'arrivera jamais, à moi.

– Je parie que vous devez être de la même famille.

– Pourquoi ?

Elle avait capté son attention. Les yeux rêveurs du garçon, tout en cils, trouvèrent ceux de son amie. Il était beau gosse. Les hommes qui passaient dans leur voiture le disaient tout le temps. Mais il l'était d'une manière qui n'attirait pas que les pervers. Il avait ces yeux superbes, des cheveux noirs bouclés et une peau

1. Trouble de déficit de l'attention avec hyperactivité.

dorée. Était en partie portoricain. Les Portoricains, disait-il, font tout leur possible pour s'entraider.

– Ce docteur, il s'appelait Lopez. Et toi, c'est quoi ton nom ?

Il la dévisageait.

– Sois pas idiote, Celia, lui dit-il.

– Pourquoi je le serais ?

– On vient pas tous de la même famille, tu vois ?

– Bon.

Elle se tourna vers les voitures. Un vieux type, encore un, lui fit signe, agitant ses doigts comme un sale vicieux. Elle affecta de ne pas l'avoir remarqué et tenta de faire la manche, mais personne ne voulait lui donner d'argent. C'était toujours pareil, quand on était une fille et qu'on voulait mendier. Les hommes en costume se hâtaient de s'éloigner comme s'ils craignaient d'être surpris en train de parler avec la marchandise. Les femmes accéléraient le pas à son approche, comme si elle était porteuse de maladies qu'elles risquaient de ramener chez elles à leurs filles. On pourrait s'imaginer que les gens qui vivent le jour donnent davantage aux gamines des rues, mais ce n'est pas le cas.

***

Tous les vendredis d'école, on venait la chercher avant la fin de la classe. Une règle brandie à bout de bras, elle donnait sur son passage des coups dans les casiers en fer. Les élèves n'avaient plus le droit de les utiliser. Ce n'était pas sûr, avait décrété le chef d'établissement.

Elle s'asseyait sur les sièges où il lui fallait attendre avec les autres. Ils étaient toujours trois ou quatre qui devaient passer à l'inspection des parasites. De frustration, l'infirmière, une femme brusque, lui soufflait son haleine nauséabonde au visage chaque fois qu'elle lui examinait les cheveux. Elle commençait par scruter sa tête à la recherche de poux, puis ses bras pour détecter les plaques de teignes qui croissaient en cercles concentriques et, finalement, ses poignets et ses jambes à la recherche des traces rouges de griffures frénétiques provoquées par la gale.

Votre enfant a_____, disait le formulaire sur lequel l'infirmière spécifiait le nom de la vermine du mois et que Celia devait ramener chez elle. *Veuillez traiter votre enfant avant de le/la renvoyer à l'école.* Celia avait pris l'habitude de lui dire :

– Vous avez qu'à me le donner tout de suite, le traitement.

Mais l'infirmière refusait. Finalement, c'était Mrs Wilkerson qui s'en chargeait, le remettant discrètement à la fillette comme s'il s'agissait d'un produit de contrebande. Celia s'enfermait chez elle, dans la salle de bains, pendant que sa mère dormait sur le canapé, et elle frottait son crâne et son corps entièrement dénudé avec les immondes pesticides roses jusqu'à ce qu'elle soit couverte de cette couche poisseuse. Elle attendait, tête ployée, secouée de frissons, sans penser à rien jusqu'à ce que la substance ait produit son effet, puis elle grimpait dans la baignoire crasseuse où elle se rinçait avec le grand pot de yaourt antédiluvien qui était posé par terre, à côté.

Parfois, quand elle avait faim, elle mangeait les bouts de plâtre qui se détachaient des murs de sa chambre. Ils avaient un goût agréable. La peinture des rebords de fenêtre aussi, mais Mrs Wilkerson leur avait dit qu'ils ne devaient pas la porter à leur bouche parce qu'elle contenait du plomb.

Celia rêvait souvent du jour où sa mère cesserait de consommer de la drogue. Elle rentrerait alors à la maison. Sa mère lèverait la tête, son visage serait clair et limpide. Elle sourirait et ses yeux seraient déterminés. Nous quittons Teddy, lui annoncerait-elle d'un ton enjoué. Préviens ta sœur.

***

Miam, miam, croquer à belles dents comme le ciel grignotait la lune chaque soir jusqu'à ce qu'il n'en reste qu'un fin croissant. Comme La Défonce, debout au coin de la rue à l'affût du moindre cachet ou de la moindre goutte, parlait de l'acide liquide[1] qu'on se met dans les yeux ou de cette matière collante qu'on fait fondre pour obtenir le liquide marron qui vous emporte l'âme le long des rues. Il ne cessait de tendre la main ou de vendre son corps afin de se procurer la dose qu'il aurait oubliée le lendemain.

Seuls Celia et Rich n'y touchaient pas, assis à l'angle de la rue pendant qu'autour d'eux la nuit partait dans une spirale incontrôlable. Ce n'était pas en raison d'un quelconque jugement méprisant, ni de rien de ce genre, plutôt une question de paresse ou de peur. Si quelqu'un s'était approché de Celia en lui disant *Tiens*, elle aurait pu lui prêter l'oreille en dépit de tous les serments qu'elle s'était faits. À un moment ou à un autre, la nuit aurait été parfaite pour ça. Elle aurait alors été semblable à ces drogués des rues dont les veines sont racornies comme des filaments secs.

Cela lui fit penser à la façon dont les papillons utilisent le poison pour se protéger. Le monarque ingère

1. LSD sous forme de gouttes.

du laiteron qu'il transforme très simplement en cyanure de telle sorte que tout prédateur qui le mangera périra. Cela plaisait beaucoup à Celia. Elle aurait aimé avoir la capacité de tuer des hommes juste pour avoir approché leurs lèvres. Elle se représentait comment les rues changeraient alors. Mais le poison n'est pas sans contrepartie, songeait-elle. Le papillon, mangé, n'en meurt pas moins.

Naomi s'engagea dans la zone industrielle que la directrice d'*Aspire* avait mentionnée, découvrant les quais désertés proches du quartier des miséreux. Elle se gara et marcha jusqu'au bord des docks menaçant ruine. De là, elle pouvait regarder vers l'aval et voir la ville.

Il serait facile de jeter un corps de cet endroit sans être vu. Il faudrait un jour ou deux avant qu'il remonte à la surface, vers le pont là-bas. Tout cela se tenait.

Elle posa le pied avec beaucoup de prudence sur une des avancées. Le bois était rongé, les piliers imbibés de créosote plongeaient dans les eaux boueuses. Testant précautionneusement chacune des planches, elle s'avança jusqu'à la jetée. L'eau barbotait sur le bord des planches pourries. Elle en sentait la profondeur sous ses pieds. La passe s'étalait, large et ténébreuse devant elle.

Elle marcha jusqu'au bout du quai et scruta les abysses troubles. Des enchevêtrements d'anciennes armatures de béton, jaillissant telles des piques mortelles rouillées, surgissaient des fonds invisibles. Quiconque tombait ici s'exposait à la mort, ou au minimum à un détour par les urgences et un vaccin contre le tétanos.

Elle se représenta un homme qui approchait, chargé d'un cadavre. Elle le vit parvenir en ce lieu situé au cœur des ténèbres avec pour unique lumière les rayons de la lune. Il portait le corps sur le quai avant de le jeter dans le vide, certain que les eaux effaceraient toute preuve, sur le cadavre, et que le courant l'emporterait suffisamment loin pour que nul ne puisse savoir où l'on s'en était débarrassé.

Se mettant à quatre pattes sur le bois mouillé, elle inspecta d'un côté et de l'autre. Prit son temps, avançant lentement, inspectant le dessous des planches, étudiant les piliers huileux. D'autres entremêlements de barres de béton armé tendaient dans les gouffres lugubres leurs tiges semblables à des serpents venimeux lymphatiques. Elle supposa que ces armatures provenaient des chantiers navals qui avaient autrefois valu sa prospérité à la ville : matériaux de renforcement des piliers et bobines de câbles utilisés sur les bateaux, depuis longtemps rongés.

Elle se figea sur place. Elle distinguait un reflet rouge pâle à l'extrémité d'une des piques métalliques. Environ trente centimètres sous la surface, il oscillait comme le plus diaphane des filaments ou des fils de soie. Relevant sa manche, elle s'allongea à plat ventre sur les planches mouillées. L'eau épouvantablement froide se referma sur sa peau. Elle tendit le bras pour ramener à la surface les fils soyeux.

C'était une touffe de cheveux humains.

Après avoir regagné la sécurité de la terre sèche, elle s'arrêta sur le sol creusé d'ornières pour sortir son téléphone sans tenir compte de l'eau froide qui ruisselait le long de sa manche.

– Sean Richardson ? demanda-t-elle. Il faut que vous veniez sur les vieux docks, accompagné par l'équipe des spécialistes. Oui. Dans la zone industrielle qui touche le centre-ville. Une équipe pour draguer, avec des plongeurs rompus aux dangers que présentent les cours d'eau. Vous allez y trouver d'autres filles disparues. Elles sont restées accrochées là.

Elle ne resta que le temps de voir arriver les voitures et les fourgons noirs. Le bateau de l'équipe de secours et de recherche descendait la rivière, les plongeurs agrippés à ses flancs. L'hélicoptère d'une chaîne d'information formait un point rond dans le ciel, mais elle partit avant que quiconque ait tenté de lui parler.

Si Jerome avait le stand de tir, pour Naomi c'était la salle de boxe. Ce qu'elle préférait, c'était quand elle avait de vrais adversaires contre qui enfiler les gants : à croire que dans toutes les villes on trouvait au moins quelques dockers curieux, adolescents ambitieux adeptes des arts martiaux ou pugilistes à la retraite, qui étaient disposés à en découdre durant quelques rounds. Si un jour elle se fixait quelque part, songeait-elle, elle prendrait éventuellement plusieurs filles sous son aile afin de les former.

Elle trouva le gymnase local dans l'est de la ville, près d'un ensemble de voies de chemin de fer et d'une succession de parkings de mauvaise réputation. Les odeurs prenaient à la gorge : transpiration, vieux cuir, relents musqués de la peur. Pour elle, la peur récente était forte et tenace, alors que celle qui appartenait au passé sentait d'une manière complètement différente, comme un animal au repos.

Les jeunes hommes – et les jeunes femmes en nombre supérieur, remarqua-t-elle – avaient le visage luisant de vaseline. Le seul langage était celui des respirations sifflantes, des frappes contre les sacs et des gants qui percutaient la chair. Elle s'entretint avec la femme qui s'occupait de la salle, une ancienne boxeuse, parmi les pionnières, en short rose sur lequel son nom figurait en grosses lettres. Pour l'heure elle était tout sourire, le visage écarlate, un groupe de jeunes autour d'elle.

Naomi se changea dans une minuscule salle d'eau où le lavabo était taché de sang recraché, puis porta son sac de sport près du ring qui dominait toute la salle. Elle s'échauffa, boxant dans le vide et cognant contre les gros sacs pendant que les autres lui jetaient en douce des regards de curiosité. Elle se banda ensuite les mains, demanda à la responsable des lieux de l'aider à lacer ses gants d'entraînement, et trouva un volontaire pour monter sur le ring.

C'était un jeune qui affichait une confiance suprême dans sa capacité à en découdre avec une femme. Au moment où ils grimpaient sur le ring, il s'adressa à Naomi à travers son protège-dents :

– Vous en avez déjà disputé, des combats ?

– Oui, répondit-elle en ajustant son propre protège-dents d'un poing ganté. Vous seriez bien avisé de vous signer.

Il prit ces mots pour une plaisanterie.

– Où avez-vous appris à boxer comme ça ? lui demanda la femme entraîneur lorsqu'une Naomi qui transpirait abondamment, mais semblait satisfaite, se glissa entre les cordes pour descendre du ring quelques rounds plus tard.

Deux embrasements fiévreux s'étaient matérialisés sur ses joues, mais pour le reste, elle ne portait pratiquement aucune trace. Son regard était clair.

– Avec un boxeur retraité, au Mexique, répondit-elle tandis que la femme lui retirait ses gants. Un spécialiste des coups bas.

– Ça se voit. Vous ne tiendriez pas deux minutes devant les juges, dans cet État. Ce pauvre Mikal va pisser le sang pendant une semaine à cause de ces coups que vous lui avez expédiés dans les reins.

– Il pouvait demander qu'on arrête, répondit Naomi qui se sentait contrariée.

– Oh, les hommes, fit l'entraîneur en grimaçant un sourire qui s'effaça aussitôt. Et en plus, on aurait dit que vous vous reteniez.

– C'est vrai.

En pensée, Naomi vit des os brisés, des doigts broyés, des yeux arrachés.

La femme se tourna vers deux jeunes hommes qui se tenaient derrière elle.

– Roberto et Jason, montez sur le ring.

Les adolescents au corps élancé passèrent entre les cordes en s'amusant à se décocher des coups.

– On ne chahute pas, les réprimanda-t-elle.

Naomi retira les pansements, vérifia chacun de ses doigts. Les protections en coton étaient écrasées et maculées de sang. Au moins, ce n'était pas le sien. C'était la règle, songea-t-elle tandis qu'elle suivait des yeux les garçons qui en rajoutaient sur le ring en ressemblant davantage à des amis inséparables qu'à des adversaires. Mikal vint la voir, une serviette imbibée d'eau froide appliquée sur son visage meurtri.

– Vous pourriez m'apprendre certains de ces coups ? lui demanda-t-il à voix basse pendant un moment d'accalmie sur le ring.

– Une autre fois peut-être, lui répondit-elle.

Un des combattants fendit la lèvre de son ami. Tous deux cessèrent aussitôt d'échanger des coups et le blessé se pencha entre les cordes. Naomi regarda la femme qui les entraînait chercher dans son sac-banane pour en extraire une petite masse de métal froid qu'elle appliqua sur les chairs. Maintenant avec fermeté la tête du garçon, elle comprima énergiquement la blessure. Il ferma les yeux.

– Je suis à la recherche d'un homme, commença Naomi qui parla alors de l'inconnu au visage balafré en le décrivant en détail.

Le regard de son interlocutrice semblait perdu dans le vide.

– À l'exception de la combinaison bleue, ça ressemble beaucoup à Ray, le gardien de notre gymnase. Il n'a pas grand-chose d'un gardien, en fait. Il passe le balai et en échange il a accès à la salle. Il est sonné.

Elle prononça ces mots comme s'ils contenaient une excuse, comme s'il en allait de sa faute.

– Comment ça, sonné ?

Naomi n'ignorait pas que certains boxeurs qui présentent des troubles au cerveau sont dociles alors que d'autres deviennent violents ou plongent dans la démence criminelle.

– Euh…

Elle semblait peu disposée à répondre.

– Où je peux le trouver, ce Ray ? insista Naomi dont les battements de cœur étaient plus feutrés.

– Vous n'allez pas l'amocher comme vous l'avez fait avec Mikal, hein ?

Il y avait une étincelle de malfaisance dans ses yeux, mais aussi de l'inquiétude. Le garçon à la lèvre fendue baissa la tête vers elle. Sa peau était blanche et lisse à l'endroit où elle maintenait la blessure fermée avec ses doigts tandis qu'un filet de sang coulait sur son pouce.

– Uniquement s'il le mérite, répondit Naomi d'un ton presque détaché.

Elle regardait tout à tour le garçon, la blessure et la soigneuse.

– Si j'avais voulu étendre Mikal pour le compte, je l'aurais davantage frappé au corps, ajouta-t-elle en remarquant l'expression entendue qu'affichait la femme entraîneur.

– Ray vient le lundi matin, tôt. Vous avez donc plusieurs jours devant vous. Et non, je ne sais pas où il habite. Ça pourrait être derrière une benne à ordures, si j'en juge par la façon dont il pue certains matins. Si c'est des cicatrices que vous cherchez, c'est votre homme.

Elle écarta lentement les doigts. La blessure était refermée. Elle ajouta :

– Nous prenons beaucoup de précautions, aujourd'hui, pour éviter ce genre de cicatrices, mais vous savez, la peau se déchire.

– Je sais, répondit Naomi en récupérant son sac. Les cœurs aussi.

À son retour chez Diane elle trouva Jerome la tête courbée au-dessus de *Modifications des statuts : procédure criminelle, crimes*. Il était assis à la table de la cuisine avec devant lui des bretzels durs posés sur une assiette, du pain et des concombres tranchés conservés dans le vinaigre, des graines de moutarde et des lamelles de cheddar relevé. Naomi mangea un peu de fromage, regarda par-dessus l'épaule de Jerome.

– Tu étudies pour ton diplôme d'enquêteur ?

Il leva les yeux, vit ses joues rosées, ses cheveux mouillés de sueur.

– Tu t'es entraînée ? demanda-t-il en refermant le livre.

– J'ai trouvé la salle de boxe.

Les yeux foncés de son mari se fixèrent sur les siens, lui réchauffèrent le cœur. D'ordinaire, après être montée sur le ring, la première chose qu'elle désirait, c'était aller au lit. La guerre et l'amour. Un jour, Jerome l'avait taquinée à ce sujet, mais ça n'avait pas été une bonne idée. Il garda donc le silence. De leurs ébats amoureux ils ne parlaient ni l'un ni l'autre. Il savait que pour Naomi, c'était quelque chose de sacré, mais d'effrayant. Jerome avait été son seul partenaire en dehors de ce qu'elle avait subi dans son enfance et qui n'était pas de l'amour. Ce n'était même pas quelque chose de sexuel, se disait-il. C'était une horreur caricaturale à laquelle il se gardait bien de penser. Quand ils faisaient l'amour, il trouvait facile d'oublier ce qui s'était passé jadis car, en ces instants, elle était purement elle-même, lui souriait, l'aimait. Il n'avait jamais connu personne qui lui ressemble et savait que ça n'arriverait jamais. Elle était son cœur.

Mais leur amour était comparable à une tranchée profonde, et la vulnérabilité de cette relation menaçait en permanence de submerger la jeune femme. Aussi dansait-elle avec lui, tout près de lui, puis plus loin. Il essayait de l'accepter. Jamais peut-être il ne connaîtrait de moment magique avec elle, de ces moments où il pourrait se détendre et avoir le sentiment que tout allait bien. Peut-être serait-elle toujours ainsi, à regarder derrière son dos avec des yeux méfiants.

– Je l'ai un peu démoli, le gars. Je n'en suis pas très fière.

– Il aurait pu demander d'arrêter.

– C'est exactement ce que j'ai dit !

Elle s'assit sur une chaise, lui sourit. Il lui rendit son sourire et ils éclatèrent de rire. Tout n'allait pas pour le mieux, mais ils s'en rapprochaient indubitablement.

– Tu as faim ? lui demanda-t-il en pensant au lit, à l'étage, tout en poussant l'assiette de bretzels vers elle.

– En fait, oui, répondit-elle.

Celia était assise devant la salle d'accueil des Petites Sœurs de la Miséricorde où elle grattait son pansement ensanglanté. Elle avait relevé sa jambe de pantalon de telle sorte que quiconque passait par là pouvait voir le bandage, le sang. Elle le faisait sciemment, essayant d'attirer l'attention. Vous voyez, tentait-elle de leur dire, je suis blessée. Si quelqu'un veut bien m'aider.

Mais personne ne le voulait. Tous poursuivaient leur route sans même la regarder.

À l'exception de Naomi. Elle s'approcha sur le trottoir en balançant les bras, le visage aussi lumineux qu'une lampe. La grande nouvelle s'était répandue par les rues : aux anciens docks, le FBI sortait des corps de la rivière. Certains, parmi les habitants de la rue, s'étaient rendus sur place pour assister au spectacle, mais pas Celia. Elle se disait que, comparée aux cadavres, sa piqûre d'araignée n'était pas une nouvelle qui comptait.

L'inquiétude barrait le front de Naomi, mais ce n'était pas l'expression que Celia se serait attendue à y voir si une des filles retirées de l'eau avait été suffisamment âgée pour être sa sœur. Que certains cadavres s'avèrent être des filles que Celia connaissait n'avait probablement pas traversé l'esprit de Naomi.

– Vous êtes blessée ! s'écria l'enquêtrice en s'accroupissant près d'elle.

Quand elle tendit le bras, la fillette se recula ostensiblement le temps qu'elle remarque les mains de Naomi. Elles étaient abîmées. Il y avait des cicatrices à ses phalanges – des bagarres, dans sa vie – et les ongles étaient coupés court. C'étaient des mains qui avaient vécu, et la gamine en fut tranquillisée. Elle laissa Naomi la toucher.

– Je le suis tout le temps, répondit-elle en se rendant compte que ces mots la faisaient paraître assez niaise.

– Vous vous êtes coupée ?

– Une piqûre d'araignée.

– Ce n'est pas anodin. Ça peut s'infecter.

Avec des gestes sûrs et professionnels, Naomi défit le bandage, inspecta la plaie. Les bords en étaient boursouflés, le trou enflammé et rouge. Celia sentait l'odeur des cheveux de cette femme, penchée sur sa jambe, et c'était celle des pommes. Elle ferma les yeux, s'en imprégna. Cela lui fit penser à Alyssa. À quand elle lui lavait les cheveux avec le shampooing du magasin où tout coûtait un dollar, qu'elle le faisait mousser lentement, lui rinçait la tête avec le vieux pot de yaourt posé à côté de la baignoire.

– Je suis allée à la clinique qui soigne gratuitement, expliqua-t-elle.

Naomi suspendit son geste. L'inquiétude abandonna son visage. Elle cessa de porter attention à la piqûre et à Celia.

– Je devrais y aller, dit-elle. Je n'y avais même pas pensé ! Le médecin saura peut-être quelque chose. J'apposerai une affichette et je leur parlerai.

Sa main avait lâché la jambe de la fille des rues. Son visage était sans expression et Celia fut prise d'un de ses frémissements. Elle voyait bien que la femme pensait à sa sœur, mais qu'il n'y avait rien dont elle pût se souvenir à son propos. C'était un fantôme dont l'absence lui pesait.

– J'ai gardé l'araignée morte, là, sur mon pantalon, dit-elle rapidement dans une tentative pour reconquérir l'attention de la femme.

Elle commença à exposer le bas maculé de crasse du vêtement pour la lui montrer.

Mais Naomi se relevait.

– Vous devriez veiller à ce que le pansement reste propre, déclara-t-elle comme si Celia était une adulte au même titre qu'elle. C'est qui, le docteur, là-bas ?

– Je crois qu'il s'appelle Lopez, répondit Celia en tournant la tête et en se refermant sur elle-même.

Elle ne parvenait pas à comprendre. Si Naomi se souciait tellement des enfants, pourquoi poursuivait-elle sa route ?

Elle la regarda partir. L'enquêtrice n'en avait aucunement conscience, mais elle était recouverte de papillons. Ils pullulaient autour d'elle, s'accrochaient à ses vêtements neufs, les rendaient vieux comme le temps. Elle les emmènerait avec elle à l'intérieur de la clinique, et le grand docteur maigre qui ressemblait à La Défonce, avec sa taille d'adulte et son ventre rebondi, ne les verrait pas non plus. Mais ils seraient là, attendant que vienne le moment de la réconforter quand elle entendrait le médecin lui répondre qu'il ne savait rien, rien, rien.

C'était cela qu'il y avait de si important au sujet des papillons. Ils pouvaient être attentionnés quand

Celia cédait à l'amertume. Ils pouvaient contenir toute la beauté de ce monde, même quand les cieux adoptaient le gris de la détresse et que les vieux types se garaient le long du trottoir, la bite déjà dans la main. Celia cadenassa son esprit pour se protéger contre eux et partit à la recherche des autres gosses. À tout de suite, Celia, lui dirent les papillons. Elle leva sa petite main et leur fit un geste d'au revoir.

La Défonce avait trouvé un bout de carton sur lequel il avait écrit « Sans abri aidez svp » avec un marqueur noir qu'il avait emprunté à la femme qui dirigeait *Aspire*. Il voulait se procurer un stylo rouge pour donner l'impression qu'il avait écrit avec du sang. « Ça les impressionnera », avait-il déclaré, mais Rich et Celia avaient trouvé que c'était stupide ; les gens qui vivaient le jour, ça ne ferait que les effrayer.

Les gosses participaient à un jeu de la vérité où chacun devait parler des pédophiles homos et des pervers qui les avaient invités chez eux, et de toutes leurs exigences malsaines. La fille au téléphone avait parlé d'un type qui avait insisté pour qu'elle le sodomise avec sa brosse à dents électrique. Ils avaient tous hurlé de rire à s'en rouler par terre. Celia en avait eu mal au ventre. Quand La Défonce avait levé son majeur en imitant un vrombissement, ils avaient recommencé à se tordre.

Puis la fillette avait aperçu Naomi qui s'en revenait de l'autre côté de la rue. Elle dégageait une impression de tristesse.

Sans le savoir, la fillette devait la dévisager parce que La Défonce demanda, pour plaisanter :

– T'en pinces pour elle ?

– Non, rétorqua-t-elle en le fusillant du regard.
– Celia en pince pour la dame patronnesse.
– C'est pas une dame patronnesse.
– Oh… c'est quoi, alors ?

La gamine fixa le trottoir pendant que les autres riaient. Soucieux, Rich la regardait. Mais La Défonce fronça les sourcils.

– Hé, me dis pas que t'en es là ?

Celia garda les yeux baissés et rougit intensément. Elle sentait le sang monter à ses joues. Rich sembla à deux doigts d'intervenir, mais se retint.

– Enfin quoi, Celia, tu sais bien que ça se peut pas, reprit La Défonce. Y a personne, ici, qui va devenir ta *Maman*.

– Je…

Elle ne savait quoi dire. Impuissante, elle gardait les yeux rivés sur ses pieds.

– C'est même pas la peine d'y penser, insista La Défonce.

– C'est pas c'que tu penses, dis ? interrogea la fille au téléphone. Moi, ça fait longtemps que j'y vis, dans la rue, depuis l'âge de dix ans. Y a personne qui va venir t'sortir de là. Tu ferais bien de t'en débarrasser et vite, de ces idées à la con.

– Ça suffit, interrompit Rich. Elle a compris.

– J'espère pour elle ! reprit la fille en posant sur Celia un regard plus gentil. T'as que douze ans, c'est ça ? T'as le temps. Fais un plan, comme moi.

– C'est quoi, ton plan ? demanda la fillette d'une voix étouffée.

– Je vais survivre jusqu'à ce que j'aie seize ans. Après, je partirai en Alaska et je travaillerai là-bas, dans les conserveries. À seize ans, tu peux l'avoir, ton permis de travail. J'ai réfléchi à tout.

Elle s'exprimait avec autorité.

– Si t'es si intelligente que ça, aide-moi pour écrire mon panneau, lui dit La Défonce.

La conversation reprit ses droits. En cachette, Celia jeta un coup d'œil dans la rue. Naomi n'était plus là.

Elle se rendait à l'hôpital psychiatrique. Jerome, à la maison, préparait son examen. Elle aimait l'idée que l'un comme l'autre puisse faire ce qu'il désirait. Peut-être cette dernière année leur avait-elle imposé d'être un peu trop souvent ensemble.

La radio relayait la nouvelle essentielle de la journée : le FBI avait repêché les corps de quatre jeunes filles dans la zone des docks. L'agent spécial Richardson, annonça le journaliste, n'avait émis aucun commentaire, mais un reporter avait entendu dire que les victimes étaient toutes des prostituées. Le présentateur répéta cette information comme s'il fallait en concevoir du soulagement.

Naomi tendit le bras vers le bouton et éteignit la radio.

La vieille Datsun n'avait pas la climatisation, mais elle appréciait que le vent s'engouffre à l'intérieur de l'habitacle et souffle dans ses cheveux. Un jour, Jerome lui avait demandé pourquoi elle ne les relevait jamais sur sa nuque. Elle y avait réfléchi et s'était aperçue qu'elle aimait les garder libres car cela lui donnait l'impression de bouger même quand elle demeurait immobile.

Les sièges baquets étaient confortables et la voiture sentait les longs trajets. Depuis de nombreuses années, elle était sa maison sur quatre roues. Presque dix ans, en fait. Elle laissait tout ce dont elle pouvait avoir besoin dans le coffre, passait d'une enquête à une autre, ne restait jamais longtemps dans la même localité. Elle était devenue experte dans l'art de trouver des hôtels bon marché, de manger en route et de faire sa lessive dans de gigantesque aires pour camions qui semblaient toujours diffuser des disques de Steely Dan.

Un peu plus loin, une sortie d'autoroute. Ce qui autrefois avait été un énorme et épouvantable bâtiment rose était devenu d'un gris agréable et apaisant, et le reste du nouvel hôpital psychiatrique s'étalait sur des pelouses entretenues et d'accueillantes zones réservées aux promenades. Ça n'en demeurait pas moins une prison ; il y avait toujours des spirales de fil de fer barbelé au sommet des clôtures, et des gardes armés à l'intérieur. Mais la situation s'était largement améliorée depuis l'époque où l'établissement avait inspiré des films comme *Vol au-dessus d'un nid de coucou*.

Elle se rangea sur un parking où les familles venues en visite garaient leur voiture, les plus récentes armées de leur carte de crédit, les plus expérimentées d'un sac de pièces de monnaie pour les distributeurs de nourriture et de boisson.

Le chef psychiatre à la voix sourde s'adressait à Naomi :

– Les règlements, dans l'État de l'Oregon, entonna-t-il, autorisent l'enfermement de quiconque représente un danger.

Comme si je ne le savais pas, pensa-t-elle avec agacement en trottinant derrière lui, mais elle garda le silence. Elle souhaitait sa coopération. Ils dépassèrent la salle des visites où elle dut esquiver des tables en suivant sa démarche rapide et frénétique. Les familles entraient, disaient bonjour aux hommes et aux femmes installés devant les tables.

Elle le suivit jusque dans le bureau directorial, Dieu merci rafraîchi par un ventilateur. Le psychiatre avait le front très dégarni, des cheveux dépourvus de couleur comme une pelure de fruit, une bouche sans humour. Fait stupéfiant au milieu de cet ensemble, il avait les yeux les plus bienveillants qu'elle eût jamais vus. Ils transformaient son visage, le rendaient mobile, humain.

– La majorité de nos patients ont été reconnus coupables de délits, poursuivit-il. Sans gravité pour la plupart, par exemple parce qu'ils ont uriné dans un lieu inapproprié ou troublé l'ordre public. C'est une honte qu'ils aient dû attendre d'être arrêtés pour bénéficier d'un traitement.

Elle s'assit lourdement sur le siège en face de lui. L'angoisse refluait, elle le sentait en elle.

– Je suis à la recherche de ma sœur, commença-t-elle avant de lui exposer le peu de chose qu'elle savait.

À sa grande surprise, au bout de quelques minutes, il plissa le front et déclara :

– Il n'est pas exclu qu'elle soit ici.

Plus tard, tout se passa comme dans un rêve se déroulant au ralenti. Naomi était entrée dans une salle où elle fut mise en présence d'une jeune femme qui paraissait déconcertée d'avoir soudain reçu pour instruction de quitter sa chambre. Elle portait la blouse et le pantalon bleus des patients, et ses cheveux jaunâtres étaient coupés à hauteur d'épaule. Sa peau sans tache témoignait de conditions de vie convenables, mais ses yeux étaient ternes. Ils se fixèrent sur Naomi de manière interrogative, et la question s'adressait à une inconnue.

Naomi trouva le dossier d'une chaise où appuyer sa main. « Nous l'appelons Deirdre, lui avait expliqué le psychiatre, car ce prénom a pour signification "celle qui se trouve en proie à l'affliction". »

Elle avait entre vingt et trente ans et répondait à toutes les caractéristiques connues. On l'avait découverte errant autour d'un lac dans les montagnes, non loin de l'endroit où Naomi avait été trouvée. Elle avait des bouts de branches pris dans les cheveux, une expression craintive, et sa bouche était tachée par le jus des mûres. À en juger d'après la douceur de son corps, les enquêteurs étaient convaincus qu'elle avait été nourrie et maintenue captive. Mais quelles étaient ses origines, nul ne pouvait le dire.

Au début, le personnel soignant avait présumé qu'elle souffrait de mutisme sélectif, résultat d'un traumatisme sévère. À la suite d'une série d'examens neurologiques, on s'était rendu compte que Deirdre présentait des lésions cérébrales. À une époque, elle avait failli mourir de noyade. Son corps fonctionnait correctement. Son esprit, non. Elle se souvenait des gens et avait acquis les rudiments de la langue des signes. Mais elle n'avait jamais été capable de dire d'où elle venait.

Les entretiens menés avec les personnes qui habitaient à proximité du lac n'avaient permis d'identifier personne qui fût disposé à fournir des renseignements la concernant, et la police avait fini par conclure que quelqu'un s'en était débarrassé à cet endroit. On avait pu l'y conduire en voiture, de n'importe où. Un juge des affaires civiles l'avait confiée à l'hôpital de l'État. Son activité préférée consistait à s'amuser seule avec les cartes dont les autres se servent pour jouer à plusieurs. Sa boisson favorite était le chocolat au lait.

Naomi se retenait à la chaise tandis que ses jambes se dérobaient sous elle, et elle étudiait ce large visage. Est-ce que tu es ma sœur ? voulait-elle lui demander.

Le psychiatre observait, brûlant d'un intérêt professionnel. Un jour, il avait aidé à réunir des jumeaux qui avaient vécu séparés toute leur vie. Les deux hommes l'avaient su instantanément, avaient pleuré et étaient tombés dans les bras l'un de l'autre. Rien à voir avec cette rencontre-ci.

– Deirdre, cette femme pense qu'elle pourrait être votre sœur, exprima-t-il en traçant le signe qui correspond à ce lien de parenté.

Deirdre regarda Naomi et fronça les sourcils.

– Y a-t-il une question que vous voudriez lui poser ? demanda le psychiatre à Naomi.

– Je voudrais savoir si elle se souvient... d'avoir été sous la terre, répondit l'enquêtrice après avoir pris une profonde aspiration et tandis que ses joues rosissaient, que ses yeux s'emplissaient de larmes. Je veux savoir si elle se souvient de la chanson du doux chariot que je lui chantais.

Une main la toucha. Paisible et impersonnelle. Deirdre la fixait, la sondait droit dans les yeux. Non, fit-elle en secouant la tête.

– Merci, murmura Naomi d'une voix étranglée par l'émotion.

Le psychiatre sourit à Deirdre. Il posa sur Naomi un regard d'empathie.

– Je suis désolé pour tout ce que vous avez enduré, dit-il. L'une comme l'autre... et elle aussi, où qu'elle puisse être.

Naomi partit en courant vers sa voiture, retenant ses larmes pour le trajet du retour.

***

Un jour, alors qu'elle était au centre universitaire où elle étudiait les lois pénales, une femme qui avait survécu à une épouvantable inondation était venue en parler. Elle avait raconté comment les eaux, quand elle était petite, avaient englouti leurs terres, et la façon dont elle avait grimpé sur le toit de la grange pour survivre. Des jours plus tard, les sauveteurs l'avaient retrouvée, couverte de cloques à cause du soleil. L'eau avait baissé, révélant le sommet des arbres dans la cour et, pris dans leurs branches, de grands oreillers.

Mais il ne s'agissait pas d'oreillers. Des années plus tard, elle avait compris que c'étaient ses parents.

Les autres étudiants lui avaient posé des questions, et leurs propres visages reflétaient la peur évidente. Et si nous étions tous capables de nous mentir à nous-mêmes ? Mais ce récit n'avait pas tourmenté Naomi. Il l'avait plutôt rassurée, confirmant que les histoires que nous nous racontons ont davantage de sens que les faits eux-mêmes. Ce qui n'en fait pas des mensonges. Dans chaque mythe une vérité affective est semée.

– Tu peux venir ?

C'était Alyssa qui murmurait, de nuit, au téléphone. Celia se redressa brusquement, sentit la peur lui parcourir l'échine et monter jusqu'à la voûte céleste.

Elle était dans la rue avec les autres, regardait les voitures qui décrivaient des cercles comme autant de vautours métalliques. La fille qui possédait un portable le lui avait tendu. Celia, le souffle coupé par l'angoisse, avait pensé que c'était sa mère qui rappelait le dernier numéro enregistré dans son appareil.

– Oui ?

Mais c'était Alyssa, sa sœur à la petite voix douce. Elle sanglotait, sans bruit, le genre de pleurs ravalés que Celia ne connaissait que trop bien, ce chuchotement, voix cassée, qui lui rappelait le lit à lattes et les cris du vent tard dans la nuit.

– Viens, s'il te plaît.

Elle entendait Teddy, en arrière-fond sonore, qui lui hurlait de lui donner ce putain de téléphone. Celia se souvenait combien ses échos de fureur portaient loin par la fenêtre ouverte. Elle se souvenait des fenêtres des autres maisons qui se refermaient bruyamment, de l'attente que quelqu'un prévienne les secours, des voitures de police et des coups violents frappés à la porte. De sa mère, essuyant ses joues avec ses mains, jetant des regards apeurés à Teddy, et de son beau-père, ouvrant aux policiers, un sourire navré sur le visage. Tout va très bien ici, monsieur l'agent. Sans un regard pour la fillette qui se dissimulait dans le coin, ni pour la femme, assise sur le canapé, qui se lacérait les bras de terreur et de désespoir en écorchures sanglantes.

– Il t'a fait mal ? demanda Celia en posant la question qui importait le plus au monde.

– Oui… je…, répondit Alyssa et Celia ferma les yeux.

Elle se vit bondissant sur ses immenses jambes arrière de dragon, démolissant la maison de sa patte avant griffue et la plongeant à l'intérieur pour sauver sa sœur.

– J'attrape le car et j'arrive, promit-elle à Alyssa.

Il était minuit quand le dernier car s'arrêta enfin dans leur rue et qu'elle en descendit, sachant qu'elle était coincée là pour la nuit. Elle remonta la rue en courant, vit à quel point la maison était maintenant plongée dans l'obscurité, aperçut la silhouette massive du camion de Teddy garé dehors avec sur la vitre arrière l'autocollant du syndicat des chauffeurs-routiers. Le vent soufflait dans l'herbe haute autour de la demeure et, à l'intérieur, elle n'entendait rien. Un instant de silence. Au loin, une chouette lança son appel.

Avançant silencieusement dans l'herbe haute, elle se glissa là où se trouvait la fenêtre de la chambre de sa sœur. Celle qui avait été la sienne autrefois. Le lit aussi était le même, infesté par la perversité. Parfois,

Celia pensait que le matelas était à jamais pollué par la souillure qu'il y laissait. Teddy.

Elle gratta au carreau. Rien. Passa la main sur les cadres en aluminium à la recherche des rails des vitres coulissantes. Elle était passée experte dans l'art de forcer les fenêtres bon marché à cadre métallique.

Alyssa entrouvrit d'à peine deux centimètres.

– Celia ?

C'était un murmure et, rassurée, la sœur aînée se laissa aller contre le côté de la maison.

– Alyssa ? Ça va ? souffla-t-elle.

– Ça va, chuchota sa sœur avec calme. Tu devrais partir.

– J'ai fait tout le trajet.

– Je sais.

Toutes les deux respiraient dans la nuit. Par l'ouverture de la fenêtre, Celia sentait les odeurs de la pièce et ses narines frémirent en détectant l'odeur. Non.

– Il te fait ça, dit-elle et son cœur se brisa dans sa poitrine.

Un reniflement, un nez qu'on essuie.

– Tu devrais partir. Il va t'entendre.

– Où elle est, M'man ?

– Tu sais bien.

L'image du canapé, en suspens entre elles.

– Rien ne t'oblige à rester.

– Et où j'irais ? demanda la voix, si jeune, de sa sœur. Les professeurs disent que je suis intelligente. Je ne veux pas vivre dans la rue, comme toi.

Moi aussi, j'étais intelligente, pensa Celia. Mais pas assez. L'odeur connue qui filtrait par la fenêtre était plus forte et le cœur de Celia sombra dans la douleur. C'était l'odeur de la tristesse et de la peur, et ce qu'un homme est capable de faire à cause de ça. Les sécrétions de la haine.

– Tu peux en parler à quelqu'un, murmura-t-elle en fermant les paupières et en sachant que c'était de la folie.

Personne ne croirait Alyssa, à plus forte raison maintenant. Tous prétendraient que c'était Celia qui l'avait persuadée de parler. Elle tendit la main, caressa le revêtement extérieur rugueux de la maison comme si c'était sa sœur, là, de ce côté du…

Un bruit, dans l'herbe derrière elle, et soudain il était *là*, plus grand que la nuit et plus furieux que le ciel, sa tête au-dessus d'elle, et elle hurla de douleur quand il se mit à la frapper.

– Je t'y prends, petite pute ! hurla-t-il.

Celia fondit en larmes pendant qu'Alyssa faisait de même, prise de compassion.

Son beau-père la secouait et elle sentait son haleine fétide, pleine de colère, voyait à quel point il avait envie de la mordre. Une de ses craintes majeures, d'être mordue, et lui revint la façon dont il jouait à mordiller ses pointes de sein enfantines avec ces dents hideuses, menaçant précisément de faire ça. « T'aimerais bien, t'aimerais bien », répétait-il.

Il la propulsa brutalement contre le mur de la maison. Elle eut la respiration coupée quand sa tête heurta le bois. Tomba à genoux dans l'herbe, vaguement consciente que la piqûre d'araignée saignait à sa jambe.

Une lumière s'alluma à la porte de derrière d'une maison voisine.

– M'obligez pas à appeler les flics, espèce de sale pervers ! cria une voix et le bras de Teddy s'immobilisa au-dessus de la fillette comme une épée brandie dans les airs.

Au lieu de poursuivre son geste, il la renversa sur le sol, se laissa lui aussi tomber à genoux, et Celia le sentit, aussi dur qu'un chien, contre elle. Non, pas ici, pensa-t-elle en sentant le long bras qui l'enlaçait tandis qu'il plaquait son ventre contre sa colonne vertébrale de telle sorte qu'elle ne pouvait plus respirer. Il lui parlait à l'oreille d'une voix rauque.

– T'aimerais ça, hein, sale petite pute.

Elle essayait de respirer. Il n'allait pas le faire. Si. Il fit passer son autre main sous elle afin de la refermer sur sa gorge, et toute l'horreur du monde déferla en elle. Le ciel devenait noir. Il chuchotait, lui parlait, lui disait toutes sortes de secrets. De l'autre côté du mur, Alyssa sanglotait et, dans sa tête, Celia lui faisait promettre de ne pas écouter. Va-t'en ailleurs, Alyssa, pensait-elle. Pense aux papillons.

Il s'arrêta. D'autres lumières s'allumaient. Celia reprit ses esprits, lentement, entendit le bruit précipité de sa respiration, prit conscience de ses propres membres. Elle n'était pas morte, tout compte fait. Elle se tortilla pour échapper à son emprise, se releva en sentant son corps adipeux tout entier au contact du sien, imprimé à travers ses vêtements. Il se redressa dans les ténèbres, lui aussi, avec un air étrangement honteux. À l'intérieur de la maison, Celia entendait sa sœur sangloter.

En sourdine, elle disait, suppliait :

– Ne lui fais pas de mal, je ferai tout ce que tu voudras.

Celia aspira la nuit à pleins poumons. La gorge lui brûlait. Elle se rendait compte qu'elle reprenait vie, entendait le chuchotement de voix, les secrets qu'il lui avait avoués. En se pliant en deux, balayée par la nausée, elle accusa :

– Je n'étais pas la première, en plus. T'as abusé d'autres petites filles. T'as rendu ma mère dépendante de la drogue, juste pour pouvoir profiter de moi. Et ce n'était pas la première fois, espèce de sale pervers.

– Tu ne sais rien de rien, Celia, dit-il en s'essuyant la bouche.

– Si, je sais ! Tu m'as violée ! Et maintenant tu violes ma sœur ! *T'es qu'un dégueulasse et un violeur.*

Ces derniers mots étaient sortis dans un cri, et sur le voisinage s'abattit le silence. Toute la rage meurtrière contenue dans la vie de Celia se répandait maintenant, elle bouillonnait de fureur et s'en moquait, elle allait fuir, fuir loin de cet homme monstrueux et de cette existence épouvantable.

– *Je ne suis pas une menteuse*, hurla-t-elle dans la nuit.

DEUXIÈME PARTIE

CHRYSALIDE

C'était lundi matin, tôt, et cela signifiait que Naomi était arrivée avant l'ouverture de la salle de boxe. En se cachant, elle s'approcha de la vaste baie vitrée pour s'assurer que les lieux étaient déserts, puis battit en retraite à l'intérieur de sa voiture afin d'épier le mystérieux Ray. Si c'était l'homme au visage couvert de cicatrices qu'elle avait vu en ville, elle préférait garder ses distances. Pour l'instant.

Elle but le café posé sur sa console de bord, porta une barre de céréales à sa bouche sans en sentir le goût.

Dix minutes avant l'heure où le gymnase devait ouvrir, un groupe d'adolescents arriva et s'assit paisiblement dehors, sur des plots de barrière en béton. L'un d'eux se leva, regarda par les vitres sombres, désigna un Jack in the Box[1] situé un peu plus loin dans la rue. Les autres se levèrent pour le suivre.

Une silhouette massive traversa la chaussée en direction de la salle de sport. De l'endroit où Naomi se trouvait, elle ne pouvait en distinguer le visage. Il portait une casquette de base-ball enfoncée sur les

1. Chaîne de restaurants, surtout implantés dans l'ouest des États-Unis.

tempes et son col était relevé. Il cheminait penché en avant, avec des gestes saccadés.

Lésions neurologiques, pensa-t-elle. Elle reposa la barre de céréales, tendit la main vers la poignée de la portière.

L'homme s'approcha de l'entrée, sortit un lot de clés, essaya de trouver la bonne d'une main qui tremblait et finit par réussir à ouvrir.

Naomi se glissa hors de la voiture, en referma doucement la portière et traversa la rue d'un pas vif. En quelques secondes elle fut derrière lui, presque sur ses talons quand il franchit le seuil et que la porte était encore ouverte. Ses chaussures de cuir ne faisaient aucun bruit.

La porte se referma sur eux.

En cliquetant.

Ray se retourna.

C'était un homme d'un certain âge doté d'une petite tête, semblable à une pomme desséchée, au sommet d'un cou hypertrophié. Sa bouche menue avait une étrange beauté : tellement martelée de coups qu'elle avait l'apparence d'une figue violacée d'où partaient des sillons en direction de joues qui étaient miséricordieusement demeurées charnues. Ses yeux amicaux étaient tellement entourés de cicatrices qu'on aurait cru qu'il s'était trop approché d'un taille-haie. Et sous son chapeau, perchées tels deux petits choux de Bruxelles, dépassaient deux oreilles boursouflées. Son visage rappelait les *hors d'œuvres*[1] que Mrs Cottle préparait pour les réunions informelles de l'église, avec ses *crudités*[2] de légumes plantées à

1. En français dans le texte.

2. *Id.*

l'aide de piques dans un chou dont l'intérieur avait été évidé pour accueillir une sauce. Mrs Cottle les appelait des « horse-dubbers ».

Il sursauta et recula d'un pas. Naomi leva les mains d'un geste prudent en les tournant vers lui pour présenter ses paumes.

– J'ai pas d'argent, m'zelle, dit-il.

– Désolée. Il y a erreur sur la personne. Je suis confuse de vous avoir fait peur.

– Vous venez boxer ?

– Non, fit-elle en secouant la tête avant de changer d'avis.

Pourquoi pas, après tout. Elle était là et son sac se trouvait dans le coffre de la voiture.

– Merci d'être venue, dit Mike Morton à l'enquêtrice encore en sueur qui s'était ruée à la morgue après son appel.

Elle n'ignorait pas qu'elle avait grand besoin de prendre une douche, plaqua ses bras contre ses aisselles.

Mike se saisit d'une maquette d'avion qu'il garda entre ses mains.

– J'ai suivi votre conseil et je suis allé rendre une petite visite à la capitale.

Naomi attendit sans le quitter du regard, assis de l'autre côté du bureau, sa peau grise teintée d'argent sous sa blouse médicale. Elle ne croyait pas qu'il l'avait fait venir pour lui parler de ça. Supposait qu'il voulait lui demander de jeter un coup d'œil aux nouveaux cadavres qu'ils avaient trouvés.

– J'ai déniché une chercheuse. Elle a rentré dans leur base de données tout ce que nous savons sur les filles que nous avons retrouvées : âge, particularités physiques. Vous aviez raison. Certaines sont passées par des foyers d'accueil avant d'aboutir dans la rue. Elle est en train de confirmer leur identité.

Naomi se détendit. Un pâle vestige de son sourire ordinaire, mais elle était contente d'avoir pu les aider.

Mike respira à fond, prit son élan.

– Ce n'est pas tout. Sur les murs de leur bureau, pendant que j'y étais, j'ai regardé les vieilles photos de l'orphelinat de l'État qui se trouve juste à l'extérieur d'Elk Crossing.

Naomi fut saisie d'un pressentiment. Il poursuivit :

– Il y en a une où on voit une rangée de filles alignées dehors, en parka d'hiver. Avec de la neige sur le sol. Au milieu du groupe, une des petites filles vous ressemble beaucoup. Elle pouvait avoir trois ou quatre ans et tenait sa petite sœur par la main. J'ai demandé des précisions à notre chercheuse. Elle m'a raconté qu'il y a plus de vingt ans de cela, deux sœurs ont disparu de cet orphelinat.

– À qui dois-je m'adresser ?

C'était à peine si elle avait réussi à articuler ces mots. Il fit glisser un numéro vers elle sur le bureau.

– Celui de la femme qui était à la tête de l'orphelinat.

Autrefois appelé Claremont, puis Fairfield, l'orphelinat de filles de l'État était un lieu hanté par des fantômes aigris. Cela se sentait en y entrant. Comme dans toutes ces institutions, il ne s'y était produit que des choses détestables.

Naomi avait conduit plusieurs heures pour y parvenir, notant au passage, tandis qu'elle dépassait les petites villes le long de l'autoroute, qu'elle s'en revenait vers le lieu de sa captivité. L'orphelinat n'était pas loin des bois où elle et sa sœur avaient été gardées prisonnières sous la terre. Elle traversa d'épaisses forêts qui auraient semblé magnifiques à d'autres, mais faisaient courir en elle un frisson de frayeur de la tête aux pieds. Quelque chose, dans les sous-bois enchevêtrés, les arbousiers et les fougères au milieu de ce chaos d'arbres, lui disait que c'était *ici*. Et au fond des bois de son imagination, elle courait à perdre haleine.

Debout dans le grand hall d'entrée gagné de décrépitude, Naomi essaya de se remémorer. Entendait-elle le bruit de pieds qui couraient, les murmures étouffés de fillettes ? Le frottement mouillé d'un balai à franges, le goût du *corned beef* et du chou ? Elle décelait la présence des souvenirs au tréfonds de sa mémoire.

– Je suis heureuse que vous ayez pu venir, lui dit la directrice, désormais à la retraite, en lui tendant ses mains aussi fraîches qu'au sortir d'une source.

Naomi remarqua des cercles sales à l'extrémité de ses larges ongles ; une femme qui aimait jardiner. Et qui plongea son regard au fond des yeux de Naomi.

– Je ne croyais pas que cela puisse être vrai. C'était vraiment vous. L'aînée des sœurs Bolen.

Naomi ferma les paupières. Elle avait maintenant un nom de famille. Elle était quelqu'un et non plus seulement une fillette anonyme née de la terre. Un frisson naquit dans ses pieds, remonta le long de ses jambes, et elle se sentit prise de faiblesse. Bolen. Je m'appelle Bolen.

– Ça va ?

– Oui.

Naomi gardait les yeux clos.

Dorénavant elle avait un passé. Une mère. Cette femme allait lui dire tout, sur elle. Le passé dont elle voulait se souvenir depuis si longtemps l'envahissait soudain, une voix déchirait le silence des bois derrière elle. Elle allait peut-être la ramener très loin en arrière, jusqu'à lui faire franchir la trappe, descendre les barreaux métalliques dont elle sentait maintenant le contact sous ses paumes. Revenir dans une chambre où elle avait chantonné en sourdine pour sa petite sœur.

Mais elle devait le faire.

– Je suis désolée. Ça doit être difficile.

– La vie, c'est toujours difficile, répondit Naomi dont la voix était devenue âpre.

Elle ouvrit les yeux, força le sourire à réapparaître.

– Parlez-moi de moi.

Elles parcoururent la propriété, les parterres de riche terreau retourné en prévision du printemps. Des jardiniers travaillaient, répandant du compost avec des pelles. Dans le bâtiment, le long de couloirs caverneux où des fillettes se mettaient autrefois en rangs pour le dîner, gisaient diverses pièces de machinerie, cassées. Le réfectoire était vide, seule l'ombre des tables visible sur le sol. Sur l'arrière, une très grande cuisine abandonnée où des hommes arrachaient les fils électriques des murs.

– Vous êtes venue juste à temps, lui dit la femme aux cheveux argentés. Le bâtiment a été vendu il y a quelques mois. Il va être transformé en résidence, un hôtel de luxe.

Elle partit d'un rire sceptique avant d'ajouter :

– Dieu sait quels cauchemars les clients feront, avec les fantômes qui hantent les lieux.

Après avoir grimpé les marches usées par des centaines de petits pieds, elles parvinrent dans un étroit couloir donnant sur des chambres de part et d'autre. Sans réfléchir, Naomi s'avança tout droit et pivota pour pénétrer dans l'une d'elles. Sur les murs, un papier mural qui se décollait : des chiens et des chiots. Naomi le regarda puis tourna son regard vers la fenêtre et les jardiniers qui s'activaient en contrebas. À l'est, pas loin du tout, se trouvaient la ville d'Elk Crossing et les bois. Elle n'avait pas eu l'idée de venir ici parce qu'aucun document ne mentionnait l'orphelinat.

– Vous le saviez, que c'était votre chambre, s'exprima derrière elle l'ancienne directrice d'un ton stupéfait. À vous et à votre sœur. Nous essayions de ne pas séparer les enfants qui venaient d'une même famille. Ce n'est jamais bon de mettre des enfants dans un orphelinat, mais… nous faisions de notre mieux.

– Vous vous souvenez de moi ?

– Oui.

Naomi sentit le sang battre dans son cou. Une fois de plus, elle était venue sans Jerome. Mais elle lui avait expliqué pourquoi. Pour ça, pour sa genèse, elle avait besoin d'être seule. C'était ici que tout avait commencé.

– Nous avions cent soixante fillettes qui vivaient ici, et des dizaines de gens qui y travaillaient. Certains restaient la nuit. Je faisais partie de ceux qui faisaient l'aller et le retour, ma maison étant toute proche.

Naomi se demandait pourquoi cette femme lui racontait ça. Parce qu'elle se sentait coupable, probablement.

– Les membres du personnel, que nous appelions des conseillers, comptaient les pensionnaires chaque matin. Un jour, ils l'ont fait et deux filles manquaient à l'appel, elles étaient de cette chambre. Naomi et Sarah Bolen.

Sarah, s'émerveilla Naomi.

– Au début, nous avons pensé que vous vous étiez peut-être échappées pour retourner chez vous. Mais je savais que ce n'était pas très vraisemblable.

– Pourquoi ? demanda Naomi même si, quelque part en elle, elle connaissait la réponse.

– Vous étiez orphelines. Votre mère est morte en donnant naissance à Sarah. C'est pour ça que vous aviez été placées en structure d'accueil. Vous n'aviez plus de famille proche. Vous étiez seules au monde.

– Juste nous deux, dit Naomi d'une voix rauque en portant le dos de sa main à ses yeux. Est-ce que vous avez enquêté sur tous les membres du personnel ?

– Finement observé. Je ne suis pas surprise que vous ayez choisi ce métier.

Naomi attendait la réponse.

La femme poussa un soupir.

– Sur tous, sans que subsiste le moindre doute. Il n'y avait aucun indice, aucune piste. C'était comme si toutes les deux, vous aviez disparu dans la nuit.

– Que s'est-il passé ensuite ? demanda Naomi d'une voix basse.

– Rien.

Elles se faisaient face dans la pièce au papier mural qui se détachait et aux marques que les dents de multiples lits avaient creusées à même le sol.

– Nous avions prévenu les autorités d'Elk Crossing, mais c'était comme s'il ne se passait rien.

Naomi fronça les sourcils. Elle n'avait pas le souvenir que la disparition de deux sœurs ait été signalée dans cette ville.

– Finalement, reprit la femme âgée, tout le monde a continué comme avant. Bien sûr, nous n'avons jamais oublié. Moi, je n'ai jamais oublié. Mais tout le monde à part moi, si. La vie a simplement poursuivi son cours. J'ai fait pareil. Je suis désolée.

– Il me faut mon dossier, dit Naomi en déglutissant.

Elle partit une heure plus tard et ses pneus crissèrent sur la longue allée. Une chemise de rangement très peu épaisse reposait sur le siège du passager. Elle s'adressa silencieusement au dossier en conduisant. Sarah. Maintenant je connais aussi ton nom. Sarah Bolen. Nous sommes sœurs. J'avais à peine quatre ans et toi, tu n'en avais que deux quand on nous a enlevées. C'est pour ça que je ne parviens à me souvenir de rien avant notre captivité.

Et je ne veux pas me souvenir de ce qui s'est passé pendant.

Le dossier lui en avait appris davantage : le nom de sa mère et celui de son père qui avait péri durant l'incendie d'une usine, peu avant la naissance de Sarah. Les membres de la famille, tous décédés. Leur ville de naissance. Leur date de naissance. Maintenant, Naomi avait un anniversaire. Jusque-là, elle le fêtait simplement au printemps, à l'époque où toute chose naît. « Mon enfant de toujours », l'appelait Mrs Cottle en l'encourageant à voir dans chaque jour son éveil à la vie. Leur groupe sanguin, leur passé médical. Chaque mot était un indice, un trésor.

À l'aide de tout cela, elle pourrait découvrir sa propre histoire. Leur mère et leur père étaient morts, mais elle avait un passé. Une lignée. Quelque part dans le vaste monde, il devait y avoir d'autres Bolen qu'elle pourrait retrouver et à qui elle dirait : Je sais qui vous êtes. Vous faites partie de ma famille.

Mais d'abord, elle devait trouver Sarah. Et la façon d'y parvenir consistait à découvrir l'homme qui les avait enlevées.

Sur le chemin du retour, elle ne parvint à penser qu'à Jerome. J'ai besoin de toi, songeait-elle. J'espère que tu es là.

Parce que Celia n'avait pas d'argent pour prendre le bus et fut obligée de marcher tout du long, il lui fallut la nuit entière suivie de la matinée presque complète pour rejoindre le centre-ville. Le temps qu'elle arrive enfin, que La Défonce et Rich la serrent fort dans leurs bras, elle avait mal aux pieds et aux jambes. La piqûre d'araignée, au moins, avait cessé de saigner.

Avec plusieurs autres gosses, elle était assise à l'extérieur du centre d'hébergement *Aspire*. Rich avait disparu comme cela lui arrivait parfois. Celia se disait qu'il avait dû rentrer chez lui, comme elle le faisait, pour voir comment allaient des gens qui ne voulaient pas de lui. Un journaliste était venu, et il avait demandé aux gamins des rues s'ils savaient qui tuait les filles.

– Si on l'savait, vous croyez pas qu'on l'dirait ? avaient-ils répondu.

C'était pour les glaces à l'eau que Celia était devant le refuge. Chaque semaine, le vendeur passait. C'était un vieux hippy décharné empestant la marijuana et les odeurs corporelles, qui apportait au centre-ville un grand carton rempli de glaces à l'eau à demi fondues. Avec le temps, les gamins avaient établi qu'il n'était pas dangereux. Personne n'était mort après avoir mangé une de ses glaces et, à leur connaissance, jamais il n'avait essayé de peloter aucun d'entre eux. Bien évidemment, pas un seul ne laissait ses doigts crasseux l'approcher de trop près.

Il arrivait à l'instant et les gamins des rues l'accueillirent par des petits hourras ironiques. Ils se groupèrent autour de lui pendant qu'il ouvrait son carton, tendant les glaces violette, rouge, orange et verte, la préférée de Celia. La femme corpulente qui dirigeait le refuge s'approcha de la porte grillagée avec son tee-shirt bleu *Aspire*. Elle les observa, le visage compatissant.

En secouant la tête, elle accrocha le panneau pour la nuit à venir : COMPLET.

***

– Je vois que vous aimez le citron vert.

C'était à nouveau Naomi. On aurait pu croire qu'elle faisait partie du quartier tant elle était souvent dans ses rues. Celia elle-même était obligée de reconnaître qu'elle attendait le moment où elle la verrait paraître, même si elle avait tort, comme le disaient ses camarades.

La fillette avait tellement léché le bâton de sa glace que c'était tout juste s'il restait encore une trace verte. La couleur était maintenant sur sa langue, qu'elle venait d'exhiber devant ses camarades. Ils se tiraient mutuellement la langue, traçant des arcs-en-ciel de violet, rouge, orange et vert. Il arrivait que la vie de la rue soit amusante.

– C'est pas mal, grommela la fillette en regardant par terre.

– Je continue de chercher ma sœur.

Puis Naomi sourit, ajouta :

– Mais j'en sais davantage. J'ai appris qu'elle s'appelle Sarah.

– Ça vous est déjà arrivé de prendre une douche ? lui demanda brusquement Celia.

Naomi parut interloquée.

– Oui.

– Une fois, quand j'étais petite, on est allés dans un hôtel crade. Le propriétaire nous avait jetés dehors parce qu'on avait pas payé le loyer. Cet hôtel, il était pour les pauvres, on les appelle des hôtels pour indigents.

Naomi, qui l'écoutait, hocha la tête. Elle comprenait.

– J'en avais jamais pris, de douche. J'avais pas compris que le rideau, il devait être rentré à l'intérieur. Je l'ai laissé à l'extérieur.

– Ça a débordé ?

Le menton de Celia fut pris d'un tremblement.

– Ça a inondé tout le sol.

– Que s'est-il passé après, Celia ?

La fillette détourna les yeux. Son visage était indéchiffrable. Naomi attendit longtemps, mais aucune réponse ne vint.

– Peut-être, dit doucement Naomi, as-tu oublié.

Les yeux de la gamine se tournèrent vers elle.

– J'oublie jamais.

Celia avait repensé à cette journée, à l'eau dorée qui ruisselait sur le rideau de la douche. Elle l'avait vue. Oh oui, elle l'avait vue. Elle avait senti la délicieuse façon avec laquelle elle se déversait sur son corps et avait levé le visage vers cette pluie chaude dont il était criblé.

Elle avait alors remarqué que l'eau coulait sur la face interne du rideau. Elle s'était agenouillée, les cheveux dégoulinants, pour suivre les petits ruisseaux de ses doigts menus. Elle avait remarqué comme ils décrivaient des méandres, telles des rivières à travers bois. Certains s'écartaient, fins, délicats, et cependant assez courageux pour s'y risquer, mais même eux changeaient de direction et venaient se mêler à nouveau aux plus puissants. Et à ce moment-là, tous fonçaient ensemble, ils faisaient la course, de plus en plus vite, sur le plastique du rideau, pour engendrer de toutes nouvelles flaques et des étangs passionnants sur le sol de la salle de bains.

Durant une heure au moins, l'eau avait crépité jusqu'à ce que de chaude elle devienne tiède, puis fraîche et froide, que ses épaules en soient fouettées, et qu'elle ait l'impression de nager dans le lac ou l'océan le plus glacial qui soit – jamais elle n'avait nagé, mais elle pouvait s'imaginer le faire – et que l'eau passe d'une tiédeur dorée à une froideur bleue rafraîchissante. Elle était devenue une créature flottante, nageant dans les profondeurs. Une nouvelle forme de chrysalide, s'élevant au-dessus du rivage. Une pupe. Elle avait des ailes, elle était un papillon doré qui volait au-dessus de vastes étendues d'eau. Elle se sentait fatiguée. Ses ailes étaient mouillées.

Tout à coup, elle était revenue à la réalité en s'apercevant que le sol de la salle de bains était recouvert d'eau. Pas seulement recouvert. Complètement inondé. Elle était nue, à genoux dans la baignoire, rougie par le froid, et elle vit sa main, tremblante, se tendre vers le robinet pour le fermer. *Tip. Tip.* Les dernières gouttes d'eau froide disparurent dans la bonde. Mais le sol de la salle de bains en était toujours couvert. Sur plusieurs centimètres de profondeur, clapotant autour du pot de café rouillé qui servait de poubelle. Détrempant le tas de serviettes de toilette râpeuses posées sur le sol. Gâchant le papier toilette posé à côté de la cuvette de porcelaine fendue.

En gémissant, elle était sortie de la baignoire. Avait entendu des cris furieux venant de la pièce de l'hôtel située en dessous. La cavalcade à l'extérieur. Teddy, arraché à sa sieste devant la télévision, enseveli sous une montagne de boîtes de bière.

C'était à ce moment-là que Celia avait cessé de se souvenir et, par conséquent, ce qu'elle avait dit à Naomi était plus ou moins un mensonge. Elle se souvenait, sauf qu'elle avait choisi d'oublier. Mais c'était une autre manière de nier la réalité.

***

Rich descendit du dernier bus pour se retrouver dans une rue qui étincelait de rosée en pleine nuit. Les bâtiments luisaient d'humidité et un épais brouillard enveloppait les maisons dans ses volutes. Les heures creuses qui précèdent l'aube, songea-t-il. Le moment où le monde, peut-être, ferait à nouveau son apparition. Mais uniquement si la Nature génitrice l'y autorisait.

C'était un garçon qui nourrissait de multiples pensées, toutes soigneusement dissimulées. Tout au long de son parcours scolaire, même avant que son père ne soit incarcéré, avant que sa mère ne devienne la risée générale, non seulement de la ville où ils habitaient mais de l'univers entier, il avait gardé ses pensées par-devers lui. Il ne voulait pas, en plus, que quiconque se moque de lui.

La vidéo de sa mère lui causait toujours de la peine. Il se demandait si les millions de gens qui la visionnaient se rendaient parfois compte qu'il s'agissait d'une personne réelle, dansant sur ce toit en se brisant une cannette de bière sur la tête. Il se souvenait d'images aux teintes rouges et aux traînées noires, prises avec la caméra de son téléphone portable par un inconnu qui riait.

Les services de protection de l'enfance étaient arrivés quelques jours après que la vidéo était devenue virale. On avait fait monter Rich dans la voiture de l'employé des services sociaux qui s'était alors éloignée de la maison aux odeurs fétides, des tas de bouteilles vides, abandonnant sa mère. Elle avait été punie parce qu'elle était un être humain, qu'elle commettait les erreurs que d'autres faisaient hors caméra.

Il marcha rapidement, se hâtant par les rues sombres et désertes. Il avait trop tardé pour attraper le bus. Se disait que Celia et La Défonce avaient déjà pris le chemin de la bretelle d'autoroute. Mais pour l'atteindre, il lui fallait traverser le parc qui longeait la rivière, et c'était un lieu dangereux, plus encore que la presque totalité de leur monde. Un lieu sans lumière où des meutes déchaînées d'étudiants sportifs rôdaient dans la nuit.

Se déplaçant aussi silencieusement que possible, il y pénétra, essayant de se déplacer sous les ombres les plus denses afin qu'on ne le repère pas.

La dernière fois qu'il avait vu sa mère avait été ce jour où les services sociaux l'avaient emmené. Non, ce n'était pas tout à fait vrai. Il l'avait revue en une occasion, lors d'une visite dans les bureaux des services de protection de l'enfance. Il était clair que ses excès d'alcool avaient empiré. Mais il ne l'en jugeait pas responsable. Son père avait été placé en détention alors qu'il ne faisait rien, il avait littéralement été emprisonné pour vagabondage sur la voie publique et, depuis, sa mère avait toujours eu deux emplois rémunérés, sans réussir à payer leur loyer. C'était pour ça qu'elle avait commencé à boire. Le stress permanent était trop fort.

C'était d'amitié que sa mère avait eu besoin. Elle en avait eu besoin et ne l'avait jamais trouvée. Une seule amitié sincère, une personne qui serait venue dans la maison, aurait nettoyé les bouteilles, l'aurait encouragée à prendre une douche et se serait assise en sa compagnie jusqu'à ce qu'elle reprenne le dessus.

Pas besoin des gosses qui venaient taguer ÉPAVE à la bombe sur le côté de la maison. Du patron qui l'avait licenciée quand la vidéo avait été reprise partout sur internet. Des enseignants qui regardaient Rich avant de détourner les yeux. Du foyer collectif où il avait été envoyé.

Quelque chose dans son dos.

Il se figea sur place. La peur lui picotait les cuisses et son estomac faisait des nœuds dans son ventre. Lentement, il se retourna.

Ils étaient derrière lui, pas très loin, ils le suivaient. Il les vit bouger sous les cerisiers en fleur, sortir de l'ombre. Quand ils se postèrent sur le chemin, il sentit ses boyaux se liquéfier sous l'effet de la terreur.

Des étudiants sportifs. Qui lui barraient le passage.

Pendant un épouvantable moment, il ne sut pas ce qu'il devait faire. Le quartier des déshérités était derrière lui, et toutes les portes des centres d'accueils condamnées pour la nuit. La passerelle se trouvait devant. Il lui était possible de foncer dans cette direction, mais ils le suivraient à coup sûr. Il n'y avait aucun endroit où il pût courir se réfugier.

Il se mit à détaler vers le pont aussi vite qu'il en était capable tout en sachant que cela ne suffirait pas. Lui revinrent ses souvenirs de gymnase et de rencontres sportives, les tentatives de sa mère pour le convaincre de ne pas perdre son temps à jouer aux jeux vidéo quand elle était au travail.

– Hé ! Attrapez-le, ce…

Il les entendait qui gagnaient du terrain, entendait leurs voix que la poursuite rendait folles de joie et d'excitation. Il sentit que ses pieds accéléraient la cadence, que ses jambes brassaient l'air dans sa terreur. La bouche grande ouverte, il avalait un air qui ne pouvait atteindre ses poumons car ils brûlaient déjà.

– Putain de pédé !

Il aurait voulu pouvoir fermer les yeux, de chagrin se fondre dans la terre. La passerelle était plus loin, mais il ne parviendrait pas à l'atteindre. Il les entendait juste sur ses talons.

Il se retourna soudain avant qu'ils n'aient pu le plaquer au sol. Ils étaient six, tous portant des vêtements neufs, des coupe-vent, des chaussures de sport qui coûtaient probablement plusieurs centaines de dollars. Leurs cheveux étaient coupés court, leurs visages étrangement malléables, affûtés et acérés par le rasoir et la cruauté.

– Qu'est-ce que vous voulez ? demanda-t-il en reculant.

Il regretta immédiatement d'avoir parlé. Sa voix se brisait de frayeur.

– Pourquoi tu t'enfuis ? interrogea le chef.

C'était un blond musclé aux cheveux teints d'un jaune vif. Il avait un diamant dans une oreille. Rich se souvint de ce qu'un vieux mendiant lui avait expliqué : à une époque, ça voulait dire qu'on était homo, maintenant ce n'était plus pareil, mais ça y changeait rien, pas vrai ?

– Je te parle, espèce d'épave.

Le chef prenait une posture imposante, le triangle dessiné par chacun de ses bras une promesse mortelle.

Ses yeux ressemblaient à ceux d'un poisson mort. Il lui faisait penser au cadavre qu'ils avaient vu dans la rivière. Peut-être ce jeune venait-il de la rivière, lui aussi. Peut-être était-ce la même chose pour tous. Peut-être étaient-ils tous déjà morts, et c'était la raison de ces jeux auxquels ils se livraient.

Il sentit la peur s'amplifier, le submerger. *Je vous en supplie*, voulait-il implorer le monde entier. Ne me faites pas ça. Plus jamais.

– Saloperie de déchet urbain.

Le chef se montait la tête tout seul, il y prenait plaisir. Un petit pas de danse souple, athlétique. Un des autres étudiants leva son téléphone pour filmer. Encore une vidéo, pensa Rich au moment où le premier coup de poing partait. Nettoyer les ordures, c'était le terme qu'ils utilisaient. Avant la nuit prochaine, des millions de gens auraient regardé les images, et tous se moqueraient de lui aussi.

Il sentit le premier coup l'atteindre à la tempe. C'était comme si les étoiles, et la lune, oui, explosaient de douleur, et il sentit qu'il s'écroulait, tenta d'amortir sa chute avec ses mains, se disant vaguement qu'ils n'auraient peut-être pas envie de salir leurs chaussures neuves avec son sang en lui donnant des coups de pied. Mais cela non plus n'eut pas d'effet.

Cette fois, Naomi demanda à Jerome de l'accompagner. Ça ressemblait un peu à l'année qu'ils venaient de passer à voyager : des silences de plus en plus longs entrecoupés de rires spontanés et de manifestations de tendresse. Quand ils traversèrent la vallée, Jerome reconnut les terres de son peuple : des savanes où se dressaient des chênes depuis longtemps négligés, des terres agricoles fertiles dominées par des montagnes aux crêtes surmontées de sapins sombres.

ELK CROSSING annonçait, à l'extérieur de la ville, le panneau transpercé de balles et incliné au-dessus d'un fossé envahi par une frénésie de végétation printanière. POPULATION : 740.

Naomi sentit son corps se crisper lorsqu'ils pénétrèrent dans le village désert. Une araignée guettait à l'arrière de son crâne, émettait un sifflement de danger. C'était la région des fraisiers. C'était la terreur.

Ils étaient déjà passés par là après avoir découvert l'abri souterrain à proximité. Mais en étaient repartis bredouilles. Désormais, ils disposaient d'un nom. Ils disposaient d'une histoire qu'ils pouvaient remonter.

Le bourg d'Elk Crossing semblait abandonné, les vitrines des magasins badigeonnées de blanc. Ils dépassèrent le salon mortuaire, bas, trapu, de couleur rose, aux murs frangés de buissons desséchés rappelant des taches de rousseur, et un établissement d'enseignement secondaire aux ouvertures condamnées par des planches. Les champs étaient toujours ensemencés. Mais les fermes familiales avaient été englouties par les entreprises qui ratissaient désormais les récoltes. Peu de gens vivaient encore sur place. C'était là un lieu exploité, mais pas habité.

Le bar délaissé était resté ouvert. Naomi suivit du regard un homme, dont le visage avait la texture d'une toile de bure, qui s'éloignait dans la rue en titubant pour rejoindre son véhicule.

Elle se gara devant l'un des parcmètres oubliés.

– Qu'est-ce qu'on essaie de découvrir ? demanda Jerome.

Sur internet, leurs tentatives pour mettre le doigt sur un renseignement concernant la façon dont Naomi et sa sœur avaient disparu de l'orphelinat étaient restées vaines.

– Je ne sais pas encore, répondit-elle.

Elle fut surprise de constater que le petit palais de justice n'avait pas fermé. Le seuil tout juste franchi, une employée solitaire se tenait assise. Elle leva les yeux avec une expression de surprise.

– J'ai besoin de consulter vos archives, lui annonça Naomi en présentant sa carte professionnelle.

Jerome était à côté d'elle, sa *Purple Heart*[1] épinglée sur une chemise blanche dont la manche était relevée et fixée au-dessus du moignon de tissus cicatriciels. Il n'en fallait pas plus. Posant un regard révérencieux sur le garçon sans plus prêter aucune attention à la visiteuse, l'employée se leva précipitamment.

1. Décoration accordée aux soldats blessés au combat.

– Par ici, dit-elle en les précédant dans un couloir au sol strié par le frottement d'un balai à franges.

Naomi fit rouler ses yeux dans ses orbites en murmurant à son mari :

– Héros !

Pendant qu'ils marchaient, elle observa autour d'eux les murs qui s'effritaient, les cercles signalant des dégâts des eaux au plafond. Ils dépassèrent la salle de tribunal déserte dont les lourdes portes étaient fermées au loquet. Le banc situé à l'extérieur était poli par des générations de fessiers. Au-dessus se trouvait un tableau qui représentait un homme âgé, et il y avait une plaque de cuivre dans le bas.

La femme de l'accueil tourna la clé dans la serrure d'une porte qui donnait sur une pièce étroite, tout en longueur, entourée d'étagères. Au milieu se trouvait une table en chêne. Naomi inspecta les rangées de boîtes de rangement marron en vérifiant les dates. Toutes les archives locales étaient là : policières, judiciaires, cadastrales.

– C'est celle-là, dit-elle en en descendant une qui correspondait aux mois où sa sœur et elle avaient disparu.

Elle la porta sur la table en s'étonnant de sa légèreté.

L'employée, dont le visage exprimait la curiosité, était restée sur le seuil. Dans son dos, la lumière pure de la vallée des fermes de l'Oregon se déversait dans la pièce.

– Nous avons ce que nous voulions, lui dit Naomi afin qu'elle s'en aille.

Puis elle referma la porte derrière elle.

La boîte, découvrirent-ils, était presque vide. Ils recensèrent des contraventions, des actes de divorce, quelques titres de propriété. Aucun signalement relatif à une disparition d'enfants. Ils inspectèrent boîte après boîte en rencontrant une pénurie identique. Il n'y avait nulle trace que l'enlèvement ait jamais été signalé, et qu'a fortiori il ait été suivi d'une enquête. C'était comme si sa sœur et elle n'avaient jamais existé.

Jerome reposa un acte de propriété.

– Ça n'a aucun sens, dit-il en fronçant les sourcils. Une ville sans crime, ça n'existe pas.

Naomi se pencha sur la signature inscrite au bas de la page. *Juge Thurman*, lut-elle. Elle consulta les autres documents. Tous portaient le même paraphe.

Elle s'arrêta sous le tableau accroché dans le couloir. La plaque indiquait : L'HONORABLE RALPH THURMAN. Le juge avait été un personnage à fortes bajoues, aux yeux de grand-père environnés de petites rides. Elle vérifia les dates indiquées en dessous. Il était décédé peu après sa disparition de l'orphelinat.

– Les ouvriers saisonniers qui m'ont trouvée près d'ici n'ont pas voulu venir en ville, glissa-t-elle dans un souffle.

L'employée rôdait à proximité, l'air inquisiteur.

– Ils m'ont conduite jusqu'à Opal. Ils avaient forcément une raison pour le faire.

Jerome se tenait derrière elle, il attendait.

Naomi se tourna vers la femme de l'accueil.

– Où se trouve le cimetière municipal ?

Le cimetière d'Elk Passage présentait l'aspect silencieux et discret de tous les endroits laissés à l'abandon.

En marchant sous de hauts sapins, Naomi et Jerome s'avancèrent le long des rangées de pierres tombales. Une statue de la Vierge Marie gagnée par la mousse tendait sa main secourable, un nid de passereaux dans le creux de sa paume. Jerome tourna son regard vers les espaces de savane herbeuse parsemée de chênes où vivait autrefois son peuple, avant qu'ils ne lui soient volés et aujourd'hui délaissés.

Dans le fond, serré contre un mur de pierre en ruine, ils découvrirent le carré des bébés. Également appelé le cimetière des nourrissons, il s'agit d'une tradition du Nord-Ouest qui remonte à l'époque des pionniers. Naomi ignorait si, en d'autres lieux, on avait eu une pratique similaire consistant à ensevelir les enfants à l'écart des autres, ou si c'était uniquement une spécificité de l'Oregon.

Le carré était ceint d'une haie luxuriante continue qui engloutissait presque l'entrée cintrée en fer forgé. À l'intérieur se trouvait un labyrinthe de minuscules pierres tombales enfoncées dans le sol envahi d'herbe. Les dates remontaient aux années 1880. Beaucoup, vit-elle, correspondaient à des enfants mort-nés. Elle fit halte pour en lire une. *Baby Agnes, 2 nov. 1901, née déjà auprès de notre Seigneur.*

D'autres étaient celles d'enfants décédés durant l'adolescence. On pouvait presque identifier les épidémies et la grippe espagnole, pensa-t-elle en circulant entre les groupements de tombes.

– Quelle tristesse, dit Jerome en désignant une rangée de cinq enfants, tous de la même famille.

Leurs noms racontaient la même histoire, elle commençait par *Hope*, se poursuivait par *Faith*, pour s'achever sur *Perseverance*[1].

– Je me demande s'ils ont continué après, ajouta-t-il.

Naomi ne commenta pas. Elle se disait qu'elle était habituée à la mort, habituée à être enterrée vivante.

1. L'espoir, la foi, la persévérance.

Le soleil, en passant à travers les feuilles, jouait sur les cheveux noirs du garçon.

– Comment tu m'as dit, déjà, que les Kalapuya se représentent la mort ? lui demanda-t-elle.

Il s'agenouilla et, de son unique main, chassa la poussière sur une tombe ancienne.

– Ceux de mon peuple croient que personne ne meurt vraiment. Lorsque le moment est venu de quitter ce monde, un des nôtres, qui est cher à notre cœur, vient nous indiquer le chemin. Pour nous guider vers l'autre pays.

– Et où se trouve cet autre pays ?

– Nul ne le sait. Il faut mourir pour l'apprendre.

– Bon, ben… sans moi.

Il se releva, épousseta son jean.

– Tu te souviens, Naomi, quand on essayait de découvrir leurs possessions dans les arbres ?

– Oui, je m'en souviens.

La réponse sonnait comme une promesse. Elle posa sur lui un regard d'adoration.

Le pied de la femme qui trouvait les enfants pointait vers une succession de tombes plus récentes. Les sépultures de cette section étaient plus rapprochées, et elle reconnut aussitôt une autre tradition des lieux de repos : les tombes pour indigents. Son regard était rivé sur une misérable plaque de métal qui remontait à des décennies. Elle suivit un alignement de ces sépultures. Il y en avait plus d'une douzaine, prenant fin approximativement à l'époque où elle avait disparu. Chacune renfermait un enfant dont l'âge estimé allait de cinq à dix ans.

Jerome s'immobilisa à côté d'elle. Le vent s'engouffrait dans les branches des arbres. Chacune des plaques disait la même chose : *Enfant inconnu*.

– Des choses horribles se sont produites ici, dit-elle.

– Arrête-toi.

Peu habituée à entendre Jerome s'exprimer de manière aussi péremptoire, elle se gara sur le côté. Ils venaient de quitter la ville et passaient devant une nouvelle étendue de champs de fraisiers. Des petites fleurs blanches commençaient à bourgeonner sur les couronnes de feuilles vertes. Une ancienne ferme était posée sur une colline, aussi vide que le ciel. Un fragment de tissu flottait à la fenêtre d'un chien-assis. Dans la pâture se dressait un unique chêne blanc majestueux qui tendait vers le firmament ses bras couverts de bourgeons.

Jerome mit pied à terre. Naomi le suivit.

Il trouva la barrière rouillée qui ouvrait sur la prairie et la franchit. L'herbe livrée à elle-même lui arrivait à la taille. L'air était imprégné de l'odeur riche des peupliers à feuilles deltoïdes, les clôtures drapées de longues floraisons blanches. Il s'avança jusqu'à ce qu'il parvienne au pied du magnifique chêne à la vaste ramure.

Il s'arrêta en dessous, leva la main et plissa les paupières. Curieuse, Naomi regarda à son tour.

À bonne hauteur, autour d'une branche, était lié ce qui ressemblait à une vieille couverture, bien serrée autour d'un lot d'objets volumineux. Le ballot était solidement attaché à l'arbre à l'aide d'une vieille corde, si ancienne que la branche, en poussant, avait commencé à l'assimiler. Piquetée par le bec des oiseaux, la couverture était pourrie par endroits, complètement desséchée par le soleil à d'autres.

– Eh bien, après tout ce temps, je crois que nous venons de trouver une des reliques que nous cherchions quand nous étions petits, confia-t-il à Naomi en lui souriant.

– Est-ce qu'on grimpe pour la redescendre ?

Il secoua la tête.

– Il faudrait que je fasse venir un des sages de la tribu. S'il s'agit de possessions ayant appartenu à un ancêtre, je ne veux pas manquer de respect. Ça peut attendre quelques jours.

Au loin, la ferme, avec le regard vide de ses fenêtres, semblait sourire. La brise soulevait les cheveux du garçon, et la peau de son bras paraissait foncée à l'ombre de l'arbre. Alentour, les peupliers étaient en fleur, le fin duvet soulevé et emporté par le vent.

Pendant le trajet du retour à la grande ville, la pluie commença de tomber.

De la bretelle de l'autoroute, quand il pleuvait, le trajet qu'ils suivaient pour s'en revenir en ville était épouvantable.

Dissimulés dans leur caverne, Celia et les garçons avaient attendu ce qui leur avait semblé des heures en espérant que le déluge cesse. Le déferlement ininterrompu avait saturé le sol sous les buissons, ruisselé tels des doigts boueux jusqu'à atteindre leurs pieds.

Finalement, trop affamés pour supporter de patienter davantage, ils étaient descendus de la colline en se couvrant de boue et avaient couru, dans les clapotis de leurs chaussures imbibées d'eau, jusqu'à l'autoroute où les voitures qui passaient, essuie-glaces fonctionnant à la vitesse maximum, ne ralentissaient même pas pour les laisser traverser. Celia distinguait le visage des conducteurs arc-boutés sur leur volant. Elle se demandait si elle apprendrait à conduire un jour. Sa mère s'était vu retirer son permis pour avoir conduit sous l'emprise de la drogue. Celia comprenait qu'il s'agissait d'une punition, mais elle ne pensait pas que le juge avait vraiment conscience de ce que cela signifiait, pour sa mère : elle ne pouvait plus travailler et, par conséquent, Teddy les tenait à sa merci et Celia était à jamais prise au piège.

Une accalmie surgit enfin dans la circulation et les gosses foncèrent, les jeans noircis par l'eau. Rich gardait la tête baissée, paupières gonflées presque fermées par les coups. Celia voyait la nuque de La Défonce, à l'endroit où la pluie avait séparé ses cheveux, ses deux tendons jumeaux aussi délicats que des instruments de musique.

Ils entrèrent dans le petit restaurant situé en haut du centre-ville. Les sièges des boxes, en similicuir poisseux, émirent des bruits de succion quand ils s'assirent. La serveuse posa les verres d'eau sur la table, observa Rich dont le visage était enflé et violacé.

– Quelqu'un t'a tabassé, mon chou ?

Non, secoua-t-il la tête, le moral au plus bas.

– Laissez-moi deviner, reprit-elle. Biscuits avec du jus de viande.

– Moi, je veux de la tarte. Avec des noix de pécan, *à la mode*[1], déclara La Défonce tandis qu'un ruisseau de pluie lui coulait dans le cou.

Celia le fixa du regard. C'était stupide, de commander ça. La tarte coûtait plus cher et, très vite, il n'y en avait plus. Le pain au lait avec le jus de viande, lui, était copieux et bon marché.

Leurs assiettes arrivèrent, lourdes et blanches. Dans celle posée devant Celia, une épaisse substance blanchâtre et visqueuse avait été répandue à la louche sur deux biscuits rassis et des miettes sèches en pourtour. Elle enfonça la fourchette dans le premier, l'agita en faisant du bruit avant de la ressortir. La majeure partie du biscuit collant y adhérait ainsi que des petits fragments d'une viande mystérieuse, mêlés à la sauce livide comme de la pâte. Elle déposa le tout sur sa

1. En français dans le texte.

langue. Cela avait un goût de sel et de rien d'autre. Comme elle avait faim, elle mangea.

La veille, Rich était rentré tard, il avait rampé dans leur caverne en gémissant. Celia s'était réveillée juste suffisamment pour sentir l'odeur du sang. Elle s'était allongée tout près de lui et avait entouré sa taille glacée de ses bras jusqu'à ce qu'il cesse de trembler. Au réveil, elle avait constaté qu'il avait été roué de coups. Elle et les autres avaient compté ses dents, lui avaient fait soulever son tee-shirt pour voir si ses côtes, quoique marquées d'ecchymoses, n'étaient pas brisées. Il avait aspiré et rejeté l'air avec un sifflement qui n'avait rien d'anormal, et ses yeux, quoique injectés de sang, voyaient correctement. Un passage à tabac était chose ordinaire et extrêmement triste. Mais ordinaire. Du moins ce fut ce qu'elle se répéta une fois de plus.

Elle repensa aux appartements et aux camps de caravanes où ils avaient vécu quand elle était petite. On leur donnait des noms comme le Lotissement des pins altiers ou Les Armoiries du temps jadis. Plus le bâtiment était fruste, plus le nom devenait ronflant. Et pouvait être ressenti comme une insulte personnelle.

La Défonce engloutit sa tarte en trois bouchées. Il attendit ensuite de voir si quelqu'un laissait de la nourriture : il gardait les yeux baissés pour vérifier, y revenait à plusieurs reprises.

Rich mangeait, la nuque ployée, sa fourchette parcourant rapidement l'espace qui séparait l'assiette de sa bouche. Il était visible que cela lui faisait mal de mâcher, mais il s'en acquittait quand même. Ils entouraient tous leur assiette d'un bras comme si quelqu'un menaçait de la leur voler.

Celia regardait par la fenêtre. Parfois, elle souhaitait que surviennent des événements graves, juste pour calmer le malaise de moments comparables à celui-là. Comme quand ses pieds la grattaient dans les chaussettes trempées, ou quand le jean mouillé collait à ses cuisses glacées, ce qui la rendait plus transie de froid encore, de seconde en seconde. Lui donnait l'impression d'avoir un besoin urgent d'aller aux toilettes.

Il n'y avait plus rien à manger. Ils tirèrent de leurs poches des pièces d'un *cent* mouillées, ou de cinq *cents* où adhéraient des peluches, comptant leur monnaie sur la table humide. La Défonce léchait son assiette. Derrière le bar, la serveuse les observait, puis elle disparut dans la cuisine.

Elle revint un moment plus tard en apportant une nouvelle assiette blanche. Biscuits au jus de viande pour La Défonce. Elle la posa en souriant.

– On se tient bien à table, lui rappela-t-elle.

– Merci, marmonna-t-il.

– Tu m'as donné l'impression que tu avais faim, conclut-elle d'un ton soulagé.

Quand ils partirent, elle leur fit au revoir de la main et Celia se retourna pour lui retourner la politesse.

Il y avait un élément positif, quand il pleuvait à flots.

Ça chassait la vermine. Les pervers, les maquereaux et les clients.

Quand il pleuvait, les seules personnes qu'on voyait dans le quartier étaient celles qui vivaient dans la rue, ou les religieuses et les bénévoles qui désiraient leur venir en aide. Ceux-là étaient de vrais êtres humains. Ils ne vous racontaient pas des mensonges du genre « si quelqu'un se permet des gestes inconvenants, prévenez la police » ou « tout va s'arranger ».

Une des nonnes venait vers eux sur le trottoir tandis que les sans domicile fixe courbaient le dos sous les bourrasques de pluie et de vent. Des parents protégeaient leurs enfants en les enveloppant dans leur manteau. Les religieuses distribuaient des ponchos imperméables en plastique, d'un blanc transparent, sachant que les habitants de la rue les préfèrent parce qu'on voit au travers et peut s'assurer que ses congénères n'ont pas un couteau à la main, et parce qu'ils protègent mieux de la pluie que n'importe quel blouson.

Reconnaissants, les laissés-pour-compte enfilaient ces ponchos. Celia et ses amis devinrent identiques dans un alignement d'objets brillants en plastique blanc.

– On dirait des préservatifs à la queue leu leu, plaisanta La Défonce dont la bouche ruisselait de pluie.

Mais Celia pensait qu'ils lui rappelaient davantage des images de méduses qu'elle avait vues, montant et descendant à la surface d'une chaussée marine de couleur grise.

À la fin de l'après-midi, le ciel s'éclaircit et prit une teinte dure, bleu métallisé. Le soleil brilla et la brume s'évapora au-dessus de tous les bâtiments, se contorsionnant tels des serpents au-dessus des tourelles. La température monta tellement que les boîtes à ordures métalliques étaient chaudes sous leurs doigts quand Celia et Rich fouillaient à l'intérieur en quête de bouteilles consignées qui auraient échappé aux autres. Ce fut à ce moment-là qu'elle remarqua les ponchos jetés à même la rue. Les parents tenaient à nouveau leurs enfants hors de leur manteau, et on eût dit que tout le monde avait oublié la pluie.

Avec la chaleur revint le danger.

La Défonce, fidèle à son surnom, se trouva sous l'emprise d'une substance pernicieuse. Au lieu de le calmer, de détendre son visage crispé en permanence, elle transforma sa bouche en une grotte remplie de dents, et Celia, comme les autres, devait esquiver et fuir ses poings qui lacéraient l'espace.

– Calme-toi, La Défonce, calme-toi, ne cessait de répéter Rich qu'il poursuivait en décrivant un cercle dans la rue écrasée par les rayons du soleil.

Les vagabonds, allongés sur le flanc en pleine chaleur, pantelaient en observant le spectacle. La Défonce tournait sur lui-même sans jamais s'arrêter tandis que Celia et les autres enfants des rues se tenaient sous le panneau *Aspire*, la tête inclinée de côté pour entendre…

Ça y est. Le hurlement des sirènes. Les flics se montraient uniquement lorsqu'il y avait des bagarres. Ou des corps qui jonchaient les rues. Nul ne savait jamais qui les avait appelés puisque tous les gens du quartier vivaient dans la rue. Peut-être les ivrognes, là-haut dans les chambres crasseuses où ils avaient été envoyés par les services sociaux pour y dégriser, et qui finissaient par espionner leurs amis.

Les flics s'arrêtèrent, les sirènes amorties par le jour, le soleil se réfléchissant sur les rampes gyrophares. Ils descendirent de voiture. L'un d'eux se dirigea vers La Défonce en lui adressant la parole. Un autre se posta à l'écart, attentif, la main sur son pistolet. Celia observait elle aussi, la tête penchée vers l'épaule. Elle devenait prudente, en ces moments-là. Elle devenait comme un œil dans le ciel.

Est-ce que les policiers allaient tuer La Défonce ? C'était le sujet d'inquiétude présent dans sa bouche, et la crainte cynique dans le regard des traîne-savates.

Mais le flic qui parlait à La Défonce eut tôt fait de l'acculer et il se retrouva les mains en l'air. Des mots orduriers sortaient de ses lèvres. « Enfoirés de suceurs de bites », entendit Celia. « Brouteurs de touffe. » Mon ami est en plein trip, là, voulait-elle expliquer aux policiers.

Mais ils semblaient le savoir. Ils le poussèrent à l'arrière de la voiture, menottes aux poignets. L'instant d'après, ils repartirent, les cheveux bouclés de La Défonce visibles à travers la vitre arrière. Les gosses l'entendaient hurler à l'intérieur du véhicule.

– Où tu penses qu'ils l'emmènent ? demanda Celia à Rich quand elle fut redescendue des nuages.

Elle prit conscience qu'il s'était écoulé plusieurs minutes. Rich l'observait depuis un bon moment avec curiosité.

– En détention juvénile, je suppose, répondit-il. Peut-être que maintenant, il aura quelqu'un pour l'aider.

Elle lui jeta un regard de côté. Il ne lui était jamais venu à l'esprit que leur ami avait besoin d'aide. Ou que n'importe lequel d'entre eux pût en avoir besoin un jour.

Elle reprit conscience sous la bretelle d'autoroute, l'esprit aussi lisse qu'une pierre. Mais les papillons étaient là, la réveillant par leurs caresses exactement comme ils l'avaient emportée dans le sommeil.

Les papillons, elle n'en avait jamais parlé à personne. Elle savait que les gens secoueraient la tête comme si elle était stupide. Les filles dans son genre étaient dérangées, brisées, elles n'étaient pas dignes des papillons. Même l'avocate, au tribunal, s'était comportée comme si la fillette qu'elle défendait était une chose visqueuse que l'on pouvait essuyer, mais qui laisserait une trace. Quand elle avait affirmé que Celia pourrait goûter à une vie meilleure, le mensonge qui sortait de ses lèvres n'était jamais monté jusqu'à ses yeux.

Mais Naomi… était différente, elle. Naomi n'était pas effrayée par ce qui était arrivé à Celia. Elle se comportait comme si elle n'était pas du tout une fillette brisée. Ce qui était drôle parce que, quand Celia était en sa présence, elle ne se sentait pas brisée non plus.

Elle se tourna. Rich était allongé à côté d'elle. Il ouvrit les yeux et ils restèrent à se regarder, un temps infini.

***

Dans le musée des papillons, savait Celia, rien de mort n'est autorisé. À l'intérieur du musée, il y a le velours tendre des plantes, l'odeur de l'humidité et la caresse des feuilles. Les salles fredonnent d'esprits qui sont comme des mouvements que l'on peut sentir mais pas entendre. Il y a le crissement discret des feuilles, la reptation en spirale des chenilles, et le bruit feutré et voilé des nymphes à l'intérieur du cocon.

Dans le musée, les papillons volettent de plante en plante, agitent leurs ailes majestueuses entourés d'une paix à la pureté absolue. Là, il n'y a pas de prédateurs. Vous pouvez y entrer, et les papillons vous accepteront. Vous pouvez vous tenir au milieu des salles, parmi toutes les plantes qui se chauffent au soleil, dans l'air aux senteurs de fruit, et vous serez l'un d'eux. Si vous vous tenez tout à fait immobile, ils viendront à vous. Ils se poseront sur vos bras et sur votre tête, et oui, même sur vos joues, et ils vous toucheront comme si vous étiez la partie la plus tendre d'un fruit ou le pollen le plus sucré de n'importe quelle fleur.

Vous les connaîtrez alors. Toute leur vie, ils ont attendu votre venue.

– Il est possible que j'aie trouvé quelque chose, annonça Jerome.

Il était venu voir son ami Ed Ashtree. Ce n'était qu'à quelques heures en voiture, mais dans un autre monde, sur la chaîne côtière glaciale. Il était arrivé alors qu'Ed coupait du bois chez lui, une maison préfabriquée peu accueillante située dans une ravine rendue humide par des arbres rabougris entremêlés de festons de mousse. Jerome se souvenait qu'il y avait plus d'un siècle, un chef indien avait parlé de *mauvaises terres*, à propos de cette région inhospitalière, après que son peuple avait été contraint d'effectuer le long voyage à pied pour s'y rendre. *Froides et insalubres. Il n'y a pas de gibier dans les collines et les membres de mon peuple se meurent.*

Ed, qui avait soixante-deux ans et le visage parsemé de rides, s'était pris d'amitié pour Jerome lorsqu'il était venu sur la réserve pour la première fois, quelques années auparavant. Dans la minuscule bibliothèque, le jeune homme avait eu l'air perdu. Ed, reconnaissant à ses traits qu'il était également kalayupa, lui avait souhaité la bienvenue.

– De quoi il s'agit ? demanda Ed en arrachant la hache plantée dans le rondin.

Le bois en était si pourri qu'il se fendait au moindre contact. L'humidité, ici, s'infiltrait partout.

Jerome décrivit le ballot attaché aux branches.

– C'est dans un chêne blanc, sur les terres qui étaient jadis celles de notre peuple.

Avec Ed, Jerome se sentait en confiance comme cela ne lui était arrivé avec personne. Le premier jour, alors qu'ils se promenaient dans la réserve, il avait pris conscience qu'il voyait d'autres Indiens. Il en avait éprouvé un sentiment qu'il n'avait pas tenté d'expliquer à Naomi, car elle avait pour habitude de présenter l'image de quelqu'un de bien intégré, même si au fond d'elle-même ce n'était pas le cas.

– Ceux de notre peuple avaient pour coutume de brûler ces prés afin de préserver les étendues d'herbe où poussent les chênes, lui expliqua Ed. Nous avons été parmi les premiers à pratiquer le contrôle des feux de prairie. Pour les glands, les airelles, les cervidés.

Une fine spire de fumée qui montait de l'âtre ponctuait ses paroles.

Ed, à l'instar de Jerome, était un des quelques milliers seulement de Kalapuyas, survivants d'une nation puissante qui avait autrefois régné sur ces vallées. Après avoir été presque éradiqués par les maladies infectieuses, les rares membres de leur peuple encore en vie avaient été contraints de venir s'installer sur ces mauvaises terres. Une civilisation qui, depuis la fin de la période glaciaire, était restée florissante, pratiquement anéantie en deux ou trois cents ans à peine.

– Est-ce que tu veux venir vérifier avec moi ? demanda Jerome.

Ed lui adressa un regard perplexe. Le jeune homme était de toute évidence très désireux de connaître son peuple, et pourtant, il agissait comme si lui-même n'avait pas d'importance. Peut-être était-ce parce qu'il avait grandi dans un foyer d'accueil. Jerome avait avalé le mensonge selon lequel certaines histoires ont plus de valeur que d'autres, et cela irritait Ed tout en le chagrinant.

Il estimait que son cadet se cantonnait dans un rôle de comparse auprès de Naomi, alors même qu'il était un ancien combattant décoré, un héros de guerre.

– Bien sûr, que je veux, répondit-il d'un ton agacé avant de s'adoucir. Passe la nuit ici. Nous irons ensemble demain matin.

– Naomi a besoin de moi. Je t'y retrouverai.

– Naomi est assez grande pour se débrouiller toute seule, répondit Ed en ramassant les fragments du rondin pourrissant qu'il jeta sur le tas.

Jerome pensa à toutes les fois où des cauchemars arrachaient Naomi au sommeil et où il la prenait dans ses bras. Depuis qu'ils avaient commencé à chercher sa sœur, il se réveillait souvent pour la voir arpenter le plancher sans répit, profondément endormie mais prête à poursuivre sa quête.

– Je t'y retrouverai, répéta-t-il.

Jerome s'aperçut qu'il disposait des meilleurs moments de la journée, les quelques heures qui précèdent le crépuscule, avant de devoir reprendre le chemin de la ville. L'océan l'appelait par-delà les derniers reliefs à la végétation naine. Les buissons d'arctistaphylos pungens et les pins inclinés par le vent, les collines qui fuyaient devant les bourrasques et les arbres qui résistaient, rappels rabougris de la foi et de la persévérance.

Il pénétra dans un tout petit port de pêche vétuste. Sur une dune couverte d'herbes côtières recourbées comme des sabres, il resta à observer les bateaux qui, chevauchant les vagues, arrivaient directement sur le rivage étincelant en dessous des derniers rayons du soleil. Le sable froid était déserté à l'exception d'une femme qui marchait, vêtue d'un long pardessus et d'un bonnet de laine qui, posé sur son ample chevelure grise, laissait passer sa queue-de-cheval par un trou.

Jerome ignorait ce qu'il s'était imaginé trouver d'autre, ici, que les souvenirs des longues années écoulées entre le moment où Naomi avait quitté leur foyer d'accueil et celui de leur mariage. Ç'avait été des années perdues, et même sa brève ruée sur les champs de bataille ne l'avait pas aidé à acquérir le sentiment qu'il existait une raison à sa présence sur terre hormis celle qui consistait à aimer sa femme. Il le lui cachait car il était terrifié par l'impression d'impuissance qu'il en retirait. Il savait que certains diraient qu'il l'aimait trop, trop intensément, mais se demandait quelle autre raison nous pourrions avoir d'être sur terre.

Il monta dans son véhicule et repartit vers le seul foyer qu'il connaissait, elle.

Naomi se tenait devant le refuge *Aspire*. Les briques maculées, les rues étroites, les silhouettes pelotonnées sur le seuil des maisons, tout cela lui était devenu familier. Elle avait franchi le pas. Le monde des disparus était devenu son monde à elle. Elle connaissait les habitués, les ivrognes au teint de cerise écrasée, les familles avec qui elle échangeait un salut de la tête, les gosses des rues comme Celia.

Et l'homme à la figure couturée de cicatrices.

Il se tenait à l'angle de la rue. Quand il se tourna, il la vit et leurs regards se croisèrent. Naomi se dirigea vers lui, à pas précipités, se frayant à petites foulées un passage entre les piétons.

Mais quand elle parvint au carrefour, il n'était plus là. Elle expulsa l'air de ses poumons avec exaspération.

Un petit personnage d'aspect pointilleux, qui avait des lunettes rondes, était posté non loin de là. Il venait d'étudier une de ses affichettes, scotchée sur un poteau téléphonique. Il avait le visage aussi rond que ses lunettes, avec un nez étroit et retroussé. Il était en costume, même par cette journée chaude. Son impeccable nœud papillon la fit tout de suite penser à Sean Richardson, et elle se souvint qu'il lui avait parlé d'un agent infiltré. Les cheveux argentés et coupés court de cet homme trahissaient sans conteste le policier.

– Vous savez qui c'est ? lui demanda-t-elle.

– C'est une question que je me pose aussi depuis un moment, lui répondit-il d'une voix douce et éduquée.

Le soleil se refléta dans les lunettes. Elle remarqua qu'il avait des chaussures de ville noires, cirées. Il n'essayait même pas de s'intégrer, pensa-t-elle. Elle perdit le peu de respect qu'elle gardait encore pour les agents fédéraux.

– Est-ce que nous nous sommes déjà rencontrés ? lui demanda-t-elle poliment. Peut-être durant notre formation ?

Elle pensait à tous les cours de maintien de l'ordre qu'elle avait suivis et où les membres du FBI débarquaient pour s'installer aux derniers rangs, maussades et distants. Il inclina son crâne qui venait de passer chez le coiffeur.

– J'en suis certain.

Naomi grimpait les marches de la bibliothèque, oppressée par l'atmosphère pesante qui y régnait.

Celle de milliers de volumes sereinement posés au-dessus des têtes penchées sur les tables.

Elle montait au deuxième étage afin de consulter une microfiche ancienne concernant la bourgade d'Elk Crossing. Elle avait beaucoup à apprendre. Quoi, exactement, elle l'ignorait. Les bibliothèques avaient représenté sa dernière chance pour beaucoup de ses enquêtes. Vieux annuaires téléphoniques, anciennes cartes urbaines, plans, biographies publiées à compte d'auteur… on ne savait jamais à l'avance ce qu'on allait trouver. Elle avait résolu une affaire de disparition d'enfant parce qu'un épicier dont la boutique se trouvait à l'angle d'une rue avait rédigé une diatribe contre l'enseigne de grande distribution Piggly Wiggly et, sans le savoir, avait révélé l'endroit où se trouvait son fils disparu.

Elle passa devant la salle de la littérature de fiction et là, perchée sur l'un des sièges en bois telle une gamine qui fait l'école buissonnière, lisant comme si elle était seule dans un univers enchanté, se trouvait Celia.

En prenant soin de tousser d'abord, Naomi se glissa sur le siège situé en face d'elle. Elle ne voulait pas apeurer la fillette. Celia leva les yeux, afficha une expression glaciale – sans doute s'attendait-elle à voir un pervers – puis son visage se modifia et exprima la surprise. Elle paraissait peut-être même contente de voir qu'il s'agissait de Naomi.

La femme qui trouvait les enfants sourit en contemplant la pile de livres qui entourait la fillette ainsi que les feuilles de brouillon. Des papillons en veux-tu en voilà et, pour introduire un peu de variété, qui sait, quelques romans. Des histoires de papillons. Le titre

Flight Behavior[1] figurait sur la tranche de l'un d'eux. Barbara Kingsolver. C'est un livre au sujet grave, s'apprêtait-elle à dire, mais elle se retint. La gamine, intelligente, pourrait se sentir rabaissée.

Celia leva les yeux au-dessus de la tête de la visiteuse comme si elle y discernait quelque chose. Naomi se retourna, ne vit rien à l'exception du plafond décoré. La fillette, qui avait été occupée à dessiner, cacha le papier sous une de ses mains et le ramena vers elle.

– Je suis là pour faire une recherche concernant ma sœur, avança Naomi.

Ses mains étaient tranquillement posées sur la table.

Celia eut l'air intéressé.

– Quel genre de recherche ?

– Oh, vous seriez étonnée de ce que l'on peut trouver dans une bibliothèque.

Naomi observa un petit moment de silence et poursuivit sans ambages :

– C'est dur de garder des secrets. Tôt ou tard, ils finissent par se savoir.

Celia avait l'air un peu chavirée. Sa petite main dissimulait le dessin. Elle répondit :

– Parfois, les gens ne vous croient pas même quand on leur dit les choses.

Naomi percevait le silence qui les entourait. Elle s'en était doutée, mais elle savait maintenant que c'était vrai. Les gens se comportent comme si la dénonciation des abus sexuels peut résoudre le problème, mais elle savait que la majorité des affaires ne

1. Publié en 2012, traduit en français en 2013 sous le titre *Dans la lumière,* aux éditions Rivages. Le changement, dans les attitudes et habitudes des papillons monarques, y symbolise les profonds bouleversements de la planète.

mènent pas à une condamnation. Ce dont personne ne parle, c'est de ce que les victimes doivent endurer à la suite d'un acquittement.

– J'ai tout fait comme il fallait, assura Celia.

– J'en suis convaincue, répondit Naomi.

La fillette tourna à nouveau ses regards au-dessus de l'enquêtrice comme si elle discernait quelque chose. Ses yeux verts étaient clairs et vifs.

– Tout le monde s'en fiche, acheva-t-elle. C'est des conneries tout ça.

Naomi sentit son ventre se crisper.

– Moi, je ne m'en fiche pas. Jerome non plus, mon mari, ni plein de gens que tu ne connais pas. Il y a même un agent du FBI infiltré qui essaie de découvrir ce qui advient des filles qui ont disparu. Il y a des gens qui s'en soucient vraiment, Celia.

– Pffff... Essayez de vous en convaincre vous-même.

Elle reprit son livre, le leva devant elle afin que Naomi ne puisse voir les larmes dans ses yeux. Au bout d'un moment, elle entendit le craquement du siège. Elle sentit davantage qu'elle ne vit Naomi sortir de la salle.

Elle abaissa le regard sur le dessin auquel elle travaillait.

La femme qui trouvait les enfants grimpa l'escalier vers la salle des périodiques. Elle comprenait qu'elle faisait du tort à Celia, mais ne savait pas très bien en quoi. *Oh que si,* lui soufflaient ses pensées.

Dans le lecteur, elle fit dérouler des images d'anciens périodiques. *La Gazette d'Elk Crossing*, depuis longtemps défunte. Des publicités pour de la soupe de tomates et une guinguette éphémère. Elle éplucha attentivement les rubriques nécrologiques. Éloge appuyé pour Mrs Blankenship dont les tartelettes de Noël étaient diaboliques. Personne n'apprécie de faire cuire des fraises au four dans les régions où on les cultive, Naomi ne l'ignorait pas. Les gens, ça les écœure, comme s'ils avaient mangé de la confiture de fraise fermentée.

Elle en arriva à la semaine où sa sœur et elle avaient été enlevées. L'événement le plus passionnant, signalé dans *La Gazette,* était un concours d'équilibre sur un tronc d'arbre flottant à la surface de l'eau. À croire qu'il ne s'était jamais rien passé de grave dans la bourgade d'Elk Crossing. Aucun article à propos d'enfants disparus, ni au sujet des petites victimes inconnues enterrées dans le cimetière local. Elle lut jusqu'à ce que sa vision commence à se brouiller.

Soudain, elle s'immobilisa comme si sa main était posée sur une planche de ouija. *Des habitants de la ville nettoient l'orphelinat de l'État*, disait la légende inscrite sous la photo. Naomi l'agrandit. Aucun nom, aucune fonction n'était cité. Juste un groupe d'hommes dans le jardin d'un orphelinat, des décennies plus tôt, maniant la fourche pour transférer des débris végétaux dans une remorque. L'un d'eux tourné vers l'appareil photo, mais les yeux cachés par l'ombre d'un chapeau. Naomi s'approcha tout près du lecteur en essayant de discerner les traits des visages. Trop loin pour qu'elle puisse y parvenir.

Quand elle arrêta et se passa la main sur la bouche, elle ne se rendit pas compte que son regard avait adopté une lueur inflexible. Elle se leva et dénicha le *Recensement des terres agricoles*. La plupart des gens savent que ce recensement dénombre les êtres humains. Mais ils ignorent que le gouvernement compte également chaque mouton et chaque vache. Revenant au lecteur de microfiches, elle se replongea aussitôt dans sa tâche. D'inextricables fouillis de lignes et de chiffres. Mûres, chèvres et vaches, jusqu'à en préciser le poids.

Elle parvint à la page où était mentionné le nombre d'ouvriers saisonniers que les fermes employaient, ce qui la fit réfléchir. Elle se remémora les migrants qui l'avaient enveloppée dans une vieille couverture mexicaine la nuit où elle s'était échappée, et qui l'avaient gardée près de leur feu. Au matin, ils l'avaient conduite très loin d'Elk Crossing. Ils lui avaient sauvé la vie.

Ses doigts suivaient les chiffres et elle remarqua une décroissance de la main-d'œuvre. Au fil des ans, de moins en moins d'ouvriers itinérants avaient accepté de travailler dans les champs de fraisiers d'Elk Crossing. Ce n'était pas à cause de la paie, elle le voyait bien. D'autres villes signalaient un nombre croissant de ces travailleurs. Elle se souvint des enfants enterrés dans le cimetière. Si leurs parents étaient des migrants sans papiers, cela expliquerait pourquoi d'autres n'avaient pas voulu participer à la récolte dans ces champs. Ils avaient su qu'il se passait quelque chose d'épouvantable dans la ville d'Elk Crossing.

Elle se leva, s'étira, fut étonnée de voir que le soleil se couchait. Des heures s'étaient écoulées. La grande salle était vide. Celia aurait pu être assise à l'attendre devant la porte qui donnait sur le couloir, le dos appuyé contre le mur, son livre spécial dans la main, elle ne l'aurait pas su.

Elle ouvrit sur internet le catalogue correspondant aux anciennes fiches cartonnées afin de cocher les titres consultés. Journaux d'Elk Crossing, vus. Tribunal d'Elk Crossing, consulté. Elk Crossing et les fraisiers.

Tiens, tiens. Une liste ancienne correspondant à l'exploitation de fraises de la famille Thurman.

Qui avait appartenu à nul autre que le juge Ralph Thurman en personne.

Les lumières vacillèrent au plafond. C'était l'heure de partir.

Des étages plus bas, Celia avait décidé de s'en aller, mais sa chaleur et ses espérances, encore présentes dans la salle, continuaient de poursuivre Naomi.

– Regarde.

Rich avait parlé avec une peur aussi putride que les ecchymoses de son visage.

Celia et lui étaient à la limite d'une zone industrielle où ils cherchaient des canettes. Ils n'étaient plus que tous les deux, maintenant. Des rumeurs avaient filtré jusqu'à eux, comme cela arrivait à l'occasion dans les rues, disant que La Défonce était hospitalisé dans une institution surveillée. Il s'y plaisait, leur avait-on rapporté. On leur donnait à manger.

Celia avait envisagé de parler à son ami de la maison terrifiante qu'elle avait vue plusieurs semaines auparavant, ainsi que des yeux, derrière la fenêtre du sous-sol. Mais il pourrait être tenté d'aller y jeter un regard et elle préférait crever sur place plutôt que d'y retourner.

La rue était froide et déserte ; le ciel couleur de fumée, avec un soleil d'un rouge magenta, et Celia n'en revenait pas que les bennes à ordures se remplissent en dépit de la misère qui régnait dans le quartier. Lorsque Rich avait parlé, elle venait d'y récupérer un burger McDonald qui semblait n'être ni entamé, ni piégé. Elle souleva le pain, vérifia qu'on ne l'avait pas garni de verre cassé. Il existe des gens vraiment très mal intentionnés.

Elle s'immobilisa au milieu de son geste. Un groupe d'étudiants sportifs s'était rassemblé plus loin dans la rue. Ils montaient sur une benne. L'expression de leur visage annonçait la cruauté malfaisante. Les mots d'autrefois qu'on utilisait pour la curée, pensa-t-elle, quand la chasse cesse d'être jeu pour devenir cruauté absolue.

Mais là, ça n'avait rien d'un jeu, à moins que Rich et elle en soient les proies.

– C'est les mêmes ? lui demanda-t-elle en reposant le burger au milieu des ordures.

Cours, l'avertirent soudain les papillons. De leur agitation frénétique, ils masquaient le soleil déclinant.

Rich recula lentement.

– On s'tire, lança-t-il.

Les étudiants tournèrent la tête. Le chef avait les cheveux jaunes.

– *Putain d'merde*, éructa Rich.

C'est pour de vrai, insistaient les papillons. Cours, Celia !

Elle prit ses jambes à son cou. Elle avait l'impression d'être aussi irréelle que le ciel nocturne qui imposait sa venue. Ses chaussures aux semelles fines qui martelaient la chaussée irrégulière, ses jambes qui entraînaient le jean décoloré par le soleil, sa bouche qui aspirait l'air teinté par le rouge crépusculaire : rien de toute cela n'était réel, lui chuchotait une voix intérieure, et c'était la raison pour laquelle elle risquait de finir en droguée, retenue par un fil à l'ultime espoir vital, ou en fantasme qui montait dans des voitures ou en redescendait, rien de plus qu'une coquille vide se pliant aux exigences des hommes. Une poupée. Un jouet. Qui jamais n'avait eu d'existence.

Son dernier élan de survie, lui disaient les papillons volant désormais en d'immenses nuages, là-haut près de l'astre qui plongeait, reposait sur sa capacité à croire que ses cellules renfermaient de l'espoir. À revendiquer que son corps était aussi réel que le sang qui pourrait jaillir de ses veines, aussi réel que les voitures et les routes et tout ce qui importait d'autre ici-bas, partout. Si elle pouvait seulement penser qu'elle était vivante.

Ce serait là l'acte le plus radical, disaient les papillons en masquant le soleil. Si seulement Celia pouvait penser qu'elle méritait de vivre.

– Ils gagnent du terrain.

La bouche de Rich fonctionnait comme un train à vapeur, avalait l'air, joues rougeoyantes. Tous deux négociaient l'angle des rues en fonçant, couraient plus vite, toujours plus vite ; suivaient une étroite ruelle en se rapprochant du centre, la dernière portion de rue désertée, enlaidie par les entrepôts vides où des agents de sécurité étaient postés pour empêcher les sans domicile fixe de camper. EN VENTE POUR RECONVERSION, disaient les panneaux couverts de graffitis tandis que les deux enfants couraient avec, à leurs trousses, la meute d'étudiants sportifs dont les visages eux aussi se brouillaient.

Une partie de l'esprit de Celia voulait bifurquer et foncer droit en direction de la rivière, son funeste destin. Ou faire demi-tour et s'avancer lentement au-devant d'eux, les bras écartés, les yeux clos. Un sacrifice.

Mais son corps lui disait de vivre, les papillons le lui disaient aussi, Rich et elle couraient.

***

– Je t'ai apporté un livre, lui annonça Naomi avec un large sourire.

Celia était assise sur le bord du trottoir, dans le quartier des déshérités, entourant ses jambes de ses bras, profondément honteuse car, en courant, elle avait pissé dans son pantalon et ne savait que faire. Elle sentait l'urine lui brûler l'intérieur des cuisses, sentait le cercle mouillé sur son jean. Si elle se levait, le monde entier le saurait.

Les papillons, voletant autour d'elle, lui apportaient leur consolation. Ils parcouraient sa peau tendre de leurs antennes, se délectaient de sa beauté.

Des éclairs de mémoire, de toutes les fois où elle avait uriné dans sa culotte. Parfois, elle l'avait fait exprès pour maintenir Teddy à distance, mais ça n'avait jamais marché. Au lieu de cela, elle recevait une fessée et la seule paire de draps mouillés déchirés était arrachée de sur le matelas nu avant qu'elle soit contrainte de se rallonger sur le cercle mouillé et froid. Il y avait eu aussi toutes les fois où elle s'était pissé dessus, sans même s'en rendre compte, et où, une fois de plus, elle rentrait chez elle avec un message à la main. *Celia sent le pipi*, avaient commencé à scander d'autres élèves, et cela expliquait pourquoi elle ne se moquait jamais de Rich à ce sujet. Comme les élèves n'avaient pas réussi à trouver un nom qui pût rimer à la fois avec *pipi* et *Celia*, ils avaient finalement décidé de l'appeler « Pissélia ».

Et Naomi, maintenant, la dominait de sa taille, sa détestable fierté exsudant par chacun de ses pores récurés, ses robustes chaussures en cuir reposant sur la chaussée répugnante, ses jambes dans le superbe pantalon, un livre flambant neuf à la main.

PAPILLONS DE LA CÔTE NORD-OUEST.

– C'est pour toi, compléta Naomi.

À sa voix, on lui aurait donné douze ans au plus.

Va te faire foutre, avait envie de répliquer la fillette. Elle était prise d'une rage soudaine. Je suis sûre que ce livre va se dévorer avec beaucoup *d'appétit*. Merci, mais *non merci*. Elle s'efforçait de ne rien dire parce que sa colère pourrait transparaître et qu'elle ne voulait pas que Naomi s'en aperçoive ou l'entende. Mais elle était bien là, nichée dure et froide dans sa poitrine, montait à sa gorge, l'étranglait.

– Tu n'en veux pas ? insista la voix de l'enquêtrice, engageante et légère encore, mais avec une pointe d'inquiétude désormais.

Le livre était toujours tendu là, entre elles.

Celia fit non de la tête, le regard braqué ailleurs, les lèvres serrées. Un peu plus loin, Rich la regardait. Un klaxon retentit : un client qui embarquait un gosse bloquait l'avancée de la file. Naomi se tourna, vit les voitures, et la prise de conscience de ce que Celia faisait réellement en cet endroit la frappa aussi violemment qu'une claque glaciale. Avec des gestes lents, elle posa le livre sur le trottoir, près de la fillette.

– Je vais te le laisser ici, dit-elle doucement.

Rich arriva, prit place à côté de son amie. Il ramassa le livre. Se pencha d'un geste vif et embrassa Celia sur la joue. Une excuse pour lui murmurer à l'oreille sans que d'autres le voient.

– De quoi tu as besoin ? lui demanda-t-il.

– D'un pantalon, murmura-t-elle.

Le nez plissé, il savait pourquoi. Mais il ne dit rien. Il se contenta de se lever, de ranger le livre dans le sac à dos de la fillette et d'en remonter la fermeture éclair. Puis il s'éloigna en trottinant vers les camions d'aide caritative pour voir s'il y avait des sacs-poubelle remplis de vêtements gratuits.

Il revint une demi-heure plus tard, et Celia, qui sentait mauvais, était toujours au même endroit. Mais la nuit était tombée et, dans le noir, lui et les autres gamins firent cercle autour d'elle de telle sorte que les hommes qui se trouvaient dans les voitures ne puissent la voir se changer. Ils la dissimulèrent de leurs corps pendant qu'elle se déshabillait et enfilait le pantalon que Rich avait trouvé. Ils lui chantaient des chansons idiotes pour qu'elle se sente mieux. Elle jeta le vêtement souillé dans le caniveau où il demeura le reste de la nuit.

***

– Je vais faire quelque chose, annonça Celia à sa sœur.

Alyssa ferma à demi les paupières en l'étudiant avec méfiance et, pour la première fois, Celia se reconnut en elle. Elles étaient à l'arrière de l'école. Cette fois, elles se cachaient derrière la benne de la cafétéria, au cas où Teddy et leur mère viendraient.

Ça sentait mauvais, là, à côté des ordures. Leur vie entière sentait mauvais.

– Tiens, je t'ai apporté ça, reprit Celia en tendant à sa sœur le livre que Naomi lui avait donné.

Alyssa le tourna et le retourna comme si ça ne lui paraissait pas passionnant. Des papillons.

– Essaie, insista Celia comme si elle l'encourageait à goûter une écrasée de petits pois ou de carottes.

– Pour quoi faire ? s'enquit Alyssa à voix basse.

À ce moment-là, le ton qu'elle avait employé était si semblable au sien que Celia en fut effrayée. Elle ne pouvait laisser sa sœur abandonner tout espoir. Peut-être pensait-elle que c'était sa faute. Il y avait tout juste un mois, Alyssa traversait cette chaussée goudronnée, aussi belle que la corolle des fleurs. Maintenant, elle était atteinte dans sa chair et, d'une mystérieuse façon, cela donnait l'impression que Celia en était responsable.

– Tout ce que je voulais, c'était être une gentille fille, s'entendit dire Celia.

Et Alyssa, sous le choc, leva les yeux.

– Moi aussi, murmura-t-elle.

Jerome retrouva Ed à la prairie où se dressait le chêne blanc. Flottant doucement au vent, le fragment de tissu dépassait toujours du chien-assis de la ferme. La porte d'entrée était ouverte. Jerome considéra cela comme une invitation à faire ce pour quoi les deux hommes étaient venus.

Ed sortit un escabeau de son véhicule. Tous deux le portèrent sous l'arbre majestueux. Le plus âgé monta dessus, trancha la corde effilochée avec un couteau aiguisé, et le ballot contenu dans la couverture se désolidarisa de la grosse branche. Il le transmit à Jerome qui le saisit délicatement d'une main en se penchant légèrement sans trop savoir comment le recevoir.

– Encore quelques semaines et, avec l'arrivée des feuilles, tu ne l'aurais jamais vu, déclara Ed en redescendant.

– Une question de chance.

Les deux hommes portèrent le ballot jusqu'à un endroit où, sous l'arbre, le sol était régulier. Comme la corde était profondément incrustée dans la laine, Ed fendit le tissu d'un geste précautionneux.

– Autant voir tout de suite de quoi il s'agit, déclara-t-il.

Ils écartèrent les pans de la couverture.

À l'intérieur, enroulés dans des années de ténèbres, tachetés par les pluies fugaces et desséchés par le soleil, se trouvaient des objets d'artisanat, toute une collection. Jerome ne voyait pas comment il aurait pu les décrire autrement. Plusieurs chemises de nuit, enroulées étroitement les unes autour des autres. Une robe aux couleurs passées. Une paire de souliers usagés. Une broche rouillée. Une tasse à thé favorite. Posée au sommet de l'amoncellement, la photographie d'une femme.

Jerome se saisit précautionneusement du cliché encadré. Il représentait une femme kalapuya devant la ferme qui se trouvait un peu plus haut qu'eux. Elle portait une robe de fermière d'une grande simplicité, serrée à la taille. Ses cheveux étaient relevés sur l'arrière de sa tête et son visage très beau, avec des yeux sérieux et des pommettes proéminentes. Une grande résolution se lisait dans sa bouche aux lèvres sensuelles.

Jerome retourna la photo. Il y avait une inscription tracée au dos, au stylo, d'une écriture arachnéenne : *Tasmin, souviens-toi que j'ai assuré ta sécurité.*

– Voilà qui paraît fort inquiétant, commenta Ed.

Jerome tourna la tête vers la ferme abandonnée.

– Toute la région est maudite. Il y aurait de quoi me faire croire aux esprits maléfiques.

– Les gens n'ont pas besoin d'esprits pour devenir des démons, répondit Ed à Jerome qui ne s'y attendait pas.

– Est-ce que je peux garder ces objets avec moi ? demanda-t-il. Juste dans l'immédiat.

– Bien sûr, répondit Ed après un moment d'hésitation.

Il reconstitua le ballot, sans serrer fort.

– Si tu ne trouves pas sa famille, j'aimerais tout récupérer. Nous sommes si peu nombreux à être encore là.

Jerome s'étira. Il se demandait quel genre d'existence avait eue la défunte en habitant cette ferme proche d'Elk Crossing. Est-ce que, pour l'aider quand son heure avait sonné, les gens de son peuple étaient venus de loin à sa rencontre sur le chemin de la tradition ? Plus important peut-être, qu'avait-elle su, à propos du cimetière et de sa rangée de tombes pour enfants ?

Naomi aussi songeait aux tombes. Ces corps n'avaient pas basculé d'eux-mêmes dans leur cercueil, pensait-elle avec morbidité.

Après avoir déposé Jerome à la prairie, elle s'était rendue au salon funéraire d'Elk Crossing, qui portait le nom de salon du Passage. Il était encore ouvert, sans nul doute jusqu'à ce que les derniers habitants de la ville trouvent leur dernier repos. Elle s'introduisit dans le bâtiment rose en prêtant l'oreille au carillon. Patienta, debout dans la salle d'attente, observant la façon dont la lumière de l'Oregon se déversait par les fenêtres. Actionna énergiquement la sonnette posée sur le comptoir. Au bout d'un certain temps, le directeur de l'établissement apparut en clopinant ; d'une main il rentrait sa chemise dans son pantalon tout en assurant son équilibre avec la canne qu'il tenait dans l'autre.

C'était un petit homme rondelet, pourvu d'une grosse tête et d'yeux bleus sans cesse en mouvement, qui semblait avoir dans les quatre-vingts ans. Il avait l'apparence négligée du péché, les joues couvertes d'une vénérable barbe couleur poivre. Il regardait la visiteuse de ses gros yeux accusateurs. Tout son visage lui reprochait de l'avoir arraché à sa sieste.

Naomi lui adressa son plus beau sourire de fille de la campagne et lui tendit la main. Il n'en fit aucun cas, avançant à l'aide de sa canne en traînant les pieds, et posant son ample postérieur sur un des sièges de la pièce.

– J'ai entendu parler de vous, dit-il en soufflant par le nez après s'être présenté.

Il appartenait à cette génération qui prenait de haut les jeunes femmes comme si elles étaient dignes de mépris.

– M'ame Horn, au palais de justice, elle m'a dit qu'y a une femme et un soldat qui s'en sont v'nus consulter nos archives. Vous vous êtes renseignée sur le cimetière.

Il souffla à nouveau par le nez d'un air supérieur.

De l'autre côté des vitres, les pétales blancs des peupliers flottaient au vent, s'accrochaient aux arbustes.

– J'ai habité à Opal, lui dit Naomi. C'était une région d'élevage, mais il n'en reste rien, ajouta-t-elle d'un ton qui contenait une menace voilée.

Il la fixa de ses yeux bleus. Ils étaient froids, voilés par une fine membrane comme ceux d'un oisillon mort dans sa coquille. Elle cessa de feindre.

– Il y a longtemps que vous êtes le directeur, ici ? demanda-t-elle alors qu'elle connaissait la réponse.

– Cinquante ans, croassa-t-il tandis que sa tête oscillait sur son cou.

– Cela fait beaucoup de morts à enterrer, remarqua-t-elle.

Il émit un grognement.

– Vous faites comment, quand on vous amène des corps non identifiés ?

D'une manière indéfinissable, ses mains parurent différentes sur la canne.

– Vous voulez parler des inconnus du cimetière.

Elle en avait assez de tourner autour du pot.

– Oui, dit-elle en se penchant vers lui pour lui montrer qu'elle parlait sérieusement.

Il ne répondit pas immédiatement. La plupart des gens agissent de même.

– C'est moi qui m'en occupe, du cimetière. Enfin, moi et M'ame Horn. Y reste plus personne pour tondre ou tailler les haies, et on est débordés. J'devrais pas m'occuper des morts non plus, si vous tenez vraiment à savoir.

Il leva une main fatiguée, reprit :

– C'est un rude travail. Physique.

Il avait adopté un ton insolent, comme un enfant.

Naomi attendit.

– Le juge nous appelait, pour eux.

Il se prit d'un intérêt soudain pour le sol, frottant les carreaux anciens du bout de sa canne.

– Le juge Thurman ?

Pas de réponse.

– Le juge Thurman est décédé depuis longtemps, ajouta-t-elle. Vous n'avez rien à craindre.

Les yeux opaques disaient le contraire.

– Y a pas de prescription, pour les meurtres, hein ?

Sa voix avait la douceur des fils de gaze blancs libérés par les fleurs des peupliers qui, au-dehors, traversaient le parking désert.

– C'était vous, ou vous étiez complice ?

Les yeux du vieillard se fermèrent et Naomi vit de la sueur perler sur le haut de son nez. C'était peut-être la première fois depuis des années, pour lui, et ses joues elles aussi en étaient lustrées. Peut-être s'agissait-il de larmes. Il posa sa tête sur ses mains blanches agrippées à la canne.

– Ces tombes, j'm'en approche pas. Parfois, j'crois qu'elles me hantent. Qu'elles nous hantent tous. Ceux qui sont encore là, en tout cas.

Il ajouta :

– Peut-être que j'devrais m'trouver un avocat.

– Je ne travaille pas pour la police. Ce n'est pas en invoquant un avocat que vous vous débarrasserez de moi.

Il lui jeta un regard terrifié.

Tout à coup, Naomi changea d'angle d'attaque.

– J'ai lu un article sur les gens du coin qui travaillaient bénévolement à l'orphelinat.

Il écarquilla les yeux.

– Je parie que vous vous souvenez d'avoir entendu parler de deux petites sœurs qui ont disparu de cet orphelinat. Peut-être avez-vous pensé que le juge allait vous appeler pour elles aussi.

Un silence de mort s'installa. Mort, il donnait l'impression de l'être déjà, et Naomi se le représenta allongé sur une de ces tables en mousse de polyuréthane. Elle s'approcha suffisamment pour sentir que sa joue réchauffait le visage rétif du directeur. S'adressa directement aux fantômes, devant les yeux voilés.

– L'une de ces deux fillettes, c'était moi.

– Oh, mon Dieu.

Sa poitrine se souleva, sa main trembla au-dessus de la canne. Sa bouche s'entrouvrit, une charnière mouillée.

– Regardez-moi.

Il refusa de la tête. Elle remarqua qu'il était appareillé pour entendre. Un être humain comme les autres.

– *Regardez-moi.*

Sa voix était basse et douce, et néanmoins d'une extrême dureté.

– Vous ne pouvez plus vous cacher. Je vais monter sur votre tombe et hurler la vérité au monde entier.

– Par pitié.

– Vous êtes vieux, reprit-elle et le monstre était maintenant dans sa voix. Vous allez mourir bientôt. Vous reposerez avec eux. Avec les enfants.

Elle vit qu'il était pris d'un frisson.

– Y a pas d'absolution, dit-il d'une voix rauque.

– Je sais.

Il secoua la tête, rapidement, comme pour nier qu'après tout ce temps quelqu'un qui détenait la vérité ait fini par surgir.

– C'était le juge, dit-il. Le juge et… son fils.

Naomi, alors, ferma les yeux. Un sentiment semblable au soulagement le plus noir déferla en elle.

– Et le nom de son fils était ? demanda-t-elle.

Un déferlement furieux. Naomi connaissait le nom. C'était, pensa Jerome, semblable à la malaria ou à la rougeole qui avaient jadis balayé les villages de son peuple, les précipitant au sol comme les glands des arbres. Comme les flammes de l'amour vrai qui brûlent le cœur, songeait Ed en les observant tous les deux assis à la table.

Ils s'étaient retrouvés au Country Kitten Diner de Murky Grove[1] avant de reprendre chacun leur route. Les carreaux rouges et blancs des nappes étaient tachés de graisse, et le plat spécial inscrit sur l'ardoise avait pour nom *Sad Susie*. Jerome le commanda à la ronde sans savoir ce dont il s'agissait, car il voulait que Naomi reste plongée dans sa rêverie, conscient

1. Rivière Boueuse (nom inventé).

que c'était ce dont elle avait besoin dans l'immédiat. Si l'on prend un animal fouisseur et qu'on ne lui affecte qu'une cage de verre, il brisera ses propres griffes dans sa frénésie à tenter de s'échapper. Naomi qui, par le passé, n'avait pas eu d'échappatoire, en avait créé une dans son esprit.

Wesley. Ses lèvres, muettes, formèrent ce nom, s'y risquèrent prudemment. *Wesley*, recommença-t-elle, le visage contorsionné. Jerome l'encourageait d'un regard affectueux. Ed observait en se disant qu'il assistait à une métamorphose.

Naomi leva les yeux au moment où la serveuse apportait les assiettes. *Sad Susie*, *Sad Susie*, idem. Tout ça pour des légumes cuits à la vapeur jusqu'à ce qu'ils se ramollissent.

– Wesley Thurman, prononça Naomi à voix audible en faisant fièrement du regard le tour du restaurant comme si le monde venait de s'éveiller et de lui offrir un cadeau. L'homme qui nous a enlevées, ma sœur et moi, s'appelle Wesley Thurman. Il nous a emprisonnées dans un abri atomique souterrain. Il est toujours vivant. Il a quitté la ville après mon évasion. Mais je vais le trouver parce qu'il détient ma sœur.

Puis, avec des gestes précis, elle commença à manger, mais comme si elle était dans l'incapacité de s'arrêter. Jerome avait envie de tendre le bras pour lui immobiliser la main, mais il savait que ce n'était pas une bonne idée. Ils finirent leur assiette et sortirent dans une nouvelle journée printanière de l'Oregon. C'était la même qui avait entrouvert le ciel ce matin-là, Jerome le savait pertinemment, mais ce jour serait éternellement différent. Tout allait s'arranger, désormais, pour Naomi.

***

Parfois, Naomi se disait qu'elle avait une mère. C'était une mère qu'elle n'avait jamais rencontrée, peut-être celle dont elle avait toujours su, dans son cœur, qu'elle était morte en donnant naissance à sa sœur, ainsi que le lui avait appris la directrice de l'orphelinat. Cette mère-là était semblable à un ange. Elle était là-haut, elle flottait dans le ciel et la regardait. Elle regardait Naomi raconter à Jerome que le responsable du salon funéraire l'avait affirmé, sa sœur n'était pas enterrée dans l'une des tombes inconnues. Dans celles-là, il n'y avait que des enfants de travailleurs saisonniers. Ce qui signifiait, concluait Naomi, que sa sœur pouvait être toujours vivante.

Le fantôme de sa mère – peut-être – les regardait, pendant qu'ils étaient assis dans le petit camion et qu'ils passaient une salve de coups de téléphone pour trouver des adresses, des traces écrites de raccordements aux réseaux, des historiques de paiements d'emprunts ; mais tout cela n'était qu'illusion, car Wesley s'était évanoui dans la nature. Naomi savait à quel point il est facile de disparaître corps et âme quand on vit dans un pays immense, plein de ténèbres et de lumières. Elle, au même titre que Jerome, travaillait sur des affaires où des gens s'étaient créé de nouvelles identités. Naomi en avait connu une dans laquelle un homme qui enlevait des enfants s'était fabriqué une identité nouvelle à l'aide d'une carte de la chaîne de magasins de vente en gros, Cosco, qu'il avait trouvée par terre. De cette façon, il avait réussi à rester caché pendant des années, avant qu'elle le trouve.

D'une certaine manière, elle aurait voulu être au nombre de ces gens qui lisent des livres et regardent des films où il est question de meurtres sans même savoir que cela arrive dans la vraie vie. Mais le fantôme de sa mère ne s'y trompait pas, lui.

Naomi savait que Wesley était probablement très doué pour se cacher. Mais elle l'était plus encore pour trouver quelqu'un.

C'était jour de sortie éducative. Celia détestait ces excursions. Le centre-ville entier était congestionné par les autobus jaunes et les écoliers qui en descendaient, riant comme si cette foutue planète leur appartenait.

Même le quartier des déshérités, où elle et les autres gamins des rues se retrouvaient, les élèves le traversaient en groupes avec leur enseignant transformé en guide touristique qui leur indiquait les curiosités architecturales. Assise sur le trottoir à côté de Rich, Celia les observait. Tous deux avaient la même expression figée, exprimant le mélange de désir et d'envie.

– Ça pourrait être nous, Rich, lui dit-elle.

– Sauf que ça l'est pas.

Son visage avait tout d'une citrouille violacée.

– Quel âge t'avais, quand t'as quitté l'école ?

Il tourna la tête vers elle.

– Je l'ai pas quittée. On m'a fichu à la porte.

– Pourquoi ?

Il se gratta la jambe.

– À cause de plusieurs mômes qu'arrêtaient pas de m'embêter.

Il hésita, comme s'il voulait en dire plus, se décida :

– J'ai mis un pétard allumé dans un de leur placards. T'aurais cru que j'avais tenté d'incendier la Maison-Blanche. On m'a expulsé.

– Moi, je croyais qu'il y avait une loi disant qu'on doit te dispenser une éducation. Ou quelque chose comme ça.

– Tu parles, les lois, elles t'ont apporté quoi, à part rien ?

Celia repensa aux membres du jury, à leurs yeux braqués sur elle.

– Et donc, je suis là, dit-il.

Elle en conclut qu'il ne lui avait pas tout raconté. Elle regarda un groupe d'élèves, de l'autre côté de la rue. Ils donnaient l'impression d'avoir son âge. Mais ils étaient différents. Ce n'était pas uniquement la question des habits. C'était la façon dont ils se comportaient, dont les filles riaient entre elles et faisaient les pimbêches. Tout ce qu'elle remettait en cause, elles le considéraient comme naturel.

– Est-ce que tes parents t'ont fichu à la porte ? demanda-t-elle avec prudence.

– Tu me comprends pas. Je suis parti.

Consternée, elle lui adressa une grimace. L'idée que quelqu'un puisse vivre dans la rue sans y être forcé n'avait pour elle aucun sens.

– J'habitais pas avec ma mère, lui expliqua-t-il. J'étais en foyer d'accueil. Ma mère, elle avait perdu ses droits parentaux sur moi. Mais des foyers d'accueil, y en a pas assez, alors il a fallu que j'aille en habitation collective. Ça ressemblait plus à une prison. Je me suis tiré, et me voilà.

– Oh.

De l'autre côté de la rue, ses élèves grouillant autour d'elle, l'enseignante désignait les tourelles de plusieurs maisons qui touchaient le ciel. Celia leva la tête, elle aussi. Elle écoutait l'enseignante, suivait le mouvement, se comportait comme si elle faisait partie du groupe.

***

Une fois, quand elle était en CM2, elle avait fait son projet de classe sur les papillons. Elle avait agrafé ensemble des feuilles de papier et colorié ses propres dessins avec des crayons. Elle avait pris son temps et suivi à la perfection les détails montrés dans les livres. Le vulcain, la belle-dame, le *juniona evarete*. Le vice-roi. Elle avait même volé du vernis à ongles au drugstore pour reproduire exactement leurs reflets métalliques.

– Ce sont tous des papillons qui tirent sur le rouge, Celia, lui avait dit M. Calhoun, son instituteur à l'époque.

Les hommes qui faisaient la classe la terrorisaient. Pour cacher sa peur, elle avait joué d'audace.

– Ouais, lui avait-elle répondu avant d'adopter un ton sarcastique. J'aime la couleur rouge. C'est sanglant.

Il avait levé les yeux vers elle.

– Tu dis ça pour rire ?

– Non.

Elle ne savait plus quoi ajouter, mais le caractère spécial de son livre était souillé, touché par les doigts sales de cet homme. Il en avait tourné les pages.

– Tu as du talent, avait-il commenté avec surprise.

Le jour de classe suivant, il avait d'abord appelé Jessica au tableau. Jessica aux cheveux blonds, au cou propre entouré d'un collier en or. Vingt-quatre carats, se vantait-elle tout le temps. Celia la détestait. Jessica se tenait là, dans son pantalon blanc, et toute le monde l'avait vu : Celia n'était pas la seule à colorier en rouge.

Les autres avaient ri pendant que Jessica fuyait la salle de classe à toutes jambes, mais Celia l'avait prise en pitié. Elle l'avait suivie jusqu'aux toilettes des filles où elle pleurait, avait prélevé des feuilles de papier toilette marron qu'elle avait pliées en rectangles allongés.

– C'est comme ça que je fais, lui avait-elle dit.

Elle lui avait montré comment insérer dans la culotte les protections improvisées.

– Tu ne peux pas te payer des tampons ? lui avait demandé Jessica.

Et Celia, gênée, avait fait non de la tête.

– Eux, c'est pour quand tu as tes règles, avait-elle répondu.

Elle avait entendu l'eau qui gouttait dans le lavabo avant que Jessica objecte :

– Mais si tu n'as pas encore tes règles, pourquoi tu saignes ?

Des papillons rouges, avait songé Celia. Perchés sur les plafonds gris, buvant l'eau du lavabo taché de rouille. Volant en décrivant de délicats croissants rouges. Se posant plus légèrement que de la soie sur ses bras, caressant la secrète délicatesse de ses avant-bras. Jessica avait glissé le papier toilette dans sa culotte. Puis Sally, l'infirmière, était arrivée, et la fillette avait été autorisée à rentrer chez elle.

Celia avait regagné la classe et affronté les rires bêtes qui lui étaient maintenant réservés. Comme si le sang était contagieux.

– Est-ce que tu veux nous parler de ton projet de classe ? lui avait demandé M. Calhoun d'une voix douce.

Mais elle avait secoué la tête, non.

Le lendemain, il le lui avait rendu. Il avait tracé un grand *A* sur chacune des pages, abîmant tout. Elle l'avait jeté dans un fossé sur le chemin de chez elle.

***

L'homme au visage couturé de cicatrices ne s'était pas montré depuis deux jours. Celia n'avait pas vu Naomi non plus. La dernière fois, ç'avait été le soir où elle avait mouillé son pantalon et où Naomi lui avait donné le livre. Celia avait envie de lui parler mais ne savait pas comment s'y prendre. Elle se disait que Naomi pourrait peut-être lui expliquer ce qu'elle devait faire, à propos de sa sœur. Elle ne voulait pas la laisser avec Teddy. Il y avait un risque à prendre, mais cela signifierait peut-être qu'elle la perdrait pour toujours.

Maintenant que l'homme aux cicatrices n'était plus là, les rues lui semblaient plus sûres. Non pas qu'elles le fussent réellement. Celia songea que la preuve en était faite lorsque, le jour suivant, on sortit un nouveau cadavre de la rivière. C'était la fille aux cheveux orange et, comme tous les autres gamins du quartier, Celia n'avait même pas remarqué qu'elle avait disparu.

La seule chose qui soit pire qu'un anniversaire dans la rue, avait conclu Celia, c'était un enterrement dans la rue.

Pitoyable, il n'y avait pas d'autre mot. Son être tout entier regimba devant ce spectacle : un rassemblement dérisoire de sans-abri devant le refuge des Petites Sœurs de la Miséricorde, un amoncellement dérisoire de fleurs et de bougies (dont elle savait qu'elles seraient volées avant le matin), au carrefour où la jeune fille s'était souvent tenue.

– Comment s'appelait-elle ? s'interrogeaient les autres.

Quelqu'un répondit que c'était Ginger, ou peut-être Josie. Un garçon prétendit qu'elle était de Madras, mais personne ne le crut parce que c'était un menteur, et la fille au téléphone portable avança qu'une fois, la fille aux cheveux orange avait déclaré qu'elle venait des montagnes. Quelles montagnes ? Personne ne le savait.

Brusquement, tout le monde avait été son meilleur ami ou sa meilleure amie, puis on l'oublia. Cela se déroula en l'espace de vingt minutes. Si Celia mourait, personne ne se souviendrait d'elle non plus.

Elle s'assit près des bougies, gratta avec ses ongles la cire qui avait coulé sur le trottoir. Rich s'approcha et s'accroupit à côté d'elle.

– Tu la connaissais ? demanda-t-il tandis que des mèches mouillées collaient à son front.

– Pas vraiment, répondit-elle en lui lançant un regard. Je veux dire, est-ce qu'il y en a un seul d'entre nous qui en connaisse un autre ?

– Je te connais, toi.

– Tu ne connais pas ce qu'il y a de pire en moi, objecta-t-elle en se détournant.

– Non, je connais ce qu'il y a de meilleur.

Il tendit une main froide et détrempée dans sa direction. Elle la prit.

– Viens, dit-il. Allons faire quelque chose de sympa.

Il l'emmena aux confins de la ville en prenant le bus, dans une zone qui donna d'abord à la fillette l'impression d'être industrielle avant de la fasciner quand elle se transforma en de multiples étangs et fossés marécageux. Elle vit même un homme qui pêchait. Finalement, Rich lui signala que c'était le moment de descendre.

– Je n'aime pas les surprises, l'avertit Celia à l'image de tous les autres enfants de la planète qui ont été abusés.

– C'en est une bonne, affirma-t-il.

Ils sortirent du bus et furent plongés dans une odeur chaude et étrange. Il fallut un moment à Celia pour réaliser ce dont il s'agissait. L'odeur du foin. Il y en avait aussi une autre. Elle ne parvenait pas à l'identifier, mais ça lui rappela quand les cirques arrivaient dans sa ville. Celle du fumier, comprit-elle. Ils cheminèrent sur une voie de desserte puis, quand ils tournèrent au virage, elle fut stupéfaite de voir des corrals. Des écuries. Et des chevaux.

– On est derrière la piste de l'hippodrome, lui expliqua-t-il.

De fait, dans le lointain, elle remarqua la tôle ondulée des tribunes.

Pendant le rêve de plusieurs heures qui s'ensuivit, elle put câliner les chevaux, les brosser et toucher leurs naseaux de velours, voir leurs dents stupéfiantes, glousser en regardant leur ventre qui se balançait. Le vieux Mexicain qui nettoyait les écuries semblait connaître Rich.

– Un jour où je montais dans un bus, juste pour avoir chaud, j'ai vu la piste. Je viens donner un coup de main quand je peux.

– Tu devrais te trouver un travail ici, dit-elle et le vieux monsieur opina de la tête.

Mais Rich secoua la sienne.

– J'ai même pas le diplôme.

Mais en réalité, il voulait dire qu'il refusait de laisser Celia seule dans les rues.

– Personne n’a besoin d’un diplôme pour monter à cheval, contesta-t-elle même si elle-même ne l’avait jamais fait.

Cela changea quand le vieux monsieur l’aida à s’asseoir sur un poney placide qu’on utilisait pour guider les pur-sang jusque sur la piste. Il lui paraissait gigantesque, avec un dos très large, et gentil. Elle s’assit à califourchon, ferma les yeux et sentit le crin rude, la selle entre ses jambes. Ses mains s’emmêlèrent dans la crinière.

– Celia ? demanda Rich au bout d’un moment.

Elle reconnut que oui, c’était sympa.

Naomi reposa, verso sur le dessus de la table, la photo de l'autopsie que lui avait tendue le médecin légiste. C'était par respect pour la triste jeune fille aux cheveux orange et aux yeux au beurre noir. Vivante jusque-là, mais plus maintenant.

– Est-ce que les agents fédéraux n'ont pas mis les docks sous surveillance ? s'insurgea Jerome.

– Il en a été question partout, aux informations. Je suis sûre que ce type n'est pas bête au point d'y retourner. Il a juste trouvé un autre endroit où se débarrasser d'elle.

Noami marqua un temps de silence.

– Ses pieds montrent qu'elle a beaucoup marché récemment. Il ne les garde plus aussi longtemps qu'avant.

– Est-ce que tu penses que c'est Wesley qui les kidnappe ?

C'était la première fois que l'un ou l'autre émettait cette hypothèse à haute voix.

Naomi respira profondément, souleva la tasse de café refroidi posée sur la table. Elle l'emporta à la fenêtre de la cuisine qui donnait sur le jardin de Diane. Pensa à sa captivité et à toutes les fenêtres absentes. À comment elle en avait fabriqué avec de la terre. Pensa à Celia et à ses papillons.

– Le schéma est identique, répondit-elle en avalant une gorgée de café amer. Les enfants des nécessiteux, cueillis comme les fraises du champ.

Derrière elle, Jerome fut secoué d'un frisson. Il s'arrangea pour que son visage redevienne lisse avant qu'elle ne se retourne.

– Je me demande ce que Celia fait en ce moment, dit-elle.

Une fois Naomi partie de la maison, Jerome se ménagea un espace de travail sur la table de la cuisine. Diane était sortie faire des courses. Depuis qu'elle avait appris qu'ils désiraient rester, elle était prise d'une frénésie d'activité, cousait des rideaux, avait ressorti ses vieilles aiguilles à tricoter. Jerome considérait cette dernière occupation avec méfiance. Il espérait très fort que Diane ne s'attendait pas à…

Il tourna son attention vers la photographic contenue dans le ballot.

Mary Tarseed. Grâce au recensement, il l'avait trouvée assez facilement sur internet. La famille Tarseed avait été parmi les rares autorisées à rester quand les soldats avaient chassé les habitants des origines de leurs riches terres ancestrales. D'après les renseignements qu'il avait pu réunir, le grand-père de Mary avait été le forgeron de la ville d'Elk Crossing, ce qui expliquait peut-être pourquoi la famille n'avait pas été contrainte de s'en aller.

Il retourna la photo. *Tasmin, souviens-toi que j'ai assuré ta sécurité.*

L'un des listings du recensement montrait que Mary Tarseed avait une fille tout juste en âge de marcher, Tasmin. Si elle était toujours vivante, elle aurait trente ans. Son âge à lui, comme celui de Naomi. Mais lors du recensement suivant, effectué dix ans plus tard, Tasmin n'apparaissait pas. Jerome espérait que cela ne signifiait pas ce qu'il redoutait.

***

Celia était étendue sur l'herbe de la rive. Elle était immobile, les yeux ouverts, mais ils ne voyaient rien. Les nuages défilaient au travers des cerisiers en fleur au-dessus d'elle et pommelaient son visage d'ombres.

Naomi s'assit sous un arbre proche et attendit.

Rich, qui l'avait guidée jusqu'à cet endroit, se tenait derrière elle, indécis.

– Je peux garder un œil sur elle, lui dit Naomi et il s'éloigna en traînant les pieds.

La femme qui trouvait les enfants sentit que l'humiliation suivait les pas du garçon. Semblable solitude, à pareil âge.

Celia avait ôté sa veste en jean. Dessous, elle portait un tee-shirt d'un bleu passé. Elle avait les bras minces, le torse plat. Ses mains reposaient sur l'herbe, ouvertes, détendues. Ses yeux regardaient dans le vide, ses joues étaient au contact d'un carré de minuscules pâquerettes, au milieu des trèfles. Naomi se demandait ce que la fillette pensait ou ressentait. Peut-être n'était-ce qu'un moment de répit au cœur de la terreur. Elle comprenait maintenant que Celia était prise au piège. Les rues étaient une forme de captivité, elles aussi.

Celia se redressa sur son séant et, dans ses yeux, Naomi vit les nuages qui passaient.

Bougeant discrètement, car elle voulait parler à la fillette pendant qu'elle était encore dans cet état de rêverie, elle marcha jusqu'à l'endroit où se trouvait Celia, les mains posées délicatement sur l'herbe.

Avec mille précautions, elle s'installa à proximité immédiate.

– À quoi penses-tu, Celia ? demanda-t-elle d'une voix douce.

– Au musée des papillons.

Naomi sentit ses propres cuisses vigoureuses sur l'herbe veloutée. Le monde qui se transmettait à travers ses jambes réaffirmait sa force de vie.

– J'aimerais que tu m'en parles.

Les yeux de Celia se remplirent d'étonnement.

– C'est un bâtiment en pleine campagne, dans un endroit où il y a des collines vertes. Il est grand, avec de hauts murs et des quantités de fenêtres. Tout en haut, il y a des lucarnes qu'ils nettoient pour qu'elles restent propres. Ma mère m'a tout raconté.

– Bien sûr, dit Naomi.

Une longue pause s'ensuivit. Celia regardait au loin, de l'autre côté de la rivière. L'enquêtrice vit la frêle palpitation du sang à sa tempe. Autour d'elle, l'air semblait s'élever vers le ciel.

– C'est un cons… un conservatoire. Un musée vivant. Il y a des arbres grandeur nature dans des pots, et toutes sortes de plantes. Les salles sont remplies de fleurs, sans exception. Il y a toutes les espèces de plantes dont un papillon peut avoir besoin pour son nectar, et de la nourriture aussi pour les chenilles. Il y a même des humidificateurs. Pour adoucir l'air.

– Pour éviter la moisissure.

– Oui ! C'est ça !

Les yeux rêveurs de Celia trouvèrent ceux de Naomi.

– On peut aller de salle en salle, là-bas, et chacune est pleine de papillons. Parfois, ils s'envolent tous et on peut les regarder battre des ailes ensemble et décrire des ondulations autour des lucarnes. Il y a plus de papillons qu'on ne peut l'imaginer, là-bas. Au musée des papillons.

Dans sa poitrine, Naomi sentait une douleur étreindre son cœur.

– Tu veux y aller, Celia ?

– Oui. Un jour, j'irai. Je me tiendrai au milieu des papillons. Je saurai, alors.

– Qu'est-ce que tu sauras ?

La fillette ne répondit pas. Elles restèrent assises pendant longtemps. Naomi vit Celia redevenir lentement elle-même, elle vit la souffrance intense présente en elle quand elle revint à la réalité de son existence.

La fillette battit des paupières. Elle repensa à la maison ténébreuse qu'elle avait vue dans la zone industrielle, aux fenêtres condamnées par des planches. Sentit le regard derrière la vitre. Se demanda si elle devrait en parler à Naomi. Mais si elle aussi pensait qu'elle était une menteuse ? Cette idée, Celia ne pouvait la supporter.

Elle jeta un regard vers la femme adulte qui donnait l'impression d'être prête à l'écouter. La fillette ouvrit la bouche mais au même moment Naomi se leva en dépliant ses jambes. Ses yeux étaient fixés sur le soleil couchant.

– Il faut que je parte, Celia. Je te promets de revenir te trouver, bientôt. Est-ce que tu veux bien essayer de ne pas courir de risques, pour me faire plaisir ?

Celia hocha la tête.

Alors qu'elle se hâtait de regagner sa voiture au bord de la rivière, Naomi remarqua le petit homme aux lunettes rondes dans son costume pointilleux. Il donnait l'impression de les avoir regardées pendant qu'elles parlaient, Celia et elle. Naomi éprouva de l'irritation. Une fois de plus, les agents fédéraux perdaient leur temps à ne rien faire alors qu'ils devraient s'activer. Le petit homme la regarda passer précipitamment. Il sourit comme si c'était lui qui la jugeait.

Quand Naomi entra, le repas était sur la table. Une côte d'agneau qui pointait au-dessus d'une assiette, un bol rempli de grains de maïs et de fèves préparés par Jerome. Diane, qui apportait une salade, se tourna en souriant. Devant le plan de travail, Jerome versait du cidre frais. C'était une scène domestique qui, avec force, rappela à Naomi ses années chez Mrs Cottle. L'odeur piquante des épices qu'on met en bocaux, les condiments bulbeux dans la saumure, sur la terrasse de derrière. Un vent parcourut la cuisine de ses pensées, lui rappelant tout ce qu'elle avait perdu.

Cours, Naomi, lui intimait sa tête. Cours, pendant que tu en as encore le temps.

Toi, tais-toi, lui répondit-elle.

– Tu arrives juste au bon moment, l'accueillit Diane en souriant.

Elle semblait avoir rajeuni de plusieurs années. Jerome souriait pour lui-même, comme s'il était content de voir Diane aussi heureuse.

– Tu as eu une journée fatigante, ma chérie ? demanda leur hôtesse.

– Oui, répondit Naomi en s'installant.

Elle se réveilla au milieu de la nuit. D'ordinaire, c'était à cause d'un cauchemar, mais cette fois, il n'y avait pas de raison particulière. Elle tourna la tête pour regarder par la fenêtre. Dehors, un brouillard planait au-dessus de la rue, faisant scintiller les arbres de ses épaisses volutes. La lune se cachait derrière les nuages. Chacun des rameaux, se disait Naomi, était une main qui s'agitait pour la saluer.

Comment avait-elle survécu ? Elle savait que quelque part dans sa tête sommeillait une histoire. Peut-être était-elle comparable à celle de Celia, riche en couleurs comme un livre pour enfants. Peut-être s'était-elle comportée comme si elle était quelqu'un d'autre, à l'image de la femme du refuge qui avait pris la taie d'oreiller pour s'en faire une cape. Elle savait qu'elle avait chanté pour sa petite sœur, de cela elle avait l'assurance, mais le reste s'était envolé. Quelle que soit la trappe dont elle s'était servie pour s'échapper, elle avait disparu derrière elle, et elle en était attristée. Elle ne saurait jamais comment elle avait survécu. Le miracle de son propre esprit était à jamais perdu pour elle.

Mais pas pour Celia. La fillette lui rappelait des enfants qu'elle avait sauvés. Ceux qui survivaient à la captivité avaient appris à s'évader dans des mondes inventés. Ils pensaient que ce serait un signe de guérison, que de laisser toutes ces choses derrière eux. Naomi tentait de mettre en garde les parents de ces enfants-là. Ce qu'ils voulaient, leur expliquait-elle, c'était s'entendre dire qu'ils étaient aimés. Pas aimés en dépit de ce qui leur était arrivé. Aimés en l'incluant.

C'est ce que nous voulons tous, pensa-t-elle en bâillant. Elle détecta la chaleur de Jerome à côté d'elle et se sentit glisser à nouveau dans le sommeil. Il faut que je me souvienne de dire ça à ma sœur, quand je l'aurai trouvée.

Celia attendit, pendant un temps infini, dans l'herbe du bord de l'eau. Elle avait entendu Naomi lui dire qu'elle reviendrait.

Le crépuscule survint, la nuit tomba et les pelouses se remplirent de davantage de gens qui vivaient dans la rue. Des bancs d'ivrognes semblables à des poissons, la bouche ouverte en quête d'air pendant leur sommeil, gisaient inconscients dans l'herbe. Juste devant Celia, un drogué sortit son matériel pour se piquer. Comme il n'arrivait pas à trouver la veine du bras, il privilégia le cou, gardant pendant tout le temps où il injectait cette saleté ses yeux noirs semblables à deux balles de pistolet braqués sur la gamine.

Néanmoins, elle continua d'attendre.

Rich arriva. Il mangeait un vieux sandwich « sous-marin », de ceux que le magasin du coin continuait de vendre bien après la date de péremption. À l'une des extrémités pendait, tel un aileron, une tranche de saucisse de Bologne, et Celia vit à quel point la partie intérieure en était verdâtre. Le visage de Rich, qui tirait sur le jaune, était proche de la guérison, semblable à une banane nauséeuse.

– On devrait partir, cet endroit pue, déclara Rich.

Sa manière de dire qu'il était dangereux.

Celia ne voulait pas partir. Naomi avait dit qu'elle reviendrait.

Le drogué s'était affalé sur le côté, l'aiguille toujours plantée dans le cou. Elle se demanda s'il était mort. Rich mangea son sandwich, rabattit dans sa bouche les extrémités de la tranche de saucisse. Il se tenait debout près de Celia, aux aguets tandis que la nuit s'assombrissait et que les bars fermaient, éjectant les ivrognes comme les poissons leurs œufs, et au-dessus d'eux les voitures circulaient sur les bretelles d'autoroute comme des illuminations de Noël clignotant pour une fête où elles n'étaient pas invitées.

– Allez, Celia, viens, insista-t-il avec inquiétude.

Du bord de la rivière leur parvinrent des cris et des sifflements, et Rich sursauta. Celia avait presque l'impression de sentir des relents d'alcool dans le vent. Les étudiants sportifs étaient peut-être de retour. Ils viendraient dénicher le drogué. Ils trouveraient Celia. Il n'y avait pas d'éclairage, ici. Celia pourrait être rouée de coups comme Rich l'avait été. Ou pire.

– Je ne veux pas partir, protesta-t-elle. Naomi a dit qu'elle reviendrait.

Elle tourna la tête, plongea son regard dans le noir, espérant à tout moment que l'enquêtrice se matérialiserait hors des ténèbres en marchant avec cette expression calme et attentive dans les yeux.

Cela n'arriva pas.

– Moi, je veux m'tirer d'ici et vite, dit Rich d'un ton angoissé.

Lentement, Celia se leva. Dans l'herbe, ses jambes s'étaient engourdies. Ils aperçurent des groupes de jeunes gens, sur la rive, qui levaient les yeux dans leur direction. Amicaux ? Il n'y avait aucun moyen de le savoir.

Le cœur battant à tout rompre, Celia regardait désespérément alentour.

– Celia, *s'il te plaît.*

Rich lui tendait la main, il était prêt à la traîner loin de là.

***

– Tu te souviens de m'avoir parlé du musée des papillons, Maman ?

C'était le lendemain, et la mère de Celia était assise au bord du canapé. Elle était dans ces limbes qui se situent entre la fin du trip et le moment où se ressent le besoin de la dose suivante, ces instants d'angoisse et de transpiration qui l'emporteraient bientôt dans la confusion mentale. Il n'y avait réellement aucun moment propice pour parler à un drogué, avait découvert Celia. Soit ils planent, soit ils sont en état de manque. Dans un cas comme dans l'autre, ils oublient ce qu'on leur a dit.

– Quoi ?

Sa mère paraissait égarée. Elle frotta son front pâle d'une main agitée de tremblements.

– Il n'est pas trop tard, dit Celia.

Les yeux tressaillirent, se levèrent vers elle. Celia y lut la peur.

– Pas trop tard pour quoi ? demanda sa mère à contrecœur.

Celia remarqua que la main avait laissé une trace sur le front, comme si sa mère se ratatinait à l'intérieur.

– Trop tard, répéta Celia en prenant sa respiration, pour se débarrasser de Teddy. Pour arrêter la drogue. Tu te souviens de ce que tu disais : que tu voulais devenir lép... lépi... lépidoptériste ?

Les yeux de sa mère ne quittaient pas les siens. Ils étaient en proie à la panique. Son addiction lui parlait, lui disait : *Cours, cache-toi. Efface tes traces.*

– J'ai jamais dit ça.

– Si, tu l'as dit !

– T'étais trop jeune pour t'en souvenir.

Celia se sentit gagnée d'une fureur impuissante. Sa mère venait d'admettre qu'elle l'avait dit.

– C'est pas parce que toi, t'as baissé les bras, que je suis obligée de faire pareil !

Les yeux de sa mère s'emplirent de larmes.

– Tu dis ça comme tu dirais autre chose.

– Teddy a abusé de moi, M'man.

– Ç'est pas vrai. Teddy a dit…

– Ça suffit, M'man. Plus de mensonges. C'est pas moi qu'ai menti. Les jurés ont eu tort. Tu as eu tort. J'ai dit la vérité.

Sa mère leva vers elle un visage rendu livide par la véhémence des mots qui lui étaient destinés. Celia voyait la culpabilité apparaître, tous les questionnements qu'entraînerait le fait de croire à ce qu'elle disait. Ses propres manquements en tant que mère. Le visage qui la dévisagerait dans le miroir, au matin, quand il lui demanderait : Qu'as-tu fait ? L'appel ténébreux de l'héroïne, non pas seulement pour endormir le besoin, mais pour emporter très loin la vérité.

– Tu peux encore arrêter, M'man, il est pas trop tard.

– Peut-être que si, chuchota sa mère en regardant le plancher.

Celia se détourna et partit. Elle savait qu'elle ne reviendrait jamais.

L'intérieur de l'école n'avait pas changé. Dans la pièce de l'entrée, les chaises où on l'avait fait asseoir pour vérifier si elle avait des poux étaient encore là. Les couloirs étaient vides. Elle avait pris soin d'arriver au moment de la sortie des classes. Alyssa allait s'en retourner chez elle pour y trouver, selon toute vraisemblance, leur mère défoncée sur le canapé.

Quand elle s'avança, Mrs Wilkerson leva la tête de son meuble de travail. Elle ne donnait plus l'impression d'être aussi incroyablement âgée. Donnait plutôt celle d'avoir dans les soixante ans.

– Celia ! s'écria-t-elle en cessant de mettre de l'ordre dans les papiers qu'elle empilait.

– Je viens pour Alyssa, déclara la fillette non sans hésitation.

Mrs Wilkerson possédait un derrière imposant, elle se dandinait de façon rassurante et déterminée.

– Elle est partie, ma chérie.

– Ce n'est pas pour lui parler que je suis venue.

– C'est pour quoi, alors ?

– Pour porter plainte.

L'espace donna l'impression de se figer. *Ça n'a servi à rien la dernière fois*, dirent les murs, et les mêmes mots ou presque sortirent de la bouche de l'enseignante. Sa voix était incroyablement douce.

– Je crois, Celia, qu'il existe une disposition légale qu'on appelle la mise en cause de la chose déjà jugée. On ne peut être jugé deux fois pour le même crime. Même si on était coupable dès la première fois.

La fillette ferma les yeux. Quelqu'un l'avait *vraiment* crue.

– Ce n'est pas en mon nom. C'est au nom de ma sœur.

Mrs Wilkerson contourna rapidement son bureau, toucha légèrement Celia de la main puis regagna son siège.

– Assieds-toi, lui dit-elle en se munissant d'un bloc-notes. Si tu commençais par me dire tout ce que tu sais ?

– Est-ce qu'elle pourra retourner dans le même foyer d'accueil ?

– Je ne saurais dire, Celia. Ce sont les services de protection de l'enfance qui prennent la décision, mais s'ils pensent qu'elle est en danger, ils l'emmèneront. D'ordinaire, ils demandent à la dernière famille qui l'a recueillie si elle est prête à la reprendre.

Quelque chose, dans la voix de Mrs Wilkerson, disait à Celia qu'elle en savait davantage sur la situation qu'elle n'était autorisée à en faire état. Comme elle était l'institutrice d'Alyssa, elle avait dû rencontrer les parents d'accueil à l'époque où la petite avait été placée chez eux. Celia éprouva du soulagement. Si Mrs Wilkerson avait le sentiment qu'Alyssa serait mise hors de danger, elle en partagerait la certitude.

– D'accord, dit-elle en respirant à fond.

Elle savait que si les membres de cette famille désiraient adopter Alyssa, ils pourraient changer son nom et refuser d'autoriser Celia à la voir. Et ils pourraient partir à l'autre bout du pays s'ils le souhaitaient. Celia perdrait peut-être sa sœur. Pour toujours.

Ça valait la peine. Elle commença.

– C'est elle qui me l'a dit.

Celia attendit que cette nuit-là s'écoule, puis une journée supplémentaire. Finalement, elle trouva la fille au téléphone portable et lui demanda de le lui prêter en échange d'un paquet de chocolats Ding Dong qu'elle grignotait. Au coin de la rue, remarqua-t-elle avec le sentiment de sombrer, l'homme au visage balafré était de retour.

– M'am, dit-elle quand sa mère décrocha, presque avant la fin de la première sonnerie.

Celia entendit les larmes dans sa voix.

– Ils l'ont emmenée ! Ils sont venus, ils lui ont dit de prendre ses affaires et la police était là aussi, juste au cas où on tenterait de s'y opposer. Ils ont à nouveau arrêté Teddy.

Sa mère éclata en sanglots bruyants.

– Qu'est-ce qu'Alyssa leur a dit ? demanda calmement Celia, le téléphone à l'oreille, en regardant le ciel d'ébène.

De petites étoiles étaient visibles, qui veillaient sur sa sœur en ce moment même.

– Alyssa a demandé s'ils pouvaient l'obliger à rentrer à la maison, exactement comme toi, à la fin du procès, et le policier lui a répondu que non, pas après tout ce qui s'était passé. Alors Alyssa a dit que Teddy la violait, et maintenant j'ai perdu mes deux filles et *vous ne reviendrez jamais*.

Le vent qui soufflait dans la rue ébouriffa ses cheveux et caressa sa peau, lui rappelant qu'à cette heure-ci, Alyssa était gentiment bordée dans un lit où elle ne risquait rien, qu'elle regardait par une fenêtre, voyait les mêmes étoiles. La famille d'accueil la garderait et tout ce que Celia avait perdu ne compterait plus, car elle avait sauvé la personne qu'elle aimait le plus au monde.

Dites-lui que je l'aime, aurait-elle voulu demander à ces parents d'accueil. Dites-lui qu'elle me manque.

Sa mère pleurait au téléphone. Celia ferma les yeux, sentit poindre ses propres larmes. Finalement, les pleurs cessèrent. Celia tendit l'oreille au petit bruit de la respiration haletante et, de très loin, lui revint le souvenir du jour où elles avaient marché dans la prairie. Les mains de sa mère sur ses yeux, elle s'élevait dans les airs. Un, deux.

– Je suis désolée, M'man, dit-elle avant de raccrocher.

– Pourquoi t'as dit que t'étais désolée ? lui demanda la grande fille.

– Je sais pas. Je le suis, c'est tout.

Le lendemain, Celia alla demander à la bibliothécaire son livre préféré, qui était gonflé de ses dessins. Elle prit un des morceaux de crayon dans la boîte en bois posée sur le bureau et un bout de papier sur la pile juste à côté. Assise à la table, elle ferma les yeux pour réfléchir à ce qu'elle voulait dessiner.

Elle prit son temps. Suspendit ses gestes, marchant en pensée à travers les rues. Elle vit la maison ténébreuse, se souvint de l'allée qui y menait. Peut-être cela signifiait-il quelque chose. Et peut-être rien du tout.

Après avoir achevé le dessin, elle l'inséra au milieu du livre, entre deux de ses images de papillons favorites. Elle ne se sentait pas soulagée. Ce dessin, elle l'avait fait pour elle. Personne ne se lancerait à sa recherche. Longtemps après sa disparition, alors qu'elle flotterait dans une rivière sans nom appelée temps, le papier serait encore là. Un enfant du futur ouvrirait le livre pour la trouver, elle, Celia.

Me trouver, pensa-t-elle.

– Il y a quelque chose qui te tracasse.

Naomi était avec Diane, elles arrangeaient la chambre. Diane avait cousu de nouveaux rideaux et sorti un dessus-de-lit plus léger qui était remisé dans la mansarde en attendant l'été. Doux et frais, avec des fleurs brodées.

– C'est à cause de cette gamine, répondit Naomi qui raconta tout ce qu'elle savait sur Celia.

Diane battit des paupières.

– Et tu as gardé tout ça pour toi sans en parler ?

Naomi rougit. Elle gardait beaucoup de choses pour elle. Ce n'était pas parce qu'elle voulait conserver des secrets. Ça ne lui venait pas à l'idée de partager.

– Quel âge a-t-elle ? demanda Diane en accrochant les rideaux et en les défroissant avec ses mains.

– Douze, je crois, répondit Naomi qui n'en paraissait pas certaine.

– Des parents ?

– Je ne sais pas.

Diane détourna son regard. Pendant que Naomi avait tenté de trouver une enfant, elle en avait abandonné une autre, signifiait l'expression de son visage. Naomi baissa la tête.

Son amie tendit la main et lui appliqua une petite tape sur le bras.

– Elle a l'air de beaucoup compter pour toi, cette petite.

– Oui.

– Alors aide-la à trouver le chemin de chez elle.

Naomi se tourna. Jerome se tenait sur le seuil, les clés du camion déjà à la main.

– J'ai trouvé Tasmin, dit-il devant le regard sans expression de Naomi. La fille de Mary, la femme, dans l'arbre.

– Ça a l'air d'être une sacrée histoire, commenta Diane dans un rire.

***

– Ma mère voulait assurer ma sécurité, dit Tasmin Tarseed.

Jerome et Naomi étaient assis avec elle devant un feu de camp. Dans le lointain, ils distinguaient des rangées de wagons de marchandises rouillés qu'utilisaient les travailleurs itinérants pour se loger. Des cordes à linge étaient tendues entre les voitures métalliques, et d'un tuyau d'arrosage vert craquelé coulait péniblement la seule source d'eau claire. Le soir, le camp observait le silence pur de l'épuisement. Le travail dans les champs de fraisiers une fois achevé, les familles se regroupaient autour des feux, et même des enfants qui d'ordinaire étaient agités restaient assis, bouche ouverte, face aux flammes.

Tasmin, portant le gilet orange qui l'identifiait comme s'occupant des ouvriers saisonniers, était poliment assise à l'écart des familles. Elle ajouta un autre morceau de bois dans les flammes. Son visage était rougi, les rides creusées par son sourire incrustées dans la peau par la chaleur, ce qui lui donnait l'impression d'avoir plus que son âge réel, trente ans. Ses cheveux noirs étaient parsemés de mèches décolorées par le soleil, et elle dégageait une impression de nervosité. Naomi, confortablement assise, rayonnait dans la fumée empreinte de paix.

– Vous voulez bien nous raconter ? demanda Jerome d'une voix aussi basse qu'un chant.

Au loin, un rapace nocturne hululait. Chouette effraie plutôt que grand duc, pensa Naomi.

Tasmin acquiesça.

– Ma mère était inquiète. Paniquée, serait plus proche de la vérité. Mon souvenir le plus ancien remonte au jour où elle était revenue du cimetière ; elle avait balancé des tas d'objets par terre dans la cuisine alors que c'était quelqu'un de calme et de soigneux. Elle grommelait quelque chose qui avait trait à des enfants.

Tasmin tendit la main vers un bout de bois qu'elle frotta pour en détacher la mousse, reprit :

– Pendant des années, je n'ai pas fait le rapprochement, puis il était trop tard. J'étais trop jeune, vous comprenez. Cinq ans seulement. Mais je me rappelle bien la tension qui régnait en ville. Une fois où j'étais allée faire des courses avec ma mère, un homme blanc l'avait bousculée en la traitant d'Indienne ivre. Comme ma mère ne buvait pas, je n'avais pas compris. D'autres gosses ont commencé à me harceler en me disant qu'elle était folle.

Naomi ramena ses jambes sur sa poitrine en les entourant de ses bras. Jerome lui jeta un regard.

– Continuez, encouragea-t-il Tasmin.

– C'était dur parce que ma mère se comportait *effectivement* en personne dérangée, poursuivit

Tasmin comme si elle se sentait coupable. Qu'est-ce qu'il pouvait y avoir de plus délirant que d'affirmer avoir vu le juge bien-aimé de la ville au milieu des bois, avec dans ses bras un enfant ligoté ?

Les yeux de Naomi étaient écarquillés au maximum. Elle buvait la vérité.

– Est-ce que quelqu'un la croyait ? demanda Jerome d'une voix placide.

– Je ne sais pas. J'étais petite. Le juge dirigeait la ville. C'étaient ses champs de fraisiers qui faisaient rentrer l'argent. Et ce n'étaient pas les enfants du coin qui mouraient. Seulement un enfant de migrants qu'on retrouvait de temps en temps dans les fossés ou les bois. Il était facile d'en rejeter la responsabilité sur des accidents. Je me souviens qu'il y en a eu un dont ils ont prétendu qu'il s'était noyé. Ma mère disait que personne ne meurt noyé en ayant des traces de strangulation autour du cou.

Elle jeta dans le feu le bout de bois qu'elle avait nettoyé. Tous trois regardèrent les flammes.

– Mais un jour, il est arrivé quelque chose. Ça concernait l'orphelinat voisin.

Naomi fut immédiatement en alerte, ses yeux transperçant la fumée. Elle ne quitta pas Tasmin du regard lorsqu'elle reprit son récit.

– Ma mère s'est dressée contre le juge et son fils. Elle les a accusés en face, elle a dit qu'elle allait se rendre en ville – elle ne conduisait pas, elle n'avait jamais appris – pour les dénoncer aux autorités.

Tasmin emplit ses poumons d'air. Près d'un des feux voisins, un petit garçon d'une famille de migrants regardait dans sa direction.

– Le bus Greyhound s'arrêtait une fois par semaine à Elk Crossing. Un jour, ma mère a préparé une valise où elle a rangé mes affaires. Elle a épinglé un message sur mon chemisier. Mon nom y était inscrit, ainsi que ma destination, chez ma cousine plus âgée, sur la réserve. Elle m'a envoyée là-bas et je ne l'ai jamais revue. Quelques jours plus tard, elle est morte. Ma cousine m'a dit qu'elle s'était rendue dans la ville pour savoir ce qui s'était passé. Le juge a déclaré qu'il s'agissait d'un suicide. Ma mère avait eu la gorge tranchée d'une oreille à l'autre.

Le feu crépita.

Tasmin regardait au-delà.

– Un été, je suis retournée chez nous. La ferme était vide, pillée par les voleurs d'antiquités, je suppose. Et ses affaires n'étaient plus dans sa chambre.

Jerome plongea la main dans son sac et en sortit la photographie. Tasmin l'étudia, la retourna et lut l'inscription à la lueur des flammes. Elle ne dit rien pendant un long moment.

– Je l'ai trouvée dans un ballot attaché aux branches d'un chêne, précisa Jerome.

– Elle voulait que ce soit moi qui le trouve, dit Tasmin. Vous voulez bien me laisser, maintenant ?

Ils s'exécutèrent.

Il veut rester caché, pensa Naomi. Aussi anonyme que ses victimes.

Elle était dans son propre domaine des rêves, debout dans le salon. À la cuisine, Jerome – agacé, à en juger par les bruits qu'il faisait – nettoyait la vaisselle qu'elle avait laissée. Naomi s'exhorta à nouveau à participer davantage aux tâches domestiques. Ce n'était pas un hôtel.

Le juge était mort, Wesley toujours vivant, et il se trouvait ici, en ville. Naomi le sentait. Mais Wesley n'avait pas de visage, exactement comme il l'avait décidé. Les hommes de son genre aiment se cacher.

Ils ont l'impression d'être plus puissants quand ils se dissimulent dans l'ombre.

Eh bien, tu n'as qu'à l'en extraire.

J'en ai bien l'intention, se dit-elle en sortant son téléphone. Les enquêtes, songea-t-elle, c'est comme des pelotes. On tire sur un fil, puis sur un autre jusqu'à ce qu'on ait tout dévidé. Et à l'intérieur, toujours, il y a un enfant perdu, les bras tendus, qui appelle au secours.

– Le district scolaire d'Elk Crossing, demanda-t-elle sans renoncer à ses pensées. Je le sais, qu'ils sont fermés. J'ai besoin de consulter les archives.

Dehors, des oiseaux lançaient des appels. Naomi compta leurs différentes voix pendant qu'elle attendait. Geai buissonnier, moineau citadin. Le *tee-yee* du chardonneret mineur. Elle commençait à entrevoir les vertus qu'il y a à se réveiller chaque matin aux mêmes sons. Cela lui rappela son interlude à Opal – car c'était l'impression que cette période lui avait toujours donnée, d'être un interlude entre la captivité et le travail, entre neuf et dix-huit ans – et à quel point les rythmes doux de la ferme leur avaient permis, à Jerome et à elle, de se rapprocher l'un de l'autre. Naomi avait appris à aimer et à faire confiance. C'était stupéfiant, se fit-elle la réflexion, de constater la rapidité avec laquelle Mrs Cottle lui avait inculqué tout cela simplement en incarnant elle-même l'un et l'autre. Et maintenant, Diane essayait de parvenir au même résultat.

Le téléphone fit entendre un petit bruit. On transférait son appel. Les archives sont toujours quelque part. Les gens éprouvent un grand besoin d'immortaliser leur passé. Même ce qu'il y a d'immonde, comme Abou Ghraib ou l'Holocauste. Ils aiment prendre des photos, conserver un journal. Parce qu'ils croient en ce qu'ils ont fait. Personne, s'était-elle aperçue, ne commet des horreurs sans être persuadé qu'à ce moment-là, ce qu'il faisait était bien. Peut-être est-ce la raison pour laquelle il est presque impossible de l'en détourner.

Finalement, le téléphone entra en communication avec les bureaux du district scolaire de Murky Grove où Naomi parvint à se représenter une femme – appelée Patty – vêtue d'une ample blouse à fleurs, qui descendait dans un sous-sol froid rempli de dossiers. Recevoir ainsi un appel venant d'une véritable enquêtrice la mettait, disait Patty, dans un état d'excitation presque trop intense pour elle. Naomi se répéta qu'elle devrait, par la suite, lui envoyer une boîte de chocolats. Les gens aiment bien qu'on les remercie.

– Merci, Patty, dit-elle chaleureusement avant de raccrocher.

Jerome se tenait derrière elle, un torchon à vaisselle à la main. Naomi pivota, vit son beau visage.

– Désolée d'avoir tout laissé en plan, dit-elle. Nous allons recevoir l'annuaire d'Elk Crossing par courrier express. Nous allons découvrir à quoi ressemble Wesley.

Mais, dans son cœur, elle pensait déjà le savoir.

Plus tard, elle s'assit avec Jerome sur le perron en façade. La nuit était froide et, une fois de plus, elle se demanda où Celia et les autres dormaient. Derrière eux, la maison était plongée dans le noir et le silence. Diane se couchait généralement tôt.

Jerome passa son bras autour de ses épaules. Ils s'asseyaient toujours ainsi afin qu'elle soit du bon côté, le gauche, et qu'ils se tiennent par la main ou qu'il puisse la toucher. Cela relevait déjà du domaine de l'instinct.

– Demain ? demanda-t-il.

– On retourne en ville, répondit-elle.

Et elle lui raconta l'histoire de Celia au sujet du musée des papillons.

– Tu crois qu'il existe vraiment ? s'enquit-il d'une voix douce.

– J'espère que oui. Pour elle.

– Elle trouvera autre chose à quoi se raccrocher, si ce n'est pas le cas. Les gens qui ont de l'espoir fonctionnent de cette façon.

– Je sais, fit-elle avant de soupirer. J'espère simplement qu'elle n'y sera pas obligée.

Il l'embrassa sur le sommet du crâne.

– Tu viens te coucher ?

Elle s'appuya contre son torse, sentit son haleine chaude.

– Oui.

– Vous n'êtes pas revenue !

Naomi ne s'attendait pas du tout à ça. Au lieu d'exprimer sa gratitude, Celia était folle furieuse. Toute la rage de sa jeune vie se répandait.

– Mais je suis là maintenant, déclara Naomi, un peu prise à rebrousse-poil.

Elles étaient près de la berge, devant la rivière. Naomi avait repéré Celia et Rich au moment où ils traversaient la passerelle : les autres gamins des rues lui avaient dit qu'ils arrivaient par là en fin de matinée après avoir dormi sous une bretelle d'autoroute. Naomi était navrée que Celia dorme par terre, elle en éprouvait de la culpabilité, ce qui la mettait en colère. Cela et le fait d'attendre des heures, du matin au milieu de la journée, jusqu'à ce qu'elle finisse par voir leurs deux silhouettes traverser nonchalamment le pont. Son soulagement, semblable à celui de parents qui surprennent leur enfant à jouer dans la rue, était mêlé d'irritation.

Celia s'arrêta pour déclarer sarcastiquement :

– Oh. Vous.

À partir de là, elles ne se maîtrisèrent plus. Rich recula, les yeux écarquillés en les voyant prêtes à en découdre. Un combat de chats, se seraient moqués beaucoup d'autres gosses. Mais il voyait la douleur qui émanait de l'une comme de l'autre. Tant de déceptions en ce monde.

– Ça remonte à un sacré moment, accusa Celia dont les yeux reflétaient l'eau de la rivière.

Naomi savait qu'elle aurait dû se maîtriser tout de suite, se comporter en adulte face à cette gamine, mais quelque chose en elle s'enflamma.

– Désolée, j'ai dû consacrer trop de temps à essayer de te sauver.

– Vous n'essayiez pas de me sauver, ni moi ni personne ! Tout ce qui vous intéresse, c'est votre sœur, et il ne s'agit même pas d'elle !

À ce moment-là, tout l'air du monde n'aurait pu aider Naomi. Sa respiration se bloqua dans sa poitrine.

– Vous ne voulez même pas la sauver ! poursuivit Celia. Vous voulez juste arrêter de vous sentir coupable, et vous savez quoi ?

Le poison reflua alors en elle, et la fillette s'effondra en larmes.

– Vous ne pouvez pas ! Elle est morte ! Elle est probablement morte, putain ! Ou morte putain. Il y a des années, dans cette maison je parierais, et vous en aviez rien à foutre parce que *vous arrivez trop tard.*

Naomi tentait de retrouver sa respiration.

– Personne ne peut plus me sauver.

Celia était tombée à genoux, les joues rougies, le visage luisant de mucosités et de larmes.

– Personne ne peut sauver personne.

Sa voix semblait lointaine, et désincarnée.

Rich s'avança pour relever son amie. Il utilisa son ample tee-shirt pour lui essuyer le visage. Le regard qu'il adressa à Naomi était plein de reproche. Vous auriez dû revenir, signifiait-il.

Je suis désolée, voulait plaider la femme adulte, mais elle ne le fit pas. Elle avait l'échine en feu. Rich entraînait Celia et ils disparurent rapidement dans le quartier des laissés-pour-compte. Des laissés-pour-décompte, avait-elle entendu un policier dire, un jour. Comme si c'était drôle.

***

Celia s'était réfugiée dans l'endroit qui précédait le temps. Jaune citron. Un ocre rouge tel le plus sanglant des cœurs. Il y en avait de plus en plus qui s'en venaient maintenant. Bleu de saphir aux extrémités argentées. Des yeux sur le dessus des ailes qui regardaient avec stupéfaction. Bleu zéphyr. Grand porte-queue. Pacha à double queue. Des créatures remontant à bien avant l'histoire, avant l'âge de pierre. Il existe des fossiles de papillons.

Rich la secouait en disant :

– Hé, Celia.

D'autres gosses disaient : « Qu'est-ce qu'elle a, merde ? » et « Pourquoi elle reste comme ça ? ».

Mais Celia n'était pas là. Elle sentait sous ses fesses le bord granuleux du trottoir, devant le refuge des Petites Sœurs de la Miséricorde ; elle voyait ses mains inertes le long de son corps. Cela n'avait pas d'importance. Elle flottait quelque part au-dessus d'eux tous, ses bras aussi légers que les ailes qui l'environnaient.

Rich la précéda jusqu'à la benne derrière le restaurant grec, mais elle était fermée à l'aide d'un nouveau verrou. Il s'appuya dessus, le visage contre le couvercle métallique, et ferma les yeux de désespoir. Celia restait là, immobile. Il fallait s'y attendre, pensa-t-elle. Ça allait de soi.

– Viens, lui dit-il en l'entraînant par la main comme si elle était une toute petite fille. Ils retournèrent dans le quartier et il alla lui chercher une assiette de haricots chez les Petites Sœurs de la Miséricorde.

Plus tard, Celia grimpa avec lassitude la colline menant à la bretelle. Elle s'allongea dans le creux de terre qui conservait les contours de son corps. Elle n'avait pas prononcé une parole depuis le matin même et la rencontre avec Naomi.

Elle sentit plus qu'elle ne vit Rich se mouvoir dans la nuit. Lentement, avec tendresse, il approcha son gros corps jusqu'à ce qu'il soit tout près d'elle. Il tendit le bras, lui toucha le flanc, chercha sa main. Elle la lui donna. Il la reçut avec autant de délicatesse que s'il s'agissait du cadeau le plus précieux qu'il eût jamais eu, et elle percevait sa respiration dans la nuit.

Fermant les yeux, elle sentit les papillons. Viens vivre, lui disaient-ils en volant tout autour d'elle. Dis que tu es désolée.

Un doux chariot, qui oscillait lentement, émergeait en vacillant de la lumière. Une impression d'espace grand ouvert. Sa sœur qui riait, faisait ses premiers pas titubants dans la cour d'un orphelinat. Un souvenir oublié qui s'en revenait.

Naomi se réveilla. Elle libéra ses membres de ceux de Jerome, sentant sa peau nue et soyeuse. Quand il était rentré la veille, il l'avait consolée, et par la suite ils avaient fait l'amour sous la courtepointe puis Naomi avait pleuré.

Se levant silencieusement, elle enfila un tee-shirt et un pantalon doux en coton. Elle descendit en envisageant un petit déjeuner copieux. Bacon, œufs, toasts. Une cafetière remplie d'un liquide suffisamment fort pour vous faire boucler les cheveux, rehaussé d'une bonne quantité de crème et de sucre.

Elle avait rendez-vous avec Sean Richardson, aujourd'hui. Après, elle essaierait de trouver Celia. Elle ne voulait vraiment pas qu'il lui arrive quelque chose.

***

Jerome passa un moment à nettoyer, lorsqu'elle fut partie – elle avait consenti un effort cette fois, mais bon sang, il lui restait des progrès à faire –, puis il avait appelé Ed Ashtree pour convenir d'un moment où il pourrait lui rendre visite. Ensuite, il avait consacré un certain temps sur internet en quête de renseignements concernant Wesley, lequel semblait avoir disparu de la surface de la terre. Il n'avait rien trouvé.

La fente de la boîte aux lettres s'ouvrit brusquement et une épaisse enveloppe en papier kraft tomba à l'intérieur. Elle finit sa route dans le panier que Diane utilisait pour son courrier. L'adresse de l'expéditeur était celle du *District scolaire d'Elk Crossing, Service des archives*. Sur le devant de l'enveloppe, Paddy avait ajouté un Smiley souriant.

Jerome la posa sur la table de la cuisine pour glisser la lame aiguisée d'un couteau sous le rabat. L'annuaire d'un rouge passé glissa hors de l'enveloppe. Sur la couverture, il lut en lettres dorées et inégales : ÉCOLE SECONDAIRE D'ELK CROSSING.

Il s'assit, replia la couverture, ouvrit le volume d'un geste vif et entreprit d'en tourner les pages.

Là. Une photo petit format. Wesley Thurman. Il fronça les sourcils en se souvenant de ce que Naomi lui avait dit.

– Il y a un élément que nous voudrions partager avec vous, commença l'agent Richardson.

Naomi pénétra dans le bureau. Là, assis sur la chaise qu'elle avait refusée la fois précédente, était assis l'homme au visage balafré. Il était en costume.

Il se leva, lui tendit une main aux doigts rudes. Son large visage sourit, les cicatrices remuèrent sur ses lèvres.

– Agent spécial McConnell, se présenta-t-il avec un accent écossais prononcé.

– Merde, dit-elle.

McConnell, ainsi qu'il le lui apprit, était un agent de terrain originaire de New York. Ayant entendu parler de cette affaire, il s'était porté volontaire pour venir dans l'Ouest. Il était sensibilisé au travail concernant les enfants des rues. Lui-même y avait passé diverses périodes assez longues au cours de son enfance. Il comprenait leur culture.

Les cicatrices ? s'enquit Naomi.

– J'ai débuté la boxe quand je me suis engagé dans les Marines, répondit-il en croisant les jambes. Il est évident que je n'ai pas arrêté assez tôt. À vrai dire, ces cicatrices m'aident pour les missions infiltrées. Nul ne croit qu'un gars qui a ce genre de visage travaille pour le FBI.

– Quand Celia est sortie de la bibliothèque, vous l'avez suivie parce que vous étiez inquiet pour elle ? demanda Naomi.

Elle était emportée par la colère et ses bras s'agitaient nerveusement. Pas pour s'en prendre à lui. Pour lutter contre le sentiment d'effroi qui s'emparait d'elle.

– Ça fait longtemps que je suis inquiet pour elle. Pour toutes ces jeunes filles.

Il se tut un instant.

– Comme j'ignorais qui vous étiez, j'ai jugé préférable de m'esquiver, quand vous êtes arrivée en courant dans ma direction. Après, l'agent Richardson m'a renseigné, et je ne voulais pas risquer de griller ma couverture.

– Est-ce que vous avez trouvé quelque chose ?

– Je me fais passer pour un client, expliqua-t-il. Un pervers. Je pose des questions. Je connais le code, le langage. Je dis que je suis en quête de « friandises fraîches ».

Il fit une grimace de dégoût, reprit :

– J'ai obtenu un renseignement. Des rumeurs. Il y a une maison où un homme qui les enlève conduit les jeunes filles.

– Mais personne ne sait où elle se trouve.

Il se tourna du côté de Richardson.

– Vous ne vous trompiez pas, pour elle, dit-il avant de reporter son attention sur Naomi. Il se cache au vu et au su de tout le monde.

Naomi sentit sourdre en elle une vague d'écœurement. Monsieur tout le monde, une vie semblable à celle de tout un chacun, se souvenait-elle avoir pensé avec mépris.

– Oh, non.

Elle se plia en deux de douleur. Son téléphone sonna discrètement et elle s'en saisit. C'était un message de Jerome qui mettait en pièce jointe une copie de la photo de Wesley Thurman dans l'annuaire de l'école. Elle la regarda.

Très jeune déjà, il avait eu cette allure-là : petit et pointilleux, avec des lunettes rondes et les cheveux rasés.

C'était l'anniversaire de Celia.

Après avoir mangé, elle dit au revoir à Rich puis sauta la barrière qui la séparait du camion d'aide caritative, farfouilla dans les sacs plastique noirs laissés par d'autres. Elle en sortit un jean de garçon en bon état, un haut qui paraissait plutôt neuf et un sweat blanc taché portant l'inscription DANCE. Elle trouva même des chaussettes neuves, agréables à porter, blanches et roses.

Elle serra ces trésors contre elle en grimpant les marches de la bibliothèque. L'homme au visage balafré n'était pas visible et elle en fut soulagée. À l'intérieur, la bibliothécaire âgée l'accueillit par un bonjour.

Dans les toilettes, Celia ferma la porte avant de remplir le lavabo d'eau chaude et de savon liquide. Elle se déshabilla, enfonça ses vêtements sales dans la poubelle. Lava ses aisselles aux poils fins naissants, son ventre, la raie de ses fesses et, pour finir, l'endroit entre ses cuisses. Elle se sécha du mieux possible avec les serviettes en papier râpeuses. Finit en plongeant sa tête dans le lavabo devenu grisâtre, se frotta le cuir chevelu avec ses ongles, se lava vigoureusement le visage.

En achevant de se sécher avec d'autres serviettes en papier, elle se pencha pour observer son reflet.

Les yeux qui la regardaient dans la glace propre étaient grands et lumineux. La peau, débarrassée de la saleté, douce et pâle, avec sur les joues des taches de rousseur couleur de miel. Elle toucha la chair tendre sous ses yeux, observa les sourcils, le rose délicat des lèvres.

Elle eut un sourire de défi. Je t'emmerde, Teddy. Je suis jolie.

Elle enfila les nouveaux vêtements, appréciant leur contact sur sa peau. Termina en mettant ses chaussures usées, ouvrit la porte, monta en courant les degrés de marbre, effleurant à peine la rampe de sa main. En contrebas, la bibliothécaire sourit.

Il y avait un nouveau livre sur les papillons. Celia y était immergée, consciente du soleil qui passait au-dessus des fenêtres. Elle était sur son siège préféré, où l'astre couvrait l'angle du bâtiment en donnant l'impression de s'embraser sur les tables. Elle sentait que sa respiration se ralentissait tandis qu'elle tournait les pages. Elle était perdue dans le livre, se représentait dans un autre monde, au milieu des papillons.

– Bonjour, mademoiselle.

Elle leva les yeux, agacée. C'était le prix à payer si on désirait être propre : les pervers, du premier au dernier, allaient essayer de lui parler. Mais au lieu de cela, elle fut surprise de voir un petit monsieur portant des lunettes rondes. Il lui fallut un moment pour le reconnaître. C'était lui qui l'avait aidée la nuit où quelqu'un avait mis quelque chose dans son verre.

– Bonjour, répondit-clle avec une prudence distante.

– Cela vous ennuie si je m'assieds ?

Il lui adressa un sourire rapide et montra la chaise en face d'elle. Entre eux, la table flamboyait.

Celia haussa les épaules. Elle pourrait toujours se lever et aller ailleurs s'il l'embêtait.

Il avait un livre qu'il ouvrit aussitôt et entreprit de lire. Elle lui jeta un coup d'œil car sa propre concentration était rompue. Ça parlait du travail de la police. Elle vit ses cheveux argentés, coupés court sur les côtés, exactement comme les policiers. Un éclair de compréhension se fit en elle. C'était l'agent infiltré que Naomi avait mentionné ! Soulagée, elle retourna à son propre livre, s'agitant un peu sur sa chaise ; satisfaite d'avoir lu dans son jeu.

La pendule égrenait les minutes. Le soleil était derrière les nuages. Elle jetait continuellement des regards vers l'inconnu, mais il semblait passionné par son livre. Pour elle ne savait quelle raison, il paraissait légèrement irrité, et cela lui parut bizarre. La mit en alerte.

– Vous... étudiez ? lui demanda-t-elle.

Il répondit par un bref hochement de tête et tourna la page.

Elle bâilla, posa son livre. Se laver lui donnait sommeil. Elle regrettait qu'il n'y ait pas un endroit où elle puisse s'allonger un moment.

– Fatiguée ?

Il était difficile d'apercevoir ses yeux derrière les lunettes.

– Ce n'est vraiment rien, se vanta-t-elle.

– Qu'est-ce que vous faites aujourd'hui ? lui demanda-t-il d'un ton indifférent comme si cela n'avait pas d'importance.

– C'est mon anniversaire, répondit-elle fièrement. Tout à l'heure, je vais rejoindre mon amie Naomi. Je parie que vous la connaissez.

– Oui, sûrement.
– Je vais l'aider.
– L'aider à faire quoi ?
– À trouver sa sœur.
– Et comment allez-vous vous y prendre ?
– Je crois que je sais où elle pourrait être.
– Oh.

Le petit homme posa son livre. Elle voyait maintenant ses yeux bleus derrière les lunettes. Ils étaient graves et… quoi ? Inquiets. Non, se dit-elle. Pas inquiets. C'était du respect, à son égard à elle.

– Et où serait sa sœur ? demanda-t-il.
– J'ai vu une maison. Dans la zone industrielle.

Le visage de l'homme était devenu attentif. Les yeux bleus, fixés sur elle, concentrés.

– Je l'ai remarquée il y a un certain temps, poursuivit Celia. Il y avait quelqu'un à l'intérieur qui me regardait. Je crois que ça pourrait être l'homme qui enlève les filles. Je parierais qu'il a aussi kidnappé la sœur de Naomi. C'est là qu'elle est, et je vais aider Naomi à la retrouver.

Le petit homme s'exprima lentement, prudemment, comme si la réponse qu'elle lui donnerait importait.

– Avez-vous dit à Naomi où se trouve cette maison ?

Elle eut un petit aperçu de ses dents étroites, fut surprise qu'elles ne soient pas plus belles.

– Non, répondit-elle en secouant la tête avec embarras. Je voulais le faire, sauf que…

Elle ne finit pas sa phrase.

Elle ne pensait pas que l'agent infiltré comprendrait ce que cela faisait de s'entendre répéter toute sa vie qu'on est une menteuse. Qu'après un certain temps, on commence à penser que personne ne vous croira jamais, et même, qu'on a peut-être cessé de croire aussi à ce qu'on dit.

Mais il souriait. Tout allait bien, en fait.
– Vous pourriez me montrer, proposa-t-il.

Ils descendirent les larges marches de marbre. En bas, la bibliothécaire leva les yeux et vit Celia partir avec un homme d'un certain âge vêtu d'un costume. Il avait l'apparence de quelqu'un de respectable, mais elle fronça quand même les sourcils. Elle réprima un mouvement instinctif qui l'incitait à dire quelque chose, à les héler. Elle n'était pas sûre de savoir pourquoi.

Au-dessus d'eux le ciel était d'un bleu clair, avec des nuages blancs pelucheux.
– C'est joli, non ? dit-il. Exactement comme vous.
– Ça fait longtemps que vous connaissez Naomi ? demanda-t-elle et, à peine le temps d'une seconde, elle vit un air de surprise passer sur son visage.
– Oh, je la connais... depuis toujours, dit-il en souriant pour lui-même.
– Vraiment ?
L'air de rien, il lui demanda :
– Vous savez ce que je fais, comme métier ?
– Vous êtes infiltré, répondit fièrement Celia.
En contrebas s'étendait le quartier des déshérités. Ses amis devaient y être, ainsi que les clubs de strip-tease, les bars gays. Mais les rues étaient vides, et à part le carrefour où ils passeraient devant la supérette, elles le resteraient jusqu'à ce qu'elle lui montre la maison aux fenêtres condamnées. Elle éprouva une pointe d'inquiétude à cette idée, mais se dit qu'il n'était pas dangereux. Comme Naomi, c'était quelqu'un de bien.
– Vous voyez la boutique, là ? lui dit-il en montrant la supérette.
Celia hocha la tête.

– Je vais vous acheter un soda. Vous pourrez le boire pendant le trajet. Vous aimez la crème de cerises noires, je me trompe ?

– Comment vous le savez ? demanda-t-elle en ralentissant sa marche.

– La nuit où nous nous sommes vus pour la première fois, vous vous souvenez ? C'est ce que vous buviez.

– Oh.

Elle n'en avait pas vraiment envie, de ce soda. Elle voulait montrer à cet homme la maison terrifiante, pour impressionner Naomi : elle découvrirait alors que Celia était quelqu'un de vraiment bien, en fait.

– Je croyais vous avoir dit que vous deviez faire attention à ce que vous buvez, dans la rue.

Celia se souvint qu'il lui avait tendu le soda, déjà ouvert, en dehors du magasin. Qu'il l'avait regardée attentivement pendant qu'elle buvait.

Ils étaient devant la maison. Les yeux vides de l'habitation, condamnés par des planches et avec les couvertures qui dépassaient, la fixaient de leur regard horrible. Elle sentait ses membres cotonneux. Fixait un œil qui en devenait cinq avant de ne plus rien être du tout. La tête lui tournait. Elle vit les dents de l'homme : étroites, aux contours noirs. Elle tombait.

– Je vous tiens, lui dit-il.

***

Naomi arriva dans le quartier en courant le plus vite possible.

– Vous avez vu Celia ?

Elle s'arrêta, penchée en avant, la respiration hachée, après avoir posé la question à Rich.

Il était à l'angle de la rue où il mendiait.

– Elle a dit qu'elle allait à la bibliothèque.

– J'en viens.

La bibliothécaire lui avait signalé que la fillette était partie avec un homme en costume. Sur son téléphone, Naomi lui avait montré une photo de Wesley jeune, et la femme âgée lui avait dit que oui, c'était lui.

Elle était prise d'une panique pure, sans partage. Rien, dans sa vie récente, n'avait ressemblé à ça. Rich, les cuisses picotant de peur, était dans l'incapacité de parler.

– Vous cherchez Celia ? demanda la fille qui avait le portable. Je l'ai vue il y a un petit moment. Elle était au magasin, à l'angle de la rue.

– Avec quelqu'un ?

– Un type qui portait des lunettes.

La fille haussa les épaules, entreprit de se ronger un ongle.

Naomi courut jusqu'au coin. L'employé, à l'intérieur, eut un geste d'ignorance. Revenue sur le trottoir, elle décrivit un cercle complet.

Celia avait disparu.

TROISIÈME PARTIE

PAPILLON

Une urne dans le sous-sol de chaque maison. Le bol d'eau qu'il lui donnait pour se laver le visage. La cuvette des toilettes où déverser les seaux en attente. Autre chose, aussi : l'amour dans la nuit.

Sarah aimait le sous-sol parce qu'elle pouvait entrapercevoir le monde par-delà les fenêtres barricadées. Parfois, elle touchait les planches clouées dessus, à peine, car Wesley l'avait prévenue qu'il voyait et entendait ses moindres gestes. Elle pensait parfois qu'il s'insinuait dans sa peau et regardait à travers ses yeux. Mais non. C'était trop terrifiant pour être vrai.

Dans le sous-sol, elle pouvait parler à Petite Sarah. Petite vivait sous son aisselle. Elle se cachait sous la peau entre une de ses côtes et son cœur qui battait à tout rompre, là où Wesley ne pouvait ni la voir ni l'entendre. Quand elle était seule, Petite Sarah sortait, trottinait le long de son bras, et Sarah ouvrait sa main afin que Petite puisse se percher sur sa paume et qu'elles se parlent.

Le sol de terre, dans la cave, était éclaboussé de taches de sang. C'était Wesley qui faisait ça. Il disait qu'il lui ferait la même chose, mais elle ne le croyait pas, même si elle n'en était pas sûre.

Il a enlevé la fille que j'ai vue dehors, confia-t-elle à Petite Sarah. Il l'a enfermée dans la chambre, articula-t-elle entre ses lèvres silencieuses.

Petite Sarah secoua sa tête minuscule : c'était mauvais signe. C'était pire que mauvais signe.

Sarah avait vu la fille dehors, antérieurement, alors qu'elle regardait par la fenêtre. Elle avait les cheveux courts, bouclés, et elle se tenait là, sans bouger, le regard rivé sur la maison. Sarah avait eu envie de crier : Pars vite ! Pars tout de suite avant qu'il t'attrape ! Mais maintenant c'était trop tard.

Il faut que tu t'enfuies sans attendre, lui enjoignit Petite Sarah. Elle lui disait souvent de s'échapper. Mais là dernière fois qu'elle avait essayé, Wesley lui avait fait très mal. Il avait fallu un temps infini pour qu'elle s'en remette, et une de ses chevilles était maintenant tordue à jamais. Si elle essayait de s'évader, elle n'irait pas loin.

J'attends grande sœur, articula-t-elle avec les lèvres.

Tu ne peux plus attendre, objecta Petite Sarah.

Grande sœur a dit qu'elle reviendrait me chercher, protesta Sarah avec entêtement.

Elle voulait que grande sœur revienne. Elle avait peur. Elle n'avait aucune idée de ce à quoi ce monde, à l'extérieur, pouvait ressembler. Il pouvait être plein d'hommes pires que Wesley. Il pouvait y avoir des monstres géants, au-dehors, qui la dévoreraient, arracheraient la chair de ses os.

Il faut que tu…

Il y eut un bruit sur les marches de bois du sous-sol, derrière Sarah, et toute la salive se tarit dans sa bouche. Elle ferma la main et Petite fila le long de son bras, se rua sous son aisselle et se terra sous sa peau près du sang bruyant de son cœur. Là, elle se pelotonna en une boule compacte de façon à ne pas être obligée de voir ou d'écouter Wesley.

Sarah entendit sa voix brutale dans son dos. Quel que soit le temps qui s'était écoulé, les seuls échos de cette voix suffisaient à rendre ses jambes faibles de peur. Elle ferma les yeux et, se retournant, s'obligea à le voir de la seule manière dont elle était capable de le faire.

***

Au début, Celia n'ouvrit pas les yeux. Une odeur déferlait sur elle, semblable à un formol dont elle n'aurait jamais eu connaissance. Un liquide séché, cristallin sur ses joues. Des souvenirs diffus d'un lieu oublié avant que tout commence. Peut-on rêver de ce qu'on ne connaît pas ?

Elle ouvrit les yeux.

***

Wesley était assis, voûté, à la table de la cuisine, et il mangeait. Il n'y avait qu'une chaise et il était seul autorisé à s'en servir. Ses cheveux argentés et courts brillaient sous la lumière de la lampe. À l'intérieur d'un des placards de l'entrée, il rangeait les costumes et chaussures qu'il mettait quand il sortait. Lorsqu'il s'en revenait, il ôtait ses vêtements d'extérieur, enfilait un vieux pantalon et un tee-shirt sale. Comme un croquemitaine.

Posés devant lui, il y avait seulement des haricots cuits.

Dans un râclement, il fit courir la fourchette sur l'assiette et mangea. Regarda Sarah, debout dans un coin. Elle faisait en sorte qu'il puisse voir à travers elle et que ses mains pendent le long de son corps comme des sacs de viande.

Wesley avait amené Sarah dans cette maison quand elle était petite. Il lui avait enveloppé la tête dans un tissu, l'avait déposée à l'arrière d'une chose qui cahotait, et elle avait vomi dans le noir. Quand elle avait grandi, il avait commencé à sortir pour enlever d'autres filles. Il ne les gardait pas très longtemps et, ces derniers temps, pratiquement pas du tout.

Il se serait débarrassé d'elle aussi, s'il n'essayait pas de punir sa sœur parce qu'elle s'était enfuie. Cela, il le réalisait en gardant Sarah en vie.

Bientôt il ne resta plus de haricots. Il se leva, plongea l'assiette et la fourchette dans le récipient en plastique rempli d'une eau grise et froide.

– Lave ça, lui ordonna-t-il avant de remonter les marches.

Sarah était de nouveau dans la cuisine : pose des biscuits sur une assiette, lui avait ordonné Wesley.

Wesley ignorait qu'elle avait des pensées. Il la croyait bête. C'était ce qu'il disait. Bête comme ses pieds. Pas comme sa grande sœur, la seule à être assez maligne pour s'échapper. Sarah voyait bien que Wesley la détestait pour ça, qu'il parlait de sa sœur avec haine, et pourtant, il semblait aussi la respecter.

Wesley ignorait tout de Petite Sarah, il ignorait que la nuit, elle jetait un regard hors de sa cachette, surveillait alentour pour s'assurer qu'il n'y avait aucun danger et montait prudemment sur la poitrine de Sarah pour la protéger.

Dans la cuisine, Sarah tendit son bras devant elle et regarda Petite Sarah glisser pour se poser, triomphalement, sur sa paume tournée vers le haut.

Regarde, lui dit Petite.

Des yeux, Sarah parcourut la pièce. Les plans de travail étaient envahis de boîtes de conserve ou de cartons, de pétrole pour les lampes, de grandes cruches remplies d'une eau qui luisait dans le noir, et d'une plaque sur laquelle Wesley réchauffait sa nourriture. Il n'y avait pas un seul objet tranchant dans la cuisine. Les seuls ustensiles en métal étaient des couteaux à beurre émoussés et des fourchettes. Au bord du comptoir se trouvait une petite boîte fermée à clé. C'était là qu'il rangeait son pistolet.

Non, pas ça, avertit Petite.

Sarah regarda à nouveau autour d'elle, vit une boîte de mort-aux-rats derrière le fouillis général. Wesley répartissait les boulettes de mort-aux-rats dans la maison et, plus tard, Sarah trouvait les cadavres des rongeurs, desséchés, le ventre squelettique. Elle secoua la tête. Tant de fois elle avait voulu mourir, mais pas ici. Elle voulait mourir dehors. Voulait mourir libre.

Elle contempla ses pieds tendres sur le sol sale. Ses orteils semblaient ne pas contenir d'os. Sa cheville tordue était douloureuse. Elle reporta son regard sur Petite, perchée dans sa paume. Petite avait des pieds robustes qui pouvaient courir. Elle avait des jambes qu'elle pouvait tendre. Pas Sarah.

– J'ai peur, dit-elle.

Petite fit non de la tête. Il faut que tu partes *très vite*.

Elle remonta le long du bras de Sarah et se réfugia à nouveau sous son aisselle. Quand Sarah posa les biscuits sur l'assiette, elle entendit des pleurs.

Au palais de justice, dans le centre-ville, Naomi et Jerome dénichèrent les archives du procès intenté contre le beau-père de Celia. Ils obtinrent l'adresse des parents adoptifs d'Alyssa, démêlèrent le cœur pourri de l'histoire de Celia jusqu'à ce que Jerome se présente face à la cellule où Teddy attendait à nouveau d'être jugé, cette fois pour le viol d'Alyssa.

Sale dans sa combinaison de prisonnier, il n'avait pas de réponse à donner. L'avocat de la défense était assis à proximité, dans le fauteuil en plastique. Il était là pour s'assurer que Jerome n'allait poser au prisonnier aucune question au sujet de ses crimes. C'était le marché qu'ils avaient conclu. Jerome ne pouvait que demander si Teddy savait où Celia pouvait être, ou s'il avait une idée concernant l'identité de l'homme qui l'avait enlevée. Comme si les pédophiles disposaient d'un réseau secret pour communiquer. Jerome repensait aux jeux auxquels ils avaient joué, Naomi et lui, quand ils étaient enfants, quand ils se fabriquaient des téléphones avec deux boîtes de jus d'orange et de la ficelle pour se parler d'une pièce à l'autre.

Teddy ne savait rien du tout.

– Désolé de pas pouvoir t'aider, mon frère, dit-il comme s'ils étaient membres d'une même famille, et Jerome fut pris d'une envie de lui cracher à la figure.

***

Après de longues heures passées à arpenter la ville, Naomi fondit en sanglots à un angle de rue.

– Il faut absolument qu'on la trouve, répétait-elle en boucle.

Et Jerome remarqua qu'en dépit de toute la détermination démontrée à rechercher sa sœur, c'était cette fillette sans foyer qui avait déclenché pareil sentiment de terreur.

Il la serra contre lui avec son bras, regrettant de n'en avoir qu'un.

Avez-vous la moindre idée de l'endroit où elle peut être ?

Non, répondit Mrs Wilkerson, les larmes aux yeux, en leur donnant une vieille photo d'école de Celia. Naomi avait rempli une déclaration de disparition de personne et préparait des affichettes.

Non, répondit Alyssa, toute tremblante entre ses parents adoptifs tandis que chacun tenait une de ses mains sur ses cuisses.

Non, répondirent Rich et les autres. Non, répondirent les religieuses des Petites Sœurs de la Miséricorde. Non, dit la responsable d'*Aspire*, qui plongea la tête à l'intérieur de l'armoire en fer pour pleurer. Non, répondirent tous les gens qu'ils interrogèrent dans le quartier des miséreux jusqu'à ce qu'au final, une semaine après la disparition de Celia, Naomi tourne le coin d'une rue, et qu'un drogué qui se grattait le cou lui réponde qu'il n'en avait jamais entendu parler, de cette fille.

Même maintenant, plus encore qu'auparavant, les papillons s'en venaient. Ils recouvraient entièrement Celia dans la nuit la plus noire. Ils masquaient la crasse et chassaient les odeurs. Le plafond n'était pas un plafond ; la pièce n'avait pas de porte. Les papillons empêchaient Celia de poser les mauvaises questions, celles qui libéreraient les hurlements de panique dans sa gorge. Ils lui disaient : *Ce n'est rien.* Et : *Il faut se concentrer sur cette fenêtre.* Ils lui disaient : *Chhhut*, et couvraient son visage de leur sublime beauté lorsque la douleur devenait trop forte. Rien, pas même lui, ne pouvait pénétrer la splendeur qui était sienne.

Mais parfois les prédateurs s'en viennent, quels que soient les efforts déployés. Ils veulent vous épingler. Ils veulent vous tuer. Celia savait que c'était ce qu'il avait l'intention de faire. *Chhhut*, disaient les papillons en remplissant la pièce. Ne pense qu'à ton évasion.

Quand elle retrouvait la maîtrise d'elle-même, elle laissait les lépidoptères la reposer délicatement sur le sol, et elle regardait la jeune femme qui lui apportait à manger.

La jeune femme n'avait pas d'âge, le visage tel un film plastique tendu à un point inconcevable. Elle avait des yeux qui regardaient en elle-même. Elle entrait deux fois par jour, commençait par tirer les verrous à l'extérieur. Elle apportait des biscuits sur une assiette. *Je suis à la recherche de ma sœur*, avait dit l'affichette. *Elle a vingt-cinq ans environ.*

Le visage inexpressif, la jeune femme lui tendit une serviette sale. Celia essuya le sang sur son menton. La serviette sentait épouvantablement mauvais, comme si elle n'avait jamais été lavée. Quelque part dans cette maison de l'horreur, Wesley respirait. D'aussi loin, Celia sentait son haleine de dragon.

Elle s'appelle Sarah, avait dit Naomi.

Cette femme est la sœur de Naomi, pensa Celia. Elles se ressemblent même.

Tout en regardant derrière elle, Sarah laissa son bras droit tendu. Elle ouvrit sa paume. Dans son coin, Celia se leva prudemment, douloureusement, s'approcha en boitillant. Elle ouvrit la bouche pour parler mais Sarah fit signe que non. Wesley pourrait les entendre. Celia inclina alors sa tête dans une question. Y a-t-il là quelque chose que je devrais voir ?

Sarah fit oui avec empressement.

Celia regarda dans la paume vide.

Dites-lui qu'elle me manque, lui revint l'inscription sur l'affichette. *Dites-lui que je suis désolée.*

Elle ouvrit la bouche et se retint. Sois prudente, l'avertit quelque chose au fond de son être. Elle pourrait ne pas être prête.

Ensemble, elles fixèrent leurs yeux sur la paume. Les lèvres de Sarah bougèrent. Elle parlait à ce qui devait se trouver là. Soulagée, Celia ferma les paupières. Elle sait qu'elle est en enfer, pensa-t-elle, et si elle le sait, elle veut s'échapper.

La nuit, Wesley enfermait Sarah dans le placard. Petite Sarah aimait s'y trouver. Elle se hissait sur la tringle métallique, au-dessus d'elle, se balançait la tête en bas. Parfois elle entonnait ces mêmes airs que, il y avait si longtemps, la sœur aînée de Sarah avait chantés. Celui qu'elle préférait parlait d'un doux chariot. Sarah ne connaissait pas le sens des paroles, si ce n'était que sa sœur s'en revenait. Cela prenait beaucoup de temps.

Cette fille te rappelle grande sœur, n'est-ce pas ? dit Petite.

Oui ! souffla-t-elle tandis que le sommeil l'emportait. C'est vrai.

Reste éveillée, Sarah. Il faut que tu réfléchisses.

Que je réfléchisse à quoi ? demanda-t-elle en proie à la peur.

À la manière de t'évader, répondit Petite. Il faut que tu emmènes cette fille avec toi. Elle pourra te guider à l'extérieur. Demande-lui de t'aider. Tu trouveras ta sœur, dehors.

Il a dit qu'il me garderait toujours, murmurèrent les lèvres de Sarah.

Non. Le moment est venu. Avant qu'il…

Oui, fit Sarah dans un souffle au moment où ses yeux se fermaient.

***

Au bout d'environ une semaine, Celia avait, miraculeusement, trouvé un moyen d'échanger avec Sarah. Elle y parvenait sans émettre aucun bruit. Sarah était remarquablement douée pour lire sur les lèvres. Elle avait appris à le faire en regardant Wesley. C'était plus facile, et bien mieux, que de le regarder dans les yeux.

L'assiette de biscuits était posée entre elles sur le sol sale. Wesley était quelque part dans la maison. Cela suffisait pour qu'une respiration se mue en terreur soudaine.

Sarah sourit à Celia, montrant une rangée de dents encrassées par la négligence. En voyant ces dents, en sentant l'atmosphère de cette maison, Celia la prit en pitié. Quel tendre cœur elle devait avoir, aussi terrifié que celui de n'importe quel gosse des rues. Sarah regarda derrière elle, tendit une nouvelle fois son bras gauche et présenta sa paume. Celia s'approcha davantage pour glisser précautionneusement le sien autour de sa taille. Sa chair était douce et, au début, Sarah se raidit de peur et de surprise. Puis elle se décrispa.

Petite Sarah veut que nous partions, dessinèrent ses lèvres.

Je vais t'aider, répondit Celia dont le cœur s'emplissait d'espoir.

Une fenêtre à la cave, dit Sarah. C'est là que je t'ai vue.

C'était toi ! fit Celia avec stupéfaction. J'avais cru…

Ne prononce pas son nom.

Mais comment pourrons-nous sortir ? Il est toujours là à surveiller.

Sarah fronça les sourcils en réfléchissant.

J'ai une idée, dit Petite dans sa paume.

Tu m'as abandonnée, murmurait sa sœur dans une rue déserte. *Tu m'as abandonnée et tu l'as abandonnée.*

Naomi se réveilla en sursaut. De l'autre côté de sa fenêtre, la nuit était humide. Les heures immondes de l'aube, se souvenait-elle avoir entendu dire par un survivant comme elle. Le moment où ceux qui souffrent se souviennent. La conscience que demain est l'image répétée d'hier.

Sa tête était alourdie à cause du manque de repos. À côté d'elle, Jerome était plongé dans le profond et silencieux sommeil de l'épuisement. L'étui de son pistolet jeté sur le dossier du fauteuil. Naomi se souvenait des rires de Diane lors de leur première rencontre devant la salle du tribunal où elles venaient témoigner.

Dans son rêve, sa sœur avait été sur le point de dire autre chose. Naomi se tourna vers la fenêtre. Non, c'était Celia. Elle frémit au souvenir de leur dernier et explosif échange, des joues de la gamine écumantes de larmes. Celia lui disait quelque chose qu'elle n'était pas prête à entendre. Mais elle l'était, maintenant.

– Vous ne pouvez pas ! Elle est morte ! avait hurlé la fillette. Elle est probablement morte, putain ! Ou morte putain. Il y a des années, dans cette maison, je parierais, et vous en aviez rien à foutre parce que *vous arrivez trop tard…*

Dans cette maison, je parierais.

Oh mon Dieu, pensa Naomi en se redressant dans le lit.

Devant les hommes rassemblés, Naomi affirma :

– Celia le savait, où se trouve cette maison.

Ils étaient assis autour du bureau de Winfield. Sean Richardson était là, de même que l'agent spécial McConnell. C'était le matin, très tôt, et ils avaient tous l'air de ne pas avoir dormi assez. Un alignement de gobelets de café à emporter occupait le pourtour du meuble. Naomi avait planté ses dents dans le sien.

– La question, résuma Winfield en se raclant la voix, c'est comment nous allons découvrir ce que Celia savait.

– Nous avons parlé à tous ses amis, intervint Jerome. Aucun d'entre eux n'en a la moindre idée. Celui qui s'appelle Rich est mort d'inquiétude.

– Naomi, vous pouvez nous répéter ce qu'elle vous a dit ? *Cette maison.* Rien d'autre ? intervint O'Connell avec son accent à couper au couteau.

Elle secoua la tête, trop écœurée de ne pas avoir posé la question quand la fillette lui en avait parlé.

– Et sa mère ? demanda Richardson.

Ils avaient tous lu les transcriptions du tribunal. Le procès avait été un simulacre de justice. *Celia la menteuse.* Que le juge n'ait rien fait pour empêcher le jury d'entendre ces mots continuait de mettre Naomi en furie. Bien sûr que Teddy allait la traiter de menteuse, puisqu'elle disait la vérité.

C'était Jerome qui avait mené l'entretien avec la mère de Celia parce que Naomi ne pensait pas pouvoir s'en charger.

– Elle est dans un centre de désintoxication. Elle dit que d'avoir perdu Celia et Alyssa a eu pour résultat de la désintoxiquer. Je ne sais quoi en penser. Mais elle n'est au courant de rien.

– Il semble que Celia n'ait dit à personne où la maison se situe, conclut Richardson.

– Elle l'a dit à quelqu'un, affirma Naomi avec obstination.

– Comment le savez-vous ? demanda respectueusement Richardson.

– C'est comme dans les contes de fées, répondit-elle en se souvenant de ses autres enquêtes concernant des enfants disparus. Celia était prise au piège et perdue, seule dans un milieu hostile. Elle aura laissé derrière elle une piste constituée de miettes de pain. Tous les enfants le font.

– Alors trouvons-la, déclara Winfield pour clore la réunion.

Jerome se tenait avec sa femme, près du petit camion. Il voulait se rendre sur la réserve. S'il existait la plus petite chance que la cousine qui avait élevé Tasmin Tarseed sache quelque chose à propos de Wesley, il voulait le savoir.

– Ça va aller ? lui demanda-t-il comme s'il partait pour une semaine et non pour seulement un jour.

Naomi ne répondit pas. Mais dans sa tête, elle l'exhortait : *Vas-y, aide-moi à la trouver.*

Ed travaillait dans la réserve de la bibliothèque, exiguë et surchauffée : le bâtiment était recouvert d'un bardage à clin. À l'extérieur, le parking était presque vide.

– Tu l'as toujours, le ballot ? demanda-t-il à Jerome en triant des livres.

– J'ai donné la photo à Tasmin Tarsecd. C'est la fille de la femme qui figurait dessus. Elle habitait dans cette ferme. Sa cousine plus âgée vit toujours ici.

– Sa cousine ? reprit Ed avec un petit rire. Dis-lui qu'elle a des amendes à payer pour les livres qu'elle n'a pas rendus dans les délais.

– La fillette que Naomi aime bien a disparu. Une gosse des rues qui s'appelle Celia.

L'attitude d'Ed changea du tout au tout. Les deux hommes sortirent du bâtiment. De la mousse pendait aux branches des arbres rabougris et la brume s'enroulait autour de leurs pieds. Avec sa thermos qui avait autrefois porté l'inscription CANARDS DE L'OREGON[1], mais dont la majorité des lettres étaient effacées, Ed versa du café fort. Il tendit le capuchon qui servait de tasse et Jerome but une gorgée. Le liquide était fort et sucré, il avait un goût enchanteur.

– Je suis venu voir si sa cousine saurait où Wesley Thurman a pu partir. Mon cœur se brise quand je vois ma femme en ce moment. Elle pense que c'est sa faute, si Celia est portée disparue.

– Elle ne sait pas qu'elle n'a rien à voir là-dedans ?

– Je ne crois pas que ça fasse une différence, pour elle.

Il rendit la tasse et Ed finit le café avant de revisser le couvercle sur la thermos. Au moment où Jerome fouilla dans la poche de sa veste, la manche vide frôla Ed.

1. Équipe de football américain de l'université d'Oregon, à Eugene.

– Désolé.

Il sortit un bout de papier. Ed sourit. Des notes que Jerome avait prises.

– C'est l'adresse que j'ai trouvée.

Il la montra à Ed qui lui fournit rapidement des indications. Dès qu'il serait dans les montagnes, il ne l'ignorait pas, son GPS cesserait de gazouiller.

Le petit camion cahota sur des routes creusées d'ornières par les précipitations printanières. Il trouva l'habitation. Basse, délabrée, une succession de toits pentus qui se fondaient dans le ciel. Dans un enclos il y avait un poney hirsute dont les sabots étaient fendus car nul ne s'en occupait plus. Une vieille femme se tenait sur le seuil, curieuse et impatiente. Jerome se dirigea vers elle comme s'il la connaissait depuis toujours.

***

La pluie giflait les vitres. La cousine de Tasmin gagnait sa vie en coupant des gaulthéries qu'elle vendait aux fleuristes. Un rude labeur, précisa-t-elle en montrant ses mains parcheminées.

La peau, sous les ongles, était tachée d'un vert fluorescent à faire peur. Avant de reprendre son sérieux, elle demanda :

– On croirait que j'ai de la mousse à la place des mains, vous ne trouvez pas ? Avant, j'étais comptable. Mais l'économie étant en crise, je vis dans la montagne et je coupe des palommiers.

La couverture était ouverte, les fragiles possessions de Mary Tarseed étalées sur la table. La cousine envisageait de garder la tasse et de donner le reste à la tribu.

– J'aimais beaucoup Mary, dit-elle. Elle était sacrément tenace. En général, ce n'est pas très apprécié, chez une femme.

Elle était assise dans son fauteuil, l'air sage, les mains vertes croisées sur la chair tendre de scs cuisses.

– Elle n'aurait pas dû s'attaquer à ce juge.

– Vous avez donc entendu parler de toute cette histoire ? insista Jerome en écartant les cheveux de ses yeux.

– Bien sûr ! C'est moi qui ai pratiquement élevé Tasmin. Pendant très longtemps elle n'a pas cessé d'en parler. Mais après, elle a arrêté. Quand elle a eu l'âge, elle est partie à l'université. Elle revient ici, à l'occasion. Elle travaille pour un de ces fournisseurs de main-d'œuvre saisonnière.

Elle eut un petit rire qui tourna court.

– Je devrais la faire entrer dans la filière des gaulthéries. On peut dire qu'ils ne nous ménagent pas.

– Je me demande si un jour vous auriez entendu parler de quelque chose, n'importe quoi, qui ait un rapport avec le fils du juge et l'endroit où il aurait pu s'en aller.

Elle le regarda dans les yeux. Une de ses mains vertes s'agita.

– Tout ce que je sais, c'est ce qu'on m'a dit. Je vais vous le répéter.

– D'accord, dit Jerome, et elle commença.

Le juge avait concentré tous les éloges, raconta-t-elle. Propriétaire de l'exploitation de fraises de la famille Thurman, corpulent et bon enfant, il avait les yeux d'un grand-père affectueux. En imposait quand il siégeait au tribunal. Elle l'avait vu une fois, alors qu'elle était allée rendre visite à sa cousine avant son décès, et il l'avait aidée, faisant sauter une contravention pour excès de vitesse qu'on lui avait dressée hors de la ville. Nul n'accordait une grande attention à Wesley, petit et maniaque. L'enfant avait un côté pleurnichard qui l'aurait exposé aux moqueries s'il n'avait pas été le fils du juge. Devenu adulte, il avait été chargé de régler les problèmes qui surgissaient avec les travailleurs itinérants récalcitrants, les amadouant et les menaçant tour à tour. Si, de temps en temps, on retrouvait le corps d'un enfant, il était facile de mettre cela sur le compte d'un accident survenu dans les champs. Surtout une fois que le fils du juge avait commencé à se faire un nom grâce à ses bonnes œuvres. Comme le travail bénévole à l'orphelinat.

L'année où sa tante était morte, une certaine tension avait régné en ville. Les gens commençaient à nourrir des soupçons. Ils *sentaient* des choses, précisa la cousine de Tasmin. Mais une fois de plus ils avaient participé au défilé, une marche festive dans la rue principale de la ville, avec leurs enfants qu'ils tiraient derrière eux dans leurs petites carrioles Radio Flyer[1] décorées de fleurs. C'était pendant la haute saison des fraises, et l'air était saturé de leur odeur de fruits gâtés. La dernière fois qu'elle s'était rendue dans la bourgade, pour essayer de retrouver la dépouille de sa tante. Espérant que ses ancêtres l'avaient conduite vers le repos.

Vers cette époque, poursuivit la cousine, on parlait de deux sœurs qui avaient disparu de l'orphelinat. Ça avait éveillé l'attention des habitants. Le mal approchait de leur seuil ; au milieu de la nuit, il rampait à l'assaut de leur perron. Il y avait désormais des conversations chuchotées sur les trottoirs, des silences

1. Petites remorques rouges où pouvaient s'asseoir les enfants.

lorsque le juge et son fils s'approchaient. Le juge prenait de l'âge et, peut-être, dans le secret de leur cœur, les gens de la ville pensaient-ils que pareils agissements ne lui survivraient pas. Mais avec ses yeux qui ressemblaient à des boutons de cuisinière, Wesley lui avait succédé.

Le juge était décédé et avait été incinéré comme il se devait. Les corps avaient cessé d'apparaître dans les champs. Peut-être parce que Wesley gardait ce dont son père s'était débarrassé. Les gens de la ville avaient chassé de leurs pensées les craintes liées à la disparition des deux sœurs. Ils ne voulaient pas penser aux tombes ni repenser au juge, si imbu de lui-même sur son fauteuil. La dernière chose que la cousine de Tasmin avait entendu dire était que Wesley avait quitté la ville de sa propre initiative. À ce moment-là, la plupart des gens étaient morts ou avaient déménagé.

La pluie avait cessé.

– Et la mère de Wesley ? demanda Jerome quand le récit atteignit son terme. Il n'en avait pas ?

– Oh, elle, répondit la cousine.

Ses mains vertes se crispèrent soudain entre ses cuisses comme si elle s'agrippait à une branche.

– Selon la rumeur, elle avait quitté le juge il y avait très longtemps de cela. Elle avait divorcé, était partie en ville et y était morte. Certains disaient qu'elle habitait dans une maison épouvantable.

Ce fut alors que Jerome sut ce qu'il devait faire.

– Quel était son nom de jeune fille ? demanda-t-il.

Il se hâta de retourner en ville, vit le ciel nocturne s'installer au moment où il se garait à côté du palais de justice, quelques minutes avant qu'il ne ferme. Les adjoints au shérif le regardèrent en fronçant les sourcils tandis qu'il se dépêchait de franchir les détecteurs de métaux, et ce jusqu'à ce qu'il mentionne leur chef par son nom. Grimpant l'escalier à toute vitesse, fier de pouvoir aussi bien assurer son équilibre alors même qu'il n'avait qu'un bras, il franchit les volées de marches quatre à quatre et sprinta en soulevant des échos dans le couloir du dernier étage pour atteindre la porte située tout au bout.

HOMOLOGATION DE TESTAMENTS, annonçait l'inscription.

Il entra en coup de vent pour ne trouver qu'un unique employé prêt à boucler les lieux pour la nuit.

– Il me faut la copie d'un testament, dit-il à bout de souffle en donnant le nom de la mère. Dedans, il y aura une adresse dont j'ai un besoin absolument urgent.

Wesley était installé à la table de la cuisine de la maison qui avait autrefois été celle de sa mère. Il mangeait à nouveau des haricots, cette fois avec un sandwich au thon.

Après l'évasion de Naomi, alors âgée de neuf ans, il avait amené Sarah ici. Ç'avait été plus facile qu'il ne l'aurait cru, de disparaître, exactement comme il avait été facile d'enlever des enfants. Il avait subsisté grâce aux sommes récupérées en vendant les champs de fraises de son père ainsi que la maison familiale, et quand il avait dû utiliser un patronyme, il s'était servi du nom de jeune fille de sa mère. Il avait vécu une existence souterraine, surpris par la vitesse avec laquelle le temps passe même quand on n'a pas grand-chose à faire à part rêver dans l'immense espace qui se situe entre la haine et le meurtre.

Vingt ans s'étaient écoulés depuis la fuite de Naomi, s'était-il aperçu quand il avait vu les affichettes dans le quartier des déshérités. Une femme qui recherchait sa sœur. Les tenants et aboutissants étaient clairs. Naomi n'avait pas fait que suivre sa trace jusqu'en ville ; elle était, entre-temps, devenue enquêtrice spécialisée dans la découverte d'enfants semblables à elle.

Et pourtant, il n'avait pas éprouvé d'inquiétude. Exactement comme il ne s'était pas inquiété au sujet de toutes les filles qu'il avait kidnappées au fil des années. Personne ne s'était jamais mis en travers de son chemin. Pas plus que ce n'était arrivé à son père.

Dans ses plus lointains souvenirs, il jouait avec le maillet sur le banc du juge, se demandant pourquoi on appelait cela un banc et non un bureau. Dans les chambres proches, qui lui donnaient l'impression d'être des pièces toutes simples et dont la porte était fermée, son père faisait des choses à un enfant qui devait avoir son âge. Le maillet était tiède, lisse, et il pesait un bon poids dans la main. Il se souvenait qu'il l'avait brandi, avait vu la lumière pénétrer par les fenêtres, et s'était soudain aperçu qu'il pourrait ne jamais parvenir à déterminer qui il était lui-même. De l'autre pièce lui parvenaient des bruits qu'il ne voulait pas entendre.

Peu après, sa mère était partie et son père avait commencé à bâtir quelque chose dans la profondeur des bois au-delà des champs de fraisiers. Personne n'avait le droit d'aller là-bas, et d'ailleurs, le jeune Wesley n'était pas certain que quiconque pût y trouver quoi que ce soit. Un jour, il avait suivi son père sans qu'il le sache. Mais, avec le pantalon usé et le tee-shirt informe qu'il portait quand il n'officiait pas sur le banc du tribunal, le juge avait réagi comme si cela n'avait rien de grave. *Tu verras que tu finiras par aimer ça*, lui avait-il dit.

Il regarda Sarah qui se tenait dans l'angle de la cuisine et bayait à la lune. Il y avait quelque chose de changé, en elle. Un rayon de lumière brillait au sommet de son crâne, perçait tous les étages et le toit, au-dessus d'elle, pointant droit vers le ciel.

Il secoua la tête, gratta son assiette. Quand il regardait le miroir, dans la penderie du couloir, et qu'il enfilait sa robe de juge, il n'y voyait pas de reflet qu'il pût distinguer. C'était l'idée la plus terrifiante de toutes : que tout cela n'ait servi à rien.

– Ils ont un goût trop douceâtre, ces haricots, accusa-t-il en regardant le sachet de sucre sur le plan de travail. Tu y as ajouté quelque chose, pendant que j'étais allé pisser ?

Elle le regarda, les yeux vides.

– Stupide.

Il secoua à nouveau la tête, acheva son repas.

Les douleurs débutèrent quelques minutes plus tard.

Les pênes dormants des serrures jouèrent. Sarah fit signe à Celia. C'était le moment de fuir.

Wesley se traînait sur le sol de la cuisine pour essayer d'atteindre l'eau. De l'écume couvrait ses lèvres. Ses doigts étaient trempés à force de s'obliger à vomir, et Celia vit la traînée de nourriture régurgitée à travers laquelle il rampait. Elles n'avaient pas beaucoup de temps devant elles.

En avançant, Sarah marcha dans les vomissures, en sentit le contact avec ses orteils. Wesley leva les yeux, fut secoué d'un hoquet. Reculant de terreur, elle se hâta de passer en boitillant. Quand il tenta d'agripper sa cheville infirme, elle tendit la main derrière la boîte de mort-aux-rats vide dissimulée par une grande cuvette d'eau de vaisselle grise et froide et se saisit d'un couteau à beurre.

Vite, pressaient les papillons. Celia dévala les marches menant au sous-sol tandis que Sarah la suivait en claudiquant. La gosse des rues tenta d'arracher une planche avec ses doigts nus. Elle tenait trop solidement. Le visage telle une tache blanche de terreur, elle se tourna vers Sarah.

Au-dessus d'elles, dans la cuisine, elles entendaient Wesley. Un jaillissement sonore, comme de l'eau qui se répand. Il vomissait à nouveau. Un bruit de métal tombant sur le sol. La boîte du pistolet.

Sarah tendit le couteau émoussé que Celia inséra entre planche et fenêtre avant de tirer de toutes ses forces en émettant un cri. Le bois protesta tandis que les clous commençaient à se soulever. Un clou, deux, trois…

À ce moment-là il y eut un bruit derrière elles, sur les marches.

Wesley arrivait.

La femme qui trouvait les enfants était dans la bibliothèque. Elle sentait la présence de Celia dans chacune des salles. L'escalier de marbre, sans ses pas impatients qui se ruaient vers les étagères. Les salles de lecture où les sièges vides se moquaient de l'enquêtrice.

– Elle a parlé d'une maison, déclara Naomi à la bibliothécaire âgée.

Derrière elle, une nouvelle affichette, pour Celia cette fois. Naomi y avait ajouté la photo qu'elle et Jerome avaient obtenue auprès de Mrs Wilkerson. Sur ce cliché, Celia paraissait d'une impossible jeunesse.

La bibliothécaire fronça les sourcils. Naomi eut le sentiment qu'elle omettait quelque chose.

– Elle ne m'a rien dit, à moi. Je ne lui ai jamais parlé que de livres.

– Vous étiez très gentille avec elle.

– Et alors, pourquoi pas ?

Sa voix était grincheuse, pleine de culpabilité. L'impression se fit plus forte. Oui, elle omettait quelque chose.

– Ça ne peut en aucun cas être de votre faute, voulut la rassurer Naomi.

– Et pourquoi ça ne pourrait pas ? Pourquoi ça ne serait pas de notre faute, à nous tous ?

La visiteuse se détourna, prête à partir. Elle leva les yeux vers l'escalier de marbre et se souvint de la première fois où elle avait aperçu Celia qui descendait les marches, tenant dans ses mains un livre épais. La couverture était d'un bleu terne, la tranche argentée. C'était un lieu où Celia se réfugiait. Un lieu où elle confiait ses secrets. Un lieu qu'elle remplissait de dessins.

Elle pivota.

– Est-ce que vous avez toujours son livre préféré, ici ?

La bibliothécaire glissa la main sous le comptoir et le lui tendit.

S'asseyant à l'une des tables, Naomi l'ouvrit. Des bouts de papier en tombèrent en voletant. Elle vit des dessins de papillons, mais également de visages et de lieux. Elle en ouvrit un et se reconnut. Dessus, elle souriait, et sa tête était environnée de papillons.

Glissé au milieu du livre il y avait un papier plié serré entre deux planches en couleurs. Naomi l'ouvrit. D'épais traits au crayon avaient été appliqués avec soin.

Il s'agissait d'une carte.

Centre-ville, disait l'inscription précise et, au cœur de ce plan, était représentée la zone industrielle proche du quartier des laissés-pour-compte. Au milieu se trouvait une maison, avec des *X* tracés sur les fenêtres et une grille qui protégeait la porte. Sous la maison, Celia avait marqué *Ici*.

Elle avait donné l'orientation avec l'unique repère que comprendrait n'importe qui : *Rivière*.

Naomi fit pivoter la carte. Nord, tu es là. Sud, bon, tu fonces. Tu t'empares du papier, tu t'élances pour franchir la porte, poussée par la panique sous tes plantes de pied autrefois douces, guéries et désormais robustes.

Elle ne prit pas la peine de retourner à sa voiture. Se précipitait à toutes jambes.

Les rues désertes devinrent les champs à travers lesquels, un jour, elle avait couru pour s'échapper et, cette fois, pour rattraper le temps perdu. Dans le passé, elle se retournait, rebroussait chemin pour courir dans l'autre sens vers ce qu'elle avait redouté et ce qu'elle avait perdu. Elle sentait l'air remplir sa poitrine. Elle sentait la force dans ses jambes.

Au cœur du quartier industriel, Naomi sut qu'elle se rapprochait. Elle venait de franchir plusieurs rues sans voir personne. Elle s'arrêta un court instant, ouvrit la carte et s'orienta.

Tel un champignon vénéneux, la maison se dressait au-dessus du décor gris. Là-haut, le ciel était couleur d'ardoise, le soleil craintif derrière des nuages qui s'assombrissaient. Les fenêtres étaient entièrement condamnées, et la porte bardée de verrous. La seule ouverture qui paraissait ne serait-ce que légèrement franchissable se trouvait au niveau du sous-sol. Un fin rai de lumière était visible en bordure des planches. Doré et chaud. Naomi reconnut instinctivement l'éclairage de sa captivité. Ce n'était pas une lumière électrique, songea-t-elle.

À l'intérieur, un hurlement étouffé. Elle connaissait cette voix.

Celle de Celia.

Sans hésiter, elle se rua vers la maison et, se laissant rouler sur le sol humide dans le même mouvement souple, elle ramena ses pieds vers sa poitrine et donna un violent coup de talon. Des fragments de verre explosèrent, une planche céda et des éclats volèrent tandis que ses pieds faisaient irruption à l'intérieur.

Elle entendit un cri d'alarme et, l'instant suivant, se retourna sur le ventre et se laissa tomber en aveugle avant même de pouvoir discerner le sol et avant que quiconque ait eu le temps de réagir. Elle sentit l'air frais ambiant, sentit que ses yeux s'ouvraient et que ses pieds s'apprêtaient à rencontrer le sol.

Elle pénétra dans les lieux avec juste ce qu'elle connaissait : ses mains, son cœur, ses poings virulents.

Atterrissant sur le sol de terre, elle vit, instantanément, Celia qui se recroquevillait sous l'effet de la terreur. Un poêle à pétrole défunt. Un sol inhospitalier, une odeur de mort sans espoir.

Wesley Thurman, dont les cheveux argentés semblaient plus ternes dans ce lieu clos, tenait un pistolet dans sa main. Il portait un pantalon sale et un tee-shirt, trempé au niveau de la poitrine, qui tombait sur sa ceinture. Il ne ressemblait en rien à l'homme qu'elle avait vu vêtu du costume pointilleux, comme s'il avait effectué sa mue pour se révéler dans sa vérité profonde. Naomi reconnut ce Wesley. Il la fixait avec le caractère agressif d'un chien qui n'a appris qu'à mordre. Le néant absolu de la méchanceté sans partage. La tristesse.

Devant lui, tremblante de peur, se trouvait une jeune femme. Elle avait des cheveux bruns, comme elle. Un visage sur lequel le temps n'avait pas laissé sa marque, le soleil n'avait jamais brillé. Que la lune ne connaissait que par éclipses. Deux grands yeux couleur noisette.

Sa sœur. C'était Sarah. Sa sœur était là, devant elle. Naomi vit ses orteils nus sur la terre maculée de sang. Elle vit une cheville tordue.

Sarah inclina la tête. La dévisagea.

Tout à coup Naomi se revit avec elle dans une chambre au papier mural décoré de chiots. Elle bordait sa petite sœur dans un berceau tandis que les branches frottaient contre la fenêtre. Elle lui chantait les berceuses que leur mère avait chantées et que seule une sœur aînée pouvait connaître. Il y avait eu le craquement d'une marche en bois, derrière elles, et un homme jeune qui entrait dans la pièce, un tissu à la main.

Wesley braqua son arme sur la sœur aînée.

Celia ouvrit la bouche pour la prévenir. Ses mains se levèrent. Comme pour la protéger.

Mais Naomi était figée sur place. Elle se voyait courir, courir éternellement à travers un champ nocturne, emportant en elle la douleur d'abandonner sa cadette dans son dos parce que sa vie était devenue si épouvantable qu'elle était capable, sciemment, de faire ce sacrifice.

Elle l'avait su. Elle l'avait su depuis toujours.

– Je suis vraiment désolée, dit-elle, les entrailles tordues par la douleur.

Celia cria au moment précis où Wesley tirait sur la femme adulte.

***

Celia hurla. Un son guttural, le hurlement d'une enfance perdue. Naomi était toujours debout, affichant une expression de surprise livide, la main sur la hanche, les yeux abaissés vers une corolle de sang.

Wesley tenait le pistolet, en éprouvait la chaleur au contact de sa paume. Il y avait si longtemps qu'il ne s'en était pas servi. Cette sensation fit remonter des souvenirs qu'il valait mieux ne pas sonder. Son père, qui levait les yeux de la trappe fraîchement fabriquée, et dont le sourire était aussi vide de sens qu'une mouche se posant sur un rebord de fenêtre. Il se rappela toutes les fois où il aurait pu choisir un chemin différent, où il aurait pu tourner autrement, et n'en avait malgré tout rien fait.

Quelqu'un se jeta sur lui. Il s'attendait à ce que ce soit Celia, aurait pu l'écarter facilement en la frappant. Mais il demeura abasourdi que ce soit Naomi. Elle s'était simplement précipitée sur lui en retirant sa main ensanglantée de sa hanche. En une fraction de seconde, elle saisit l'arme à deux mains, obligea ses doigts à la lâcher, la lui confisqua comme si c'était lui, l'enfant. Elle la lui abattit alors rapidement et brutalement au travers des yeux. L'impact fut suffisamment fort pour lui briser le nez et lui fendre le front, l'aveuglant de son sang, et elle enchaîna aussitôt par un crochet dans le ventre. Il eut l'impression que, de son poing dur, elle avait violemment percuté l'intérieur de sa colonne vertébrale et se plia en deux de douleur. Vaguement, quelque part dans sa tête, il prit conscience que c'était la première fois de sa vie que quelqu'un le frappait, *lui*. Naomi savait que des coups portés au corps peuvent étendre un homme pour le compte. C'était plus douloureux que lui n'aurait pu l'imaginer.

Tout cela survenait trop rapidement. Rien n'était censé se passer de la sorte. Il s'effondra sur les genoux, tenta de se relever, mais ce ne fut que pour encaisser, sous les côtes, un coup de pied capable d'interrompre les battements de son cœur, qui l'expédia de tout son long sur la terre souillée. Un autre coup de pied brutal lui projeta la figure en arrière avec une telle violence qu'il sentit sa mâchoire se briser. Y mettant une force délibérée, Naomi lui écrasa le poignet droit sous sa semelle en le fracturant et en lui arrachant un hurlement de douleur.

Au comble de la souffrance, il roula sur lui-même, emprisonnant le poignet brisé de son autre main, et il leva les yeux, à travers des écheveaux de sang, vers l'enfant qu'il avait capturée jadis. Naomi abaissa son regard sur lui. Elle pointa le pistolet. Elle tremblait, non pas de peur, mais de rage. L'envie de le faire souffrir montait d'un endroit si lointain qu'elle le ressentait jusque dans ses dents. Le sentiment le plus sain qu'elle ait jamais éprouvé.

– Naomi ?

C'était Celia.

Au-dessus de leur tête s'entendaient d'autres bruits. Quelqu'un défonçait la porte d'entrée. L'avenir pénétra dans le sous-sol.

Jerome se laissa tomber par la fenêtre brisée et, l'instant suivant, il s'empara doucement de l'arme que tenait Naomi, activa la sécurité, examina la blessure de sa hanche. Winfield descendit l'escalier à toute vitesse. Il passa les menottes à Wesley qui se tenait le poignet et souffrait horriblement. D'autres sauveteurs surgirent, enveloppèrent Celia dans une couverture de survie.

Naomi se retrouva seule, face à sa sœur. Les hommes s'écartèrent.

Sarah essayait de forcer sa bouche à prononcer des mots, mais cela faisait trop longtemps. Des bruits prolongés en sortaient seulement, aussi chiffonnés qu'une vieille étoffe.

– Tout va bien se passer, affirma Naomi à sa sœur tandis que les larmes ruisselaient dans sa bouche.

Elle avait le sentiment qu'elle n'était plus qu'un torrent de pleurs.

– Je t'en fais le serment.

– Je ne crois pas à la vengeance. Mais je la tenais peut-être déjà.

Telle fut la réponse de Naomi à Diane, qui lui demandait ce à quoi elle croyait, et s'entendit répondre : à la prévention. Pourtant, elle savait qu'elle allait devoir entrer dans la salle du tribunal et dire la vérité.

Elle en franchit les lourdes portes cirées derrière l'huissier. Assis à l'une des tables se trouvaient le procureur – dont le front implorait la pitié sous les lumières éblouissantes – et un avocat de la défense à l'apparence fatiguée, prêt à assister même pareil accusé : son pire cauchemar en matière de client, cela, Naomi le comprenait aussi. Nous méritons tous de savoir qu'il y a un ailleurs. Wesley également, assis à côté de son représentant légal, le poignet dans le plâtre.

Naomi s'avança d'un pas ferme vers le banc du juge et l'huissier lui ouvrit l'accès à la barre des témoins. Le juge se gardait bien de regarder l'accusé de crainte que son mépris n'influence les jurés.

Naomi affronta le regard des jurés au moment où elle s'installa. Elle s'assit, ramena sa seule et unique jupe droite sous elle avec ses mains, se redressa et les regarda droit dans les yeux. Institutrice d'une quarantaine d'années, estima-t-elle. Mécanicien. Celui-là, aux doigts tachés de nicotine ? Retraité. Le jeune homme à l'air désagréable serait le plus redoutable.

Le serment. Elle leva la main. Ses yeux étaient rivés sur le greffier, mais sa compassion allait vers le jury. Cet échantillon d'humanité allait décider de ce qu'il adviendrait de Wesley. Les médias n'allaient pas tarder à intervenir, mais ce qui avait été gardé sous silence venait de si loin. Les filles des rues assassinées avaient toutes été identifiées. Les enfants des migrants, anonymement enterrés dans le cimetière, avaient été exhumés, et une cellule de crise s'efforçait de déterminer où se trouvaient leurs familles après tant d'années. Teddy avait été reconnu coupable d'agressions sexuelles à l'encontre d'Alyssa et purgeait une peine de prison. Elle avait été adoptée par sa famille d'accueil, avec la promesse que Celia pourrait venir la voir aussi souvent qu'elle le voudrait. La mère de Celia… eh bien, c'était là une longue histoire, et qui n'allait pas se terminer de sitôt.

Et Celia ? Naomi et Jerome étaient ses nouveaux parents d'accueil ; elle vivait dans une chambre qu'ils lui avaient aménagée au grenier. Les murs étaient couverts de ses dessins de papillons. Les choses n'avaient pas été si faciles. Abandonnée à elle-même pendant si longtemps, elle avait presque les caractéristiques d'un animal retourné à la vie sauvage. Elle engloutissait la nourriture, allait et venait à sa guise. La seule manière qu'avait trouvée Naomi pour qu'elle l'écoute un peu était de lui promettre de l'emmener au gymnase. Les boxeurs qui s'y entraînaient la surnommaient P'tit Diable.

Mais il y avait quand même de nombreux aspects positifs. Jerome n'avait jamais souri autant que quand il voyait Naomi et Celia ensemble, lorsqu'elles s'en revenaient à la maison après être allées à la bibliothèque du quartier. Naomi avait inscrit Celia à l'école voisine où, lentement, elle se faisait des amis. Son cours préféré était l'expression artistique et, à la maison, elle aimait cuisiner avec Diane. Naomi avait repris son travail d'enquêtrice spécialisée dans les disparitions d'enfants, et Jerome développait de plus en plus son activité : il était sur la piste d'un nombre terrifiant de femmes indiennes qui avaient disparu.

Rich lui-même avait un foyer. Il était parti vivre sur l'hippodrome où il avait une petite chambre au-dessus des écuries. Le Mexicain lui apprenait à s'occuper des chevaux. Il semblait heureux, avait confié Celia à Naomi.

Parfois, la nuit, Naomi se réveillait en pensant : *Nous* aurions pu mettre un terme à tout cela. Elle espérait que c'était la vérité, isolée de tous sur la chaise des témoins où elle adressait aux membres du jury ses réponses courtes et prudentes. Oui, j'ai été retenue captive par Wesley Thurman. Oui, je suis devenue enquêtrice pour retrouver des enfants disparus comme moi.

Et Celia.

De tous les événements de sa vie, c'était celui qui avait le plus de résonance. Les yeux verts, la volonté de se battre. Le courage. La joie ressentie au milieu des papillons.

– Je vous demande pardon ?

Un très bref instant elle avait décroché, et le procureur répéta sa question.

– Je vous ai demandé qui d'autre, quand vous avez pénétré dans cette maison, y avez-vous trouvée, retenue prisonnière durant toutes ces années ?

Elle se tourna vers les jurés et les laissa voir la douleur, dans son regard.

– C'était ma sœur.

***

Naomi faisait partie de ceux qui se garaient devant l'hôpital de l'État et apportaient un petit sac en plastique contenant des pièces de vingt-cinq *cents*. Aussi longtemps que cela sera nécessaire, avait-elle déclaré à la commission d'examen des troubles mentaux, un jour où elle se réunissait au palais de justice. Sa sœur méritait le droit de pouvoir guérir. De découvrir sa propre réalité, le tracé d'une vie qu'on choisit soi-même.

Pour elle ne savait quelle raison magique, peut-être, Sarah l'attendait toujours à la même table. Naomi l'aidait à insérer les pièces dans la machine qui lui délivrait un paquet de gâteaux au gingembre sucrés. Sarah adorait les sucreries et n'en avait jamais assez. Après de multiples opérations dentales, sa bouche guérissait, tout comme sa cheville que l'on avait cassée de nouveau, puis remise en place. Pour le cerveau, cela prendrait plus de temps. Naomi lui présenta son bras et l'entraîna au-dehors. Sarah parvenait maintenant à respirer jusqu'à une heure d'air pur. Elle ne hurlait plus de douleur au contact de l'herbe ou au baiser de la pluie.

Troubles de stress post-traumatique, avait diagnostiqué le médecin. Des termes qui n'avaient pas plus de sens que des taies d'oreiller accrochées dans les arbres. Naomi ne voyait que Sarah. Sa belle Sarah, sa Sarah adorée.

Parfois, Celia l'accompagnait. Le psychologue disait que c'était une bonne thérapie pour l'une comme pour l'autre. Naomi avait ses doutes. Elle n'appréciait pas les regards entendus qu'elles échangeaient, comme si elles partageaient un passé secret. Peut-être était-ce de la jalousie, chez elle. Ses propres souvenirs avaient cessé de se manifester. Elle arrivait à accepter qu'ils puissent ne plus jamais revenir, et cela ne la tourmentait plus. Elle n'avait nul besoin de se souvenir, ne cessait de lui répéter Diane.

Dehors, elle conduisit sa sœur vers un fauteuil en plastique, dans un petit patio. Sarah s'y installa précautionneusement en se retournant à plusieurs reprises pour s'assurer qu'elle s'y prenait bien. Les sièges étaient nouveaux, pour elle. La télévision aussi. Les gens. Le ciel. Et le bruit des avions, l'univers tout entier qui donnait l'impression d'être un hurlement déchirant la planète, les goûts et les odeurs. Les odeurs de ce monde lui donnaient la nausée et l'enchantaient tour à tour. Elle dormait beaucoup. Parfois, les infirmières la retrouvaient dans le placard du couloir, nichée sous les vêtements accrochés aux cintres.

Sarah sourit à Naomi. C'était une réalité en laquelle elle pouvait croire. Grande sœur était revenue la chercher, exactement comme elle l'avait promis. Elle était arrivée avec tous leurs amis.

Elles étaient assises, silencieuses. Elles l'étaient de la même manière, jambes écartées, épaules en arrière. Au-dessus d'elles passaient des nuages d'automne. Les arbres qui, plus tôt, avaient été fleuris, perdaient maintenant leurs feuilles, ils se préparaient au sommeil. Goûte au repos ici, Sarah. Quand tu t'éveilleras, tout ira mieux.

Son visage était changeant, ses yeux tour à tour éveillés et dénués d'expression. *Quoi que tu aies à me dire,* lui avait promis Naomi, *je t'écouterai. Rien de ce que tu pourras dire ne sera mal. Je t'aime.*

Sarah tendit son bras gauche en lui présentant sa main ouverte. Un geste qu'elle faisait souvent quand Naomi venait la voir. Leurs yeux se rencontrèrent et Naomi lui sourit. Sarah tourna la tête vers sa paume, sa bouche remua. Elle disait quelque chose, à sa paume ou à elle, et cette fois, Naomi parvint en partie à lire sur ses lèvres.

Sœur, disait-elle. Revenue.

***

Le train oscillait en traversant les collines vertes coiffées d'or à l'endroit où les touchait le soleil. Au nord il y avait un large fleuve, et à l'ouest des forêts plus étendues encore. Cette terre tout entière était aussi vieille que le temps et aussi nouvelle que l'aube. Celia regardait par la fenêtre. Dans son imagination, ses mains étaient appuyées contre la vitre, comme la fillette qu'elle était autrefois mais qu'elle n'avait jamais été.

– C'est normal, lui avait dit Naomi. Vis ton chagrin. Sois celle que tu es dans ta totalité, dans le même instant.

Naomi voyageait à côté d'elle, les yeux fermés, son corps se balançant doucement selon le mouvement du train. Un sentiment de paix s'était emparé d'elle. Celia le sentait. Jerome le savait. Tous ceux qui la côtoyaient de près le percevaient, même le policier sympathique qui était venu à la fête organisée pour le retour de la fillette.

Une cloche dans le lointain, un hululement. Cela aussi faisait partie du monde.

Naomi ouvrit les yeux. Le train ralentit. La fillette et elle descendirent dans une petite gare déserte. Elles gravirent une colline verte où se dressait un bâtiment isolé dont les fenêtres étaient enfoncées afin de le protéger de la lumière.

Naomi s'arrêta à la porte, mais Celia se précipita à l'intérieur.

Elle pénétra en courant au milieu d'une grande salle qui s'élevait jusqu'à des lucarnes au verre poli. Les plantes rendaient l'atmosphère dense et pesante, empreinte d'une senteur qui disait : pour l'éternité.

Tout autour d'elle volaient les papillons. De vrais papillons ! Elle pirouetta, émerveillée. Le bleu lumineux et doux de l'alypie à huit points. Le jaune vif de la piéride des jardins, un blanc plus clair que celui de l'œil, un vert qui frémissait de vie. Le *papilio troilus* du laurier, le *papilio glaucus* ! Les yeux amicaux du *cercyonis pegala* commun. La vélocité du vulcain cuivré au vol hardi. Et qui pourrait oublier le bleu du *battus philenor* qui vole d'est en ouest ?

Tel était le ciel.

Sur le seuil, Naomi souriait.

Celia leva les bras et son rire se libéra. De joie, elle frappa dans ses mains, et tout autour d'elle les papillons s'élevèrent dans les airs, frôlèrent sa peau, lui conférèrent la couleur argentée de leur poussière d'écailles. Elle leva la tête. Pour la première fois de sa vie, elle ne connaissait pas la peur.

Elle se tourna vers Naomi, bouche grande ouverte sous l'effet de l'enchantement.

Marchant lentement, Naomi entra dans la pièce. Les papillons se posèrent sur elle aussi, caressèrent sa peau. Elle les sentait sur ses cheveux, ses bras, ses mains qu'elle leva pour les contempler, couvertes de couleurs mouvantes indistinctes.

Ils prirent leur essor, décrivirent un cercle autour de sa tête : une, deux, trois fois. Comme la rotation du soleil, ils dirent *merci*.

Celia tendit la main vers celle de Naomi. Elle lui sourit.

– Maintenant, je sais, dit-elle.

– Quoi ?

– Qui je suis.

REMERCIEMENTS

Ce livre est né des bibliothèques et de l'amour. Je ne serais pas aujourd'hui une auteure s'il n'y avait eu les bibliothèques de mon enfance difficile, et les livres qui m'ont sauvée grâce à leurs histoires. Je n'oublierai jamais les bibliothécaires du centre-ville de Portland, dans l'Oregon, qui m'ont témoigné leur intérêt lorsque moi aussi j'étais une enfant sans abri. Merci de m'avoir montré un chemin pour vaincre la douleur, et la beauté cachée dans les ténèbres.

Merci à Luppi, Tony, Markel, Tamira, et aux autres enfants que j'ai eu le bonheur d'accompagner comme mère d'accueil et mère adoptive. Quelle chance est la mienne d'avoir une place dans votre voyage. Je vous aime au-delà de toute mesure.

Merci à mes clients dans mon travail de tous les jours comme enquêtrice pour la partie civile, y compris les victimes de trafics d'êtres humains, les sans domicile fixe, réfugiés, immigrants, anciens combattants, et tous les autres qui ont peuplé ma vie. Vous avez partagé votre souffrance avec moi et je suis honorée de vous aider à obtenir justice.

Merci à mes amis chers. Cette liste n'est qu'incomplète : Stephanie, Sara, Alice, Andrea, Cheryl, Lidia, Karen, Julie, Mary, Laura, Eric, Jen, Ellen,

Samantha, Liz, Jane, Rhonda, Diana, Michele, Kelly, Monica, Kristi, Wendy, Nayomi, Dianah, Cece, DeAnn, Maggie, Sheila, Bette, Ronni, Mary, Pam, Rod, Monica, Sia, Jane, Angela, Leah, Joe, Scott, Anna, Kristina, Jenny, Joe, Gayle, Jackie, Bill, Susan, Marilyn, BJ, Skip, Shannon, Zoe, Cathy, Katie, Christopher, Cate, Bill, Kate, et tous les gens formidables qui œuvrent au Bureau métropolitain de la partie civile.

Merci à la fabuleuse équipe qui travaille à mes côtés chez HarperCollins : Gail, Doug, Tina, Rachel, Emily, Katie, Falon, John, Mary, et tous ceux qui œuvrent au service éditorial, à la production, au service commercial et publicitaire. Merci à Richard Pine, Eliza, Lyndsey, Nathaniel, et les gens merveilleux de chez Inkwell. Merci à Kirsty et Lettice pour votre précieuse participation, et à Nicole Dewey pour la rude tâche qui est la sienne.

Et merci à vous, chers lecteurs. La vie est une histoire que nous nous racontons à nous-même ainsi qu'aux autres. Nous pouvons la rendre riche de justice, de bonté et de rédemption. Cela ne dépend que de nous.

pca
cmb
édition pré-presse
livres numériques

44400 Rezé

Achevé d'imprimer en avril 2025
sur les presses de Normandie Roto Impression s.a.s.
à Lonrai (Orne)
pour le compte des Éditions Payot & Rivages
60/62, avenue de Saxe -75015 Paris
N° d'impression : 2501427
Dépôt légal : mai 2025

Imprimé en France